Birgit C. Wolgarten

Und es wurde Nacht

... Etwa zwanzig Meter vor sich sah sie ein nacktes Bein aus einem Korb herausragen, ein unbehaartes Frauenbein mit schlanken Fesseln, der Fuß war im Sand verbuddelt. Jutta Beckmann seufzte. Sie hatte gehofft, hier einen Moment der Einsamkeit genießen zu können ...

Der auffrischende Südostwind blies ihr die Kapuze vom Kopf. Sand traf sie in Nase und Augen, sie zuckte zusammen und stand auf. Erste schwere Regentropfen bedeckten ihr Gesicht. Sie konnte so gut wie nichts sehen, hörte nur den heulenden Wind, erkannte aber, dass die Fremde immer noch in ihrem Strandkorb saß, ohne sich zu bewegen. War das möglich? Wieso stand sie nicht auf? Brauchte sie vielleicht Hilfe? Niemand blieb bei zunehmendem Unwetter halbnackt in einem Strandkorb sitzen ...

Der Wind nahm sein tosendes Lied wieder auf. Er heulte lauter als zuvor um ihren Kopf und zerrte an ihrem Körper, nasser Sand stach in ihr Gesicht. Mit fast geschlossenen Augen tastete sie sich an dem wettergegerbten Korbgeflecht zur Vorderseite heran. Immer noch bewegte die Frau sich nicht.

Jutta Beckmann schluckte. Ihr Herz hämmerte wie verrückt, als sie vorsichtig in den Korb blickte. Der Schrei, der aus ihrer Kehle drang, ging in dem Getöse des Südostwindes unter ...

**Die Autorin**

Birgit C. Wolgarten veröffentlichte im Jahre 2003 mit „Land der Mädchen" ihr viel gelobtes Krimi-Debüt und legt mit diesem Buch ihren zweiten großen Kriminalroman vor. Sie gehört der internationalen Krimiautorinnenvereinigung «Sisters in Crime» an und ist Mitglied im «Syndikat», der Autorengruppe deutschsprachiger Kriminalliteratur. Die Autorin lebt mit ihrer Familie und mit Hund und Katze in der Kölner Region.

Birgit C. Wolgarten

# Und es wurde Nacht

Kriminalroman

Prolibris Verlag

*Handlung und Figuren entspringen der Phantasie. Darum sind eventuelle Übereinstimmungen mit lebenden oder verstorbenen Personen zufällig und nicht beabsichtigt.*

Originalausgabe 1. Auflage 2004
© Prolibris Verlag Rolf Wagner, Kassel
Tel.: 0561/602 70 71, Fax: 0561/666 45
www.prolibris-verlag.de

Alle Rechte vorbehalten, auch die des auszugsweisen Nachdrucks
und der fotomechanischen Wiedergabe.
Titelfoto: h & d zielske
Lektorat: Anette Kleszcz-Wagner
Druck: Thiele & Schwarz, Kassel
ISBN: 3-935263-24-4

Für Christian,
meinen mutigen und tapferen Sohn

*Birgit C. Wolgarten*

# 1

Ihre Augen brannten wie Feuer, aber es war das Geräusch, dieses impertinente, rhythmische Knarzen, das sie weckte. Sie streckte ihre Hand aus und tastete ins Leere. Dort wo sonst die kleine Nachttischlampe stand, war nichts, nur Luft. Feuchte Luft, die modrig roch, unangenehm und so gar nicht vertraut. Mühsam öffnete sie ihre Augen, doch um sie herum blieb alles dunkel.

Da, schon wieder dieser langgezogene Ton, der wie berstendes Holz klang.

*Was ist das?* Es kam von überall, war um sie herum und doch nicht greifbar.

Sie hatte Durst, ihre Zunge fühlte sich dick und pelzig an, ihr Hals war trocken.

„Endlich bist du wach!"

Ein Flüstern, irgendwo weiter vorne, vor ihr, dann wieder dieses Knarzen.

Sie wollte etwas sagen, wollte der flüsternden Stimme antworten, aber ihre Zunge war wie gelähmt.

So blieb ihre Frage stumm: *Wer bist du?*

Was war los mit ihr? Warum konnte sie nicht sprechen? Warum brannten ihre Augen? Sie wollte wissen, wo sie war, wer bei ihr war, hier im Dunkeln. Sie versuchte mit ihren tastenden Händen zu begreifen. Irgendwo in einem Winkel ihres Verstands erfasste sie, dass sie lag. Sie spürte klamme Kälte von unten heraufziehen. Sie suchte vergeblich nach ihrer Decke, stöhnte. Einen Gedanken, irgendwo in ihrem Kopf musste es doch einen Gedanken geben, an dem sie sich festhalten konnte, einen Anfang finden, um dann zu verstehen, was geschehen war.

Den Tanztee gestern Abend, sie hatte ihn früher verlassen.

Immer wieder tastete sie um sich, riss dabei ihre Augen auf, nichts änderte sich, die absolute Finsternis blieb, genauso wie das Knirschen und Knarzen. *Wo bin ich?*

Er war zu ihr gekommen. Trotz der Kälte spürte sie für den Hauch eines Augenblicks eine Hitzewelle und ein Kribbeln auf ihrer Haut. Sie hatten sich verabredet, seinetwegen war sie früher vom Tanztee nach Hause gegangen. Gerade in dem Moment, da sie schon glaubte, dass er wohl doch nicht kommen würde, stand er vor ihrer Tür. Sie hatten Sekt getrunken und dann ... Für einen Moment spürte sie erneut seine sanften Hände, die ihre Wangen berührten, seinen warmen Atem, der sich wie ein zarter Schal um ihren Hals legte. Sie streckte die Hände nach vorne. Hilf mir doch, ich kann nichts sehen. Ich will aufstehen, kann nicht, ... fühl mich so schwach! Ihre Augen tränten. Wieso kann ich nichts sehen? Was hast du mit mir gemacht?

Irgendwann war sie wohl in ihrem Bett eingeschlafen. Und er? War er gegangen oder war er bei ihr geblieben? Wo war sie jetzt? Wieso lag sie auf einem Holzboden? Oder war es eine Holzpritsche? Wenn sie nur irgendetwas erkennen könnte, und sei es nur schemenhaft! Doch um sie herum war nur diese undurchdringliche Dunkelheit.

„Du weißt nicht, wo du bist, und du siehst nichts, richtig?" Wieder das Flüstern, das von überallher zu kommen schien.

Sie schüttelte den Kopf, wagte kaum zu atmen. Unaufhaltsam kroch die Angst in ihr hoch, erreichte ihren Brustkorb, machte sich breit in ihrem ganzen Körper und ließ sie erschauern. Sie schlang die Arme um ihren nackten Leib.

Sie ging nie nackt zu Bett!

Außer ... vielleicht gestern Abend? Wieder tastete sie vorsichtig um sich und zuckte zusammen. Etwas Spitzes hatte sie unter den rechten Daumennagel gestochen. Es war nur ein Schreck, nicht wirklich ein Schmerz. Aber ihre Augen taten weh, sie verstand nicht warum. Das Gefühl der Angst verwandelte sich langsam schleichend in Panik. Speichel lief aus ihrem Mundwinkel.

„Und? Wie geht es dir jetzt?"

Da war sie wieder, die Stimme! Von wo genau kam sie? Und zu wem gehörte sie? War es die des Mannes? Gestern Abend hatte er ähnliches zu ihr gesagt, sehr zärtlich, aber nun klang seine Stimme gehässig. Sie wollte antworten, um Hilfe schreien, doch kein Ton kam über ihre Lippen, noch nicht einmal ein Stöhnen oder lautes Atmen.

„Du hast Angst, nicht wahr, eine Angst, die dir die Luft zum Atmen nimmt."

Es konnte doch nur Baba sein. Sie war so dumm gewesen, sich mit ihm einzulassen. Wieso nur? Sie hatte ihn vor ein paar Wochen am Südstrand kennen gelernt. Was hatte sie sich nur dabei gedacht, ein fast fremdes männliches Wesen in ihr kleines Reich einzuladen? Sie hatten erst wenige nette Stunden miteinander am Strand oder mal in einem Café verbracht. Und sie kannte lediglich seinen Spitznamen! Sie hatte ja auch nicht wirklich geglaubt, dass er kommen würde. Aber er kam! Er hatte tatsächlich vor ihrer Tür gestanden, mit einem Strauß Baccararosen und einer Flasche Sekt. Dabei hatte er sie so lieb angeschaut, dass sich in ihr eine sehnsüchtige Welle nach Zärtlichkeiten ausbreitete.

*Ich bekomme kaum noch Luft, was passiert ...?* Sie öffnete ihren Mund. Kalter Speichel füllte ihre Mundhöhle. Ihr wurde übel. Sie fühlte die Gefahr wie kleine Nadelstiche auf ihrer Haut, konnte sie riechen, atmete sie ein.

„Jetzt bekommst du, was du verdienst. Alles im Leben hat seinen Preis." Das Flüstern ging in ein leises Lachen über.

Als ob es sie endgültig wach gerüttelt hätte, wich nun das letzte bisschen Verwirrung, das sie vor der wachsenden Todesangst beschützt hatte, aus ihr heraus. Ihr Lebenswille erwachte. Sie zog die Beine an den Körper, versuchte sich zu drehen und aufzustehen. Sie war alt, ja, hatte viel gesehen, aber noch war sie nicht bereit zu sterben, noch nicht.

„Du willst fort? Weg von mir und von dem, was ich dir noch zu bieten habe? Komm, versuch es doch, versuche aufzustehen!" Das heisere Flüstern bekam einen drohenden Unterton, und ihr war, als könne die Stimme nicht nur zu ihr sprechen, sondern auch nach ihrem Herz greifen, es umfassen und zerdrücken. Mühsam stand sie auf, ihr Atem ging stoßweise.

*„Da stand plötzlich jemand hinter mir*
*und riss aus diesem Weinen mich an meinem Haar.*
*Und eine Stimme rief, die furchtbar war:*
*Rate, wer hält dich so?*
*Der Tod, gewiss!"*

Ein Ring legte sich um ihre Brust, wurde enger. Ihr Herz schlug schnell, viel zu schnell. Sie musste weg hier, musste Hilfe finden vor diesem Wahnsinn. Es gelang ihr, aufzustehen. Sie schwankte, machte aber taumelnd und mit ausgestreckten Armen einen Schritt nach vorne, in eine Richtung, von der sie hoffte, sie bringe sie heraus, nur fort von diesem Albtraum. Mit jedem vorsichtigen Schritt, der ihr gelang, stieg ihre Zuversicht. Und dann hörte sie wieder die Stimme.

„Ja, komm näher, noch näher! Komm ganz nah zu mir."

## 2

Mürrisch schaute Jutta Beckmann nach vorne. Etwa fünf Meter vor ihr, auf dem steinigen Weg in Richtung Strand, ging ihr Mann. Und es schien, als existiere sie gar nicht.

Die Reise nach Hiddensee sollte ihre verkorkste Ehe retten, so hatte er zumindest gesagt. Und jetzt beachtete er sie nicht einmal. Sie schaute nach links auf die alte, mit großen schwarzen Schieferplatten verkleidete Windmühle, die zu einem Wohnhaus umgestaltet worden war. Der kegelförmige Turm streckte sich dem grauverhangenen Himmel entgegen. Die beiden Glastüren, die den einzigen Zugang zu der Mühle bildeten, waren mit bunten Ornamenten bemalt. Sie sah wieder nach vorn, auf den schmalen, leicht nach vorne gebeugten Rücken ihres Mannes und seufzte. Eigentlich war ja alles wie immer, dachte sie und hob eine kleine zerbrochene Muschel auf. Er ging seiner Wege, und sie versuchte irgendwie mitzukommen, gerade so, als sei sie sein Schatten.

Ein Mann, nur mit einem Bademantel bekleidet, kam ihr stolpernd und schwankend mit gesenktem Kopf entgegen. Sie blickte angestrengt nach rechts auf eine alte, halb zusammengefallene Scheune. Die Begegnung mit dem offensichtlich Betrunkenen war ihr unangenehm. Jutta Beckmann biss sich auf die Unterlippe und warf die kaputte Muschel zurück auf den Weg. Wie konnte man sich so gehen lassen. Ihren Uwe hatte sie noch nie in solch einem Zustand gesehen, und schon gar nicht am frühen Morgen. Sie lief die Treppe hinauf, die über die Strandpromenade hinweg zum Strand führte. Von ihrem Mann war weit und breit nichts mehr zu sehen. Auf der von Sanddornbüschen und wilden Rosenhecken gesäumten schmalen Promenade hielt sie Ausschau nach ihm.

„Uwe!"

Nur der Wind, der hier, direkt am Meer, stärker blies als in Vitte, schien sie gehört zu haben und antwortete mit einem kalten Streicheln ihres Körpers. Fröstelnd zog sie die unmoderne gelbe Öljacke fester um ihren kräftigen Leib. Schließlich entdeckte sie ihn, der helle Farbton seiner Öljacke hob sich von dem graublauen Meer ab. Seine Schuhe hatte er ordentlich nebeneinander ein paar Meter hinter sich in den Sand gestellt, gerade so weit, dass sie durch die an Land spülenden Wellen nicht nass werden konnten. Seine Füße steckten in Anglerstiefeln. Er war, mit einem selbst gebastelten Netz ausgerüstet, auf der Suche nach Bernstein. Selbstverständlich erwartete er von ihr, dass sie ihn bei diesem sinnlosen Tun unterstützte. Was sie unternehmen wollte, schien ihn nicht zu interessieren. Grimmig schlossen sich ihre Hände zu Fäusten. Etwa zweihundert Meter weiter links standen Dutzende heller Strandkörbe wild durcheinander. Sie ging die paar Stufen zum Strand hinunter, ihre Füße versanken in dem knirschenden Sand. Flüchtig schaute sie nach ihrem Mann, aber er schien nur seinen Bernstein im Kopf zu haben und würde vermutlich gar nicht bemerken, wenn sie sich in einen der wenigen unverschlossenen Körbe setzte. Mit Auge und Ohr wollte sie sich ganz und gar dem Rhythmus des Meeres überlassen, und ihre negativen Gedanken würden mit den zurückweichenden Wellen wie Strandgut weggespült. Sie schaute nach oben auf die Reihe von Sanddornbüschen, die hier und da von den Dünenrosen mit ihren schwarzen Hagebuttenfrüchten unterbrochen wurde und keinen Blick auf den schmalen Weg der Strandpromenade freigab. Das Strandgras, das büschelweise in den Dünen wuchs, neigte sich in dem stärker und kühler werdenden Wind. Seine zarten Spitzen bohrten sich in den Sand und hinterließen kleine Löcher und abstrakte Muster.

Uwe schien immer noch nicht bemerkt zu haben, dass sie nicht in seiner Nähe war. Sie wusste nicht, ob sie darüber nur froh oder auch traurig sein sollte. Sie würde darüber nachdenken, allein in einem Strandkorb zwischen Dünen und Meer. Aber es dauerte eine Weile bis sie zwischen all den Strandkörben, die mit einem dunklen Holzrost verschlossen waren, einen unvergitterten fand.

Etwa zwanzig Meter vor sich sah sie ein nacktes Bein aus einem Korb herausragen, ein unbehaartes Frauenbein mit schlanken Fesseln, der Fuß war im Sand verbuddelt. Jutta Beckmann seufzte. Sie hatte gehofft, hier einen Moment der Einsamkeit genießen zu können. Wieder schaute sie auf das Bein, nackt – bei dieser Kälte. Verrückt!

Sie schob einen der Körbe, die ihr die Sicht aufs Meer versperrten, zur Seite. Jetzt sah sie ihren Mann. Er suchte sie, sollte er doch! Sie kicherte leise, ging in die Hocke und versteckte sich zwischen den Strandkörben. Hoffentlich sah die Frau in dem Korb hinter ihr nicht, wie sie Räuber und Gendarm mit ihrem Ehemann spielte.

Außer ihrem Uwe, der Irren im Korb und ihr selbst war der Strand menschenleer, die Wolken am Himmel verdunkelten sich immer mehr. Sie sah, wie ihr Mann die Anglerstiefel auszog und sich dabei umsah. Sie spielte ihr Spiel weiter, zog sich langsam auf den Knien zwischen den Strandkörben zurück. Vielleicht würde er sogar ein wenig Angst verspüren, seiner Frau könnte etwas passiert sein. Für einen Augenblick wünschte sie sich mit einer fast schon morbiden Lust, dass ihr etwas zustieß. Der auffrischende Südostwind blies ihr die Kapuze vom Kopf. Sand traf sie in Nase und Augen, sie zuckte zusammen und stand auf. Erste schwere Regentropfen bedeckten ihr Gesicht. Sie konnte so gut wie nichts sehen, hörte nur den heulenden Wind, erkannte aber, dass die Fremde immer noch in ihrem Strandkorb saß, ohne sich zu bewegen. War das möglich? Wieso stand sie nicht auf? Brauchte sie vielleicht Hilfe? Niemand blieb bei zunehmendem Unwetter halbnackt in einem Strandkorb sitzen, auch Verrückte nicht.

Zögernd und verunsichert schaute sie in Richtung ihres Mannes. Der schien sie entdeckt zu haben und winkte ihr zu. Was soll's, dachte sie, das Spiel ist vorbei. Sie winkte ihm zurück und sah hinter sich auf das Bein, auf das der starke Wind immer mehr Sand blies. Ihr Herzschlag beschleunigte sich.

Da stimmte etwas nicht. Da stimmte etwas ganz und gar nicht. Der Wind hatte sich ein wenig beruhigt, dafür nahm jetzt der Regen zu. Das Haar klebte ihr in nassen, schweren Strähnen am Kopf. Regentropfen rannen durch ihr Gesicht und suchten sich einen Weg über ihren Hals in ihr Dekolleté. Es war ihr egal. Langsam ging sie auf den Korb mit der Fremden zu. Aus den Augenwinkeln erkannte sie, dass ihr Mann zu laufen begonnen hatte. Vielleicht hatte er gemerkt, dass etwas nicht zu stimmen schien.

„Hallo, Sie!" Der Klang ihrer Stimme hörte sich schrill und fremdartig an. „Brauchen Sie Hilfe?" Nichts. Gott! Was war hier los? „Uwe!"

Sie drehte sich um und sah nach ihrem Mann. Er lief nun schneller, die Anglerstiefel und das Netz hatte er achtlos fallen lassen. Hatte er sie rufen hören?

Der Wind nahm sein tosendes Lied wieder auf. Er heulte lauter als zuvor um ihren Kopf und zerrte an ihrem Körper, nasser Sand stach in ihr Gesicht. Mit fast geschlossenen Augen tastete sie sich an dem wettergegerbten Korbgeflecht zur Vorderseite heran. Immer noch bewegte die Frau sich nicht.

Jutta Beckmann schluckte. Ihr Herz hämmerte wie verrückt, als sie vorsichtig in den Korb blickte. Der Schrei, der aus ihrer Kehle drang, ging in dem Getöse des Südostwindes unter.

# 3

Regen, Regen, immer wieder Regen. Katja Sommer seufzte, sie stand direkt vor dem Eingang des Hiddenseer Inselmuseums in Kloster. Sie schüttelte den Kopf. Es war fast Mittag und sie hatte immer noch kein Zimmer. Auch in Vitte würde sie wohl keines bekommen. Obwohl sie die letzte Nacht in ihrem Auto in Schaprode verbracht und außer altem Kaffee aus der Thermoskanne noch nicht einmal gefrühstückt hatte, verspürte sie keine Müdigkeit und keinen Hunger. Ihr Blick wanderte nach oben in den dunklen Himmel, nirgends gab es auch nur einen Funken Hoffnung, dass sich die dunkle Wolkenwand innerhalb der nächsten Stunden lichten würde. Es war eine Schnapsidee gewesen, so einfach alles stehen und liegen zu lassen, und dann an einem Freitagnachmittag plötzlich die Koffer zu packen, sich in einen altersschwachen Fiesta zu setzen und nach Rügen zu fahren. Aber sie brauchte endlich einmal ein wenig Abstand. Und auch Ruhe?

Immer noch begegneten ihr in den schlaflosen Nächten die beiden toten Jungen im Wald, ließen sie nicht ruhen. Verkleidet als Mädchen, in altmodische Samtkleider gesteckt, schauten die Kinder sie vorwurfsvoll an. Warum? Warum warst du nicht früher da und hast uns geholfen? Wieso hast du das zugelassen? Es wurde immer schlimmer, nicht besser. Und gestern Nachmittag hatte sie gedacht, sie sei kurz vor dem Durchdrehen. Sie musste raus, sofort. Kai hatte Verständnis gezeigt und ihr versprochen, sich um Patrick zu kümmern. Es schien ihr geradezu, als sei er erleichtert gewesen, dass sie wegfuhr. Bei Walter Hansen, ihrem Dienststellenleiter, war es nicht anders. Er, dessen zweiter Name Bürokrat war, hatte ihren überraschenden Urlaubsantrag genehmigt, ohne mit der Wimper zu zucken. Vielleicht wurde sie ja nicht mehr gebraucht? Tief atmete sie die kühle Meeresluft ein.

Eine Woche Ferien auf Rügen. Unterwegs war ihr die Insel Hiddensee eingefallen. Sie hatte vor drei Jahren mit Patrick dort ihren Sommerurlaub verbracht, sie kannte so ziemlich jeden Fleck der kleinen, autofreien Insel, die sie mit ihren Leihfahrrädern erkundet hatten. Ein schöner Urlaub. Damals war ihre Welt noch in Ordnung. Sie musste in Ruhe nachdenken, wie sie ihr Leben wieder in den Griff bekommen konnte. Spaziergänge unter blauem Himmel am Strand entlang, im frischen Wind, der den Geruch von Salz und Algen herbeiwehte, sollten ihr dabei helfen. Und nun war es kühl, kälter als in Köln, und nass, und sie hatte noch nicht einmal ein Zimmer für die kommende Nacht.

Nicht einen Moment war ihr in den Sinn gekommen, dass man Mitte August bei der Zimmersuche Schwierigkeiten bekommen würde. Und eigentlich hatte sie auf Ruhe auch keine rechte Lust. Sie sollte sich wieder in ihr erdbeerfarbenes Gefährt schwingen und nach Hause zu Kai und Patrick fahren. In Köln regnete es zwar auch, aber dort war sie nicht alleine. Auch war es da nicht so still. Sie fuhr sich mit der Hand durch ihr kurzes rotes Haar, während sie über die sandigen Steinstufen an der Rückseite des Museums auf die Strandpromenade zuging.

Sie musste endlich wissen, wie es mit ihr weitergehen sollte. Sie bog nach rechts auf die Promenade, um nach wenigen Schritten in die andere Richtung umzudrehen. Ihren Beruf als Kommissarin hatte sie eigentlich aufgeben wollen, aber ihre Vorgesetzten und Kollegen Kai, Martin Borg, Walter Hansen und selbst Oliver Weingarth hatten sie davon überzeugen können, dass es besser für sie war, weiterzumachen. Sie schaute an sich hinunter. Und jetzt noch dieses neue Problem, das sie bewältigen musste, eines, über das sie im Moment noch mit niemanden sprechen wollte, nicht einmal mit Kai.

Sanft berührte sie mit ihren Fingerspitzen ihren flachen Bauch, und ihr Blick schweifte in die Ferne. Einige hundert Meter weiter südlich bei den Strandkörben erkannte sie einen Menschenauflauf, und es war, als würden ihre Füße von ganz alleine in diese Richtung laufen wollen. Sie zog die Kapuze ihrer blauen Windjacke über den Kopf und atmete tief den Duft der wilden Rosen und der Sanddornbüsche ein.

Vielleicht sollte sie doch den Polizeidienst quittieren, ihr Psychologiestudium wieder aufnehmen und eine eigene Praxis für Psychotherapie eröffnen. Aber war sie Polizistin geworden, um bei der erstbesten Gelegenheit den Kopf in den Sand zu stecken? Sie wischte sich mit der Hand über das feuchte Gesicht. Sie war Kriminalistin und genau das würde sie auch bleiben. Es sei denn ... Gott, war das alles schwer. Aber das erste Problem, das sie dringend lösen musste, war die Zimmersuche. Waren wirklich alle preiswerten Pensionen oder Privatunterkünfte ausgebucht? Ein teures Hotel konnte sie sich kaum leisten.

Tief in Gedanken versunken ging sie den Weg zum Strand hinunter, als ein uniformierter Polizist sie ansprach: „Entschuldigen Sie, Sie können hier nicht weiter." Erschrocken blickte sie hoch. „Da vorne ist abgesperrt. Bitte verlassen Sie bis auf weiteres diesen Strandabschnitt."

Katjas geschultes Auge erkannte sofort ein Team der Spurensicherung und das rot-weiße Absperrband, das jemand von der oberen Strandpromenade über die Düne und den gelben Sandstrand hinweg bis hin zu den ersten und längsten Pfosten der schwarzen Wellenbrecher gebunden hatte. Zwei Taucher kamen mit leeren Händen aus der unruhigen Ostsee an den Strand. Sie spürte ein leichtes Kribbeln in der Magengegend, natürliche Neugier oder berufliches Interesse? Natürlich wusste sie aus eigener Erfahrung, wie lästig ungebetene Zuschauer an einem Tatort werden konnten.

Sie wollte sich gerade abwenden, als ihr Blick auf einen Mann in legerer Zivilkleidung fiel, dessen flachsblondes langes Haar im Nacken zu einem Zopf gebunden war. Aufgebracht lief er um einen der Strandkörbe herum und schimpfte. Katja stutzte, dann schlich sich ein Lächeln in ihr angespanntes Gesicht „Ach bitte", sagte sie zu dem jungen Beamten, der ungeduldig darauf wartete, dass sie endlich das Weite suchte, „ist das da vorne nicht Sven Widahn?" Katja deutete auf den Mann mit den langen Haaren, der in einem etwas abseits stehenden Korb Platz genommen hatte.

Der Polizist sah sie an. „Hauptkommissar Widahn, ja das stimmt."

Katja zögerte nur einen kurzen Moment: „Seien Sie doch so nett und sagen ihm, Katja Sommer sei hier."

„Warten Sie hier, ja?" Zögernd und mit fragendem Gesichtsausdruck wandte sich der Beamte von ihr ab und ging auf die Menschenmenge zu.

Katja ließ den Mann, den sie als Sven Widahn erkannt hatte, nicht aus den Augen. Bis vor gut zwei Jahren hatte er in derselben Abteilung wie Kai und Martin gearbeitet, dann hatte er sich der Liebe wegen nach Stralsund versetzen lassen, was seine früheren Kollegen sehr bedauerten. Sie selbst hatte ihn erst im Juni dieses Jahres kennen gelernt, als er alte Freunde in seiner Heimatstadt Köln besuchte. Aber was machte er jetzt hier? Sie sah, wie der Polizist mit ihm sprach und dabei auf sie zeigte.

Widahn stand auf, winkte und lief auf sie zu. Sein flachsblondes Haar wirkte vor dem stahlgrauen Himmel noch heller, der Pferdeschwanz war länger, als sie ihn in Erinnerung hatte. Er trug zerknitterte Jeans, und der dicke braune Pullover war ihm eindeutig zu lang. Kai hatte ihr einmal über Sven gesagt, dass niemand außer vielleicht seinen unmittelbaren Kollegen hätte ahnen können, welch hochkarätiger Polizist in ihm steckte.

„Die rote Zora, ich glaub' es ja nicht!" Er faltete seine Hände und schaute zu den grauen Wolken hoch. „Herr, du hast mein Stoßgebet erhört. Du hast diese tolle Polizistin an dieses verlassene Stückchen Erde zu mir, ja, zu mir geschickt."

Katja musste lachen. Sie hatte den dunklen, warmen Klang seiner Stimme schon fast vergessen. „Was ist denn mit dir los?" Sie streckte die Arme nach ihm aus und umarmte ihn freundschaftlich. Er duftete nach Hugo Boss, was man bei seiner Aufmachung nicht unbedingt erwartet hätte, und wieder musste sie lächeln.

„Ach, nichts Besonderes. Nur absoluter Notstand im Personal. Wie geht es der Traumfrau meines geschätzten Kollegen Kai Grothe?" Widahn schaute sie aufmerksam an. Sein prüfender Blick, der die Menschen zu durchleuchten schien, war ihr schon im Frühsommer aufgefallen. „Was machst du hier?"

„Im Moment ein Zimmer suchen, ansonsten ... Urlaub, herumtrödeln, ausruhen und nachdenken."

„Das mit dem Zimmer ist kein Problem, du kommst mit zu uns in den *Klabautermann*. Wenn du willst, heißt das. Es scheint, du bist allein hier. Ich hoffe doch, dass es zwischen dir und Kai keine Schwierigkeiten gibt? Ich müsste mir sonst den Knaben mal zur Brust nehmen."

Katja lächelte. Hatte sie ihn richtig verstanden? Er hatte ein Zimmer für sie? „Kai hat keinen Urlaub bekommen und ... zwischen uns ist alles okay." Sie spürte seinen fragenden Blick auf sich ruhen.

„Na, wunderbar", er ging mit ihr auf das rot-weiße Absperrband zu. „Wie lange bist du schon hier auf Hiddensee?"

„Seit heute morgen. Ich bin direkt mit der ersten Fähre rübergekommen. Ich wollte eigentlich eine Woche bleiben, aber irgendwie ... ich glaube, ich fahre zurück nach Hause." Wieder traf sie sein bohrender Blick.

„Um Gottes willen, nein! Noch mal: Dich schickt der Himmel, das war völlig ernst gemeint. Ich hoffe, du hältst mich nicht für zu dreist, dich in Beschlag zu nehmen. Ich könnte deine Hilfe mehr als gebrauchen." Er deutete auf die Strandkörbe und half ihr über das Absperrband.

Katja überlegte. Sollte sie sein Angebot annehmen, statt sieben Tage allein am Strand zu spazieren, immer im Zwiespalt mit sich selbst und ohne vernünftige Resultate? Möglicherweise würde sie in der Einsamkeit ja doch nicht ihre innere Unruhe verlieren. Vielleicht würde ihr genau diese Art von Abwechslung gut tun? Widahn schien ihre Unsicherheit bemerkt zu haben. Er blieb stehen, schaute auf die weißen Schaumkronen des graugrünen Meeres, das sich immer wieder von neuem an das Ufer drängte. Er fuhr sich mit dem Finger über den Nasenrücken, auch so eine Angewohnheit, die ihr früher schon bei ihm aufgefallen war.

„Hör zu, Katja", sagte er ernst, „ich will dich nicht belügen. Ich weiß, was im Frühjahr passiert ist. Kai hat mir bei einer unserer nächtlichen Kölner Altstadttouren erzählt, wie sehr dich dein erster Mordfall belastet hat und dass du seitdem immer wieder an deiner Arbeit zweifelst. Vielleicht suchst du ja hier auf Hiddensee ein wenig Abstand? Wenn du dich also von mir überrumpelt fühlst und deine Ruhe haben möchtest, dann habe ich dafür volles Verständnis."

Katja schaute auf das unruhige Meer und spürte, wie die Tränen hochstiegen. Was fiel Kai ein, mit Sven Widahn hinter ihrem Rücken über sie und ihre Probleme zu sprechen? Sie würde ihn heute Abend am Telefon zur Rechenschaft ziehen. Der Zorn half ihr, den Kummer zu verdrängen. Sie strich sich über das Gesicht und setzte ein Lächeln auf. „Kai hat wahrscheinlich in seiner Bierlaune etwas übertrieben. Mir geht es gut. Ich brauche nur ein bisschen Entspannung von meinen beiden Männern zu Hause."

„Freut mich zu hören. Also, ich habe hier offensichtlich einen Mordfall und dann ... kaum Personal. Wir hatten gerade überlegt, Kollegen aus Rostock dazuzuholen. Aber wenn du Lust hättest auf einen befristeten Klimawechsel, arbeitsmäßig meine ich, dann wäre ich mehr als froh."

Katja horchte kurz in sich hinein. Sie schaute hinter sich auf das Absperrband, das sich flatternd im Wind bewegte. Es war verrückt, total verrückt, aber hier war ein neuer Fall an einem neuen Ort, siebenhundert Kilometer von zu Hause entfernt, und sie fühlte sich plötzlich frei. Es war, als könne das Schreckgespenst, das sie seit dem Frühjahr verfolgte, von Widahn verjagt werden. Wenn sie ehrlich war, verspürte sie zum ersten Mal seit langem Lust zu arbeiten, ohne Selbstzweifel zu hegen. Sie wollte wieder dem Täter auf die Spur kommen, indem sie sich in seinen Kopf versetzte. Und hier, wo sie mehr Zuschauerin war als Beteiligte, war der richtige Rahmen, um mit dem einst vertrauten Leben wieder Freundschaft zu schließen.

„Und", fragte Widahn leise, „traust du dir zu, uns ein wenig zu unterstützen? Jemanden wie dich könnten wir gerade hier und heute gut gebrauchen."

Katja zog die Kapuze ab, es hatte aufgehört zu regnen. „Gut!" Sie lächelte ihn an. „Um wen oder was handelt es sich?" Sie setzten sich wieder in Bewegung.

„Um Mord! Genauer gesagt, um den Mord an einer älteren Dame. Und das an einem Samstagmorgen."

„Raubmord?"

„Das ist wohl kaum anzunehmen", Widahn verlangsamte sein Tempo. „Die alte Frau ist völlig nackt. In ihrer linken Hand hielt sie einen Fetzen Papier. Leider konnten wir noch nicht entziffern, was darauf geschrieben ist. Konrad Vohwinkel, der Leiter der Spurensicherung und seine Leute werden sich darum kümmern. Sie suchen auch fieberhaft nach der Kleidung der Toten, bis jetzt ohne Erfolg."

Katja schaute nach oben auf die Strandpromenade, kaum hatte der Regen aufgehört, kamen die ersten Schaulustigen und versuchten, über die nassen Sträucher hinweg etwas zu erkennen. Sie seufzte, auf einer so kleinen Insel wie Hiddensee würde es nur Stunden brauchen, bis alle davon wussten – was nicht unbedingt förderlich für die Arbeit der Polizei war.

„Vielleicht hat der Täter die Sachen mitgenommen. Habt ihr Zeugen?"

Widahn schüttelte den Kopf. „Bis jetzt nicht. Ein Ehepaar hat den Leichnam entdeckt." Er zeigte auf vier Personen, die etwas abseits des Tatorts in der Nähe der Dünen standen. „Zwei Beamte unterhalten sich gerade mit ihnen."

Katja schaute zu der kleinen Gruppe, in der ein hagerer Mann und eine etwas mollige Frau, beide mittleren Alters und offensichtlich das Ehepaar, von dem Widahn gesprochen hatte, heftig miteinander diskutierten, während die beiden Zivilbeamten anscheinend damit beschäftigt waren, sie zu besänftigen.

„Wann haben sie die Leiche gefunden?", fragte Katja, während sie sich der Gruppe näherten.

„Am frühen Morgen. Herr und Frau Beckmann sind Frühaufsteher und kamen direkt nach dem Frühstück an den Strand. Während er nach Bernstein suchte, fand sie die Leiche im Strandkorb. Wir sprechen später mit ihnen. Ich möchte dir erst den Pathologen vorstellen, und mir wäre lieb, wenn du einen Blick auf die Leiche wirfst, bevor Ulrich sie abtransportieren lässt. In so etwas ist er fix."

„Wer?"

„Dr. Ulrich Majonika, unser Rechtsmediziner und guter Freund des Hauses. Außerdem muss ich kurz nach meinem Schwiegervater schauen, ihm ist vorhin schlecht geworden." Katja stutzte. Was hatte der hier zu suchen? Doch, Kai hatte ihr ja erzählt, dass

20

Svens Schwiegervater auch Polizist war. Sie folgte Sven zu der Gruppe von Strandkörben.

Mehrere Männer in weißer Schutzkleidung suchten tiefgebeugt den nassen Sandboden ab, während zwei weitere sich mühten, über einen der Strandkörbe einen weißen Plastikpavillon zu spannen. Dabei kämpften sie verzweifelt gegen den Wind an. Andere liefen geschäftig hin und her, sie wirkten ein wenig orientierungslos. Bei Walter Hansens Truppe ging es irgendwie gelassener zu.

Widahn schien ihre Gedanken lesen zu können. „Hier herrschen andere Verhältnisse als in Köln. Ihr müsst euch nicht mit heftigen Stürmen oder wilder Brandung herumschlagen. Wenn der Wind richtig aufdreht und du direkt am Meeresufer nach Beweisen suchst, arbeitest du gegen die Zeit und die Naturgewalten. Darum erscheint hier alles ein bisschen hektischer. Aber glaube mir, jeder Handgriff sitzt.“

Katja suchte in ihrer Windjacke nach einem frischen Papiertaschentuch. Freundlich grüßend ging sie an den am Boden arbeitenden Beamten vorbei. Als sie unter dem Pavillon stand und in den Strandkorb sah, war sie froh, das frische Taschentuch vor Mund und Nase halten zu können. Ihr Magen rebellierte, und sie atmete tief den leichten Veilchenduft ein.

Vor ihr lag ein regloser Frauenkörper, die Haut hatte eine gräulich-weiße Farbe. Arme und Beine waren auf obszöne Weise gespreizt. In den weit aufgerissenen Mund und auf die toten Augen war Sand geweht. Der Wind spielte mit einer grauen Haarsträhne und ließ den feinen Sand in dünnen Rinnsalen über die nackte Scham ablaufen. Ihr Oberkörper war mit getrocknetem Blut gesprenkelt. Ein kleiner, leicht übergewichtiger Mann stand über den Leichnam gebeugt und tastete mit seinen Händen vorsichtig den Oberkörper ab.

„Wen hast du uns da mitgebracht?“ fragte er, ohne seine Tätigkeit zu unterbrechen oder auch nur aufzublicken.

Widahn zog Katja näher heran. „Darf ich bekannt machen? Kommissarin Katja Sommer, tätig im Präsidium Köln. Sie wird uns vor allem kriminalpsychologisch zur Seite stehen.“

Der Mann stand auf und klopfte den Sand von seiner Cordhose. Katja bemerkte als erstes seine wachen, freundlich blickenden grauen Augen und als zweites seine Größe, er reichte ihr höchstens bis an die Schulter, was ihr ein wenig unangenehm war. Verlegen streckte sie ihm die Hand entgegen.

„Guten Tag, Dr. Majonika."

Der Pathologe zog seine Gummihandschuhe ab, warf sie achtlos in den Sand und griff nach ihrer Hand. „Willkommen im Stralsunder Team, Frau Sommer. Sven kann froh sein, dass Sie da sind." Er wandte sich an Widahn und deutete auf die Leiche. „Hier kannst du wahrhaftig psychologisches Einfühlungsvermögen gebrauchen. Die Tote ist das reinste Puzzlespiel, ich bin froh, wenn ich sie auf dem Tisch habe. Wann ungefähr wird das sein?"

„Der Leichenbestatter ist schon da, er kam mit der letzten Fähre. Wir haben eine Sondergenehmigung vom Bürgermeister bekommen. Er durfte mit dem Fahrzeug hierhin und wartet unten am Fußballfeld. Wenn Horst dann seine Aufnahmen gemacht hat ..."

„Hat er!"

„... kannst du meinetwegen direkt los. Weißt du schon die Todesursache?"

„Nein, leider noch nicht." Er winkte zwei Beamten zu, neben denen ein grauer Sarg mit Tragevorrichtung stand, und die anscheinend nur auf sein Kommando gewartet hatten. „Stellt den Sarg hier rechts neben dem Korb ab, da steht er windgeschützter." Er wandte sich erneut Katja und Widahn zu. „Aber soviel kann ich euch verraten. Man hat sie nicht stranguliert, und das Genick wurde ihr auch nicht gebrochen. Ihre Augen sind besonders interessant. Damit ist irgendetwas gemacht worden. Der Tod ist vor ungefähr neun bis sechs Stunden eingetreten, genaueres weiß ich aber erst, wenn ich den Wetterbericht von letzter Nacht habe, es sei denn, sie ist nicht im Freien ermordet worden. Dann wird es noch schwieriger, es deutet nämlich alles darauf hin, dass sie nicht hier im Strandkorb gestorben ist, die Abrinnspuren ihrer Tränen sind nicht lagegerecht." Auf flinken, kurzen Beinen verließ er den Pavillon und lief zu zwei Streifenpolizisten, die sich lachend und scherzend an einen Strandkorb gelehnt hatten. Katja hörte ihn brüllen: „Ich will nicht nur die Leiche im Labor haben, sondern auch diesen verdammten Korb, inklusive allen Spinnen, anderem Kleingetier und jedem einzelnen Sandkorn, also kommt in die Hufe!"

Sie sah ihm kopfschüttelnd hinterher. „Wenn ich euren Majonika mit Brettschneider vergleiche ..."

Widahn winkte lachend ab. „Die zwei haben nur eines gemeinsam, sie sind beide brillant in ihrer Arbeit."

Katja sah in Richtung Ufer und bemerkte einen Mann, der mit rotem Gesicht auf sie zukam oder eher schwankte. Er war groß und schlank, sie schätzte ihn auf Anfang fünfzig. Sein feines, blondes Haar stand ihm durch den starken Wind wirr vom Kopf ab, gerade so, als habe er in eine Steckdose gefasst. Katja musste trotz Übelkeit schmunzeln.

„Da haben wir meinen geschätzten Dienststellenleiter und Schwiegervater, Sebastian Bach." Widahn sah ihren verdutzten Gesichtsausdruck, lachte und sprach leise weiter. „Sprich ihn bloß nicht auf seinen musikalischen Namensvetter an, das verträgt er überhaupt nicht. Was sich seine Eltern dabei gedacht haben, weiß der Teufel. Dass sie ihm zumindest den Johann erspart haben, dafür wird er ihnen wahrscheinlich ewig dankbar sein. Ich vermute, seine Mutter ist für die Namensgebung verantwortlich. Wer weiß, vielleicht ist ihr Sprössling ja auch in Eisenach gezeugt worden, jedenfalls schwärmt sie für klassische Musik. Ganz im Gegensatz zu ihrem werten Sohn. Der ist so musikalisch wie ein Karton voller Altpapier."

Der Mann hatte den Pavillon erreicht und fuhr sich mit gespreizten Fingern durch das Haar. „Gott, ist mir übel. Ich weiß nicht, ist es wieder der Magen oder der Kreislauf?"

Widahn klopfte ihm freundschaftlich auf die Schulter. „Wir haben Besuch aus Köln, das ist Katja Sommer, ich habe dir bereits von ihr und von Kai Grothe erzählt."

Katja nickte freundlich, und Bach reichte ihr die Hand. Seine Handinnenfläche fühlte sich feucht an. Er schaute sie abschätzend von oben bis unten an. „Tag!"

„Was sage ich? Erzählt?" mischte sich Widahn ein. „Geschwärmt habe ich von dir, so sehr, dass Anke Liv mich bereits schief anschaute." Er öffnete seinen Haarzopf und band ihn neu. „Aber ich finde eben das Verhältnis zwischen dir und Kai einfach beneidenswert." Er sah seinen Schwiegervater an. „Katja hat im übrigen noch kein Zimmer, ich habe ihr vorgeschlagen, zu uns in den *Klabautermann* zu kommen. Wir haben doch noch zwei Zimmer frei."

Bach zuckte mit den Schultern, seine Finger glitten über das glattrasierte Kinn, und er schaute hinaus aufs Meer.

*Komischer Kauz*, Katja runzelte die Stirn. Egal, Hauptsache, sie hatte irgendein Dach über dem Kopf und fließendes Wasser, um sich zu waschen. Jetzt war nur die Tote wichtig. Sie deutete auf den Sarg und den Strandkorb. Beide wurden von zwei Männern des Beerdigungsinstitutes in Begleitung dreier Beamter und Dr. Majonikas, der wie ein Höllenhund aufzupassen schien, in Richtung Strandpromenade abtransportiert. „Weiß man schon, um wen es sich bei der Leiche handelt?"

Bachs Miene verdunkelte sich, er schüttelte den Kopf. „Wir wissen noch gar nichts. Sven, es tut mir Leid, aber ich muss mich für heute krankmelden. Es geht mir wirklich schlecht, weißt du. Wir sehen uns später."

Ohne weiter auf Katja zu achten, ging er den Weg durch den nassen Sand in Richtung Dünen, und als ob ihm eingefallen wäre, dass außer Widahn noch jemand anwesend war, drehte er sich abrupt um, deutete auf Katja und rief aus der Entfernung: „Ich sage im *Klabautermann* Bescheid, dass man Ihnen ein Zimmer herrichtet."

Katja sah der schlaksigen, gebeugt gehenden Gestalt mit dem wehenden weißen Haar hinterher. „Sag mal, von welchem *Klabautermann* sprecht ihr da die ganze Zeit?"

„So heißt unsere Pension drüben auf Rügen, im Ostseebad Göhren, hauptsächlich kümmern sich natürlich Sebastians Frau und seine Mutter darum." Widahn schaute hoch in den wolkenverhangenen Himmel. „Komm, ich möchte dich mit den Zeugen bekannt machen, bevor es wieder anfängt zu regnen, und sie auf die

24

hiesige Polizeistation zur Protokollierung ihrer Aussage gebracht werden. Danach lade ich dich zum Essen ein."

Katja lachte und steckte die Hände in ihre blaue Windjacke, der Übelkeitsschub war vorbei. „Na, wenn du dir das von deinem schmalen Polizistengehalt leisten kannst, ich habe einen Mordshunger."

„Kein Thema, wird alles als Spesen verrechnet." Sie gingen auf das Ehepaar zu, das immer noch abseits stand, und Katja erkannte sofort, dass es mit den beiden nicht sehr einfach sein würde. Der Strand, zumal bei dem kalt pfeifenden Wind, war auch nicht unbedingt ein geeigneter Ort, um sich mit Zeugen zu unterhalten. In Köln hatte sie für solche Fälle einen gemütlichen Gesprächsraum, aber hier war sie eben nicht zu Hause und musste sich den ungewohnten Umständen anpassen.

Der Mann der Zeugin schien sehr ungeduldig. Sie steckte die Hände in ihre Öljacke, während er seine Anglerstiefel und ein merkwürdiges Gebilde hochnahm, das Katja an einen Besenstiel mit angeklebtem Nylonstrumpf erinnerte. „Wurde auch Zeit, dass Sie sich um uns kümmern, Herr Kommissar, ihre beiden Mitarbeiter haben gesagt, wir müssten auf Sie warten. Schließlich sind wir in Ferien und ..."

Widahn unterbrach ihn. „Herr Beckmann, das ist Frau Kommissarin Sommer ..."

„Hören Sie, ich möchte nur, dass wir unsere Aussage machen können, und dann weiter meinen Urlaub genießen."

„Es geht hierbei nicht um Sie, Herr Beckmann", Katja schaute auf die Frau, die einen etwas verschüchterten Eindruck machte. Sie würde keinesfalls jemals wieder den Anblick der Leiche vergessen, und sie würde auch nicht ohne weiteres einfach ihren Urlaub fortsetzen können. „Wir haben einen Mord aufzuklären, und Ihre Frau ist eine wichtige Zeugin."

Frau Beckmann schlug entsetzt die Hände vors Gesicht. „Einen Mord! Das ist ja schrecklich. Ich habe gedacht, die Frau hatte einen Unfall oder so etwas Ähnliches, und das Blut ... na ja, vielleicht waren die gefräßigen Möwen ja an ihr dran. Man hört ja so viel von den Viechern ... Aber Mord! Uwe, hast du das gehört?"

„Ich bin ja nicht taub! Ist sowieso alles deine Schuld. Wärst du an meiner Seite geblieben und hättest mir bei meiner Bernsteinsuche geholfen, wären wir jetzt nicht in dieser unmöglichen Situation." Wie zur Untermalung seiner Worte rammte er das Teil, das sich tatsächlich als Besenstiel mit daran angebundenem Nylonstrumpf entpuppt hatte, fest in den sandigen Boden.

Katja schüttelte den Kopf. So brachte das gar nichts. Sie musste die verängstigte Frau, die die Tote gefunden hatte, alleine sprechen. Sollte sich Sven Widahn mit ihrem Ehemann herumschlagen. „Kommen Sie, Frau Beckmann, ich begleite Sie bis zur Polizeistation. Auf dem Weg dorthin können wir uns ein bisschen unterhalten."

Jutta Beckmann nickte und folgte ihr zögernd, während ihr Mann ihr verblüfft hinterhersah. „Und was ist mit mir?"

„Wir folgen den beiden Damen einfach. Wenn wir Ihr Protokoll aufgenommen haben, können Sie weiter Ihren Urlaub genießen." Widahn warf einen Blick auf die heranrollenden Schaumkronen der Ostsee. Das Wetter wollte sich einfach nicht bessern, es regnete immer noch, und der Typ neben ihm war ein unangenehmer Mensch. Er freute sich darauf, die Vernehmung hinter sich zu haben.

„Aus welcher Stadt kommen Sie?" Katja ging gemächlich die Treppe zur Strandpromenade hoch, sie wollte etwas Zeit gewinnen, um sich ein besseres Bild von der Frau machen zu können.

„Aus Villingen, das liegt im Schwarzwald." Die Frau in der gelben Öljacke folgte Katja und schaute nach ihrem Mann, der ihnen im Abstand von etwa zwanzig Metern mit dem Polizisten folgte.

Katja seufzte. Hatte diese Frau in ihrem Leben schon jemals etwas ohne ihren Mann gemacht?

„Haben Sie Kinder?"

„Was? Ach so, ja, einen Sohn, aber der ist erwachsen und bei der Bundeswehr."

„Und Sie und Ihr Mann verbringen hier auf Hiddensee Ihren Urlaub?"

„Na ja, Uwe hatte noch ein paar Tage Resturlaub und wir haben ... noch ein paar Dinge zu klären."

Katja nickte verständnisvoll, *Dinge klären* kam ihr bekannt vor. Sie ging an der blauen Scheune vorbei und überlegte, welchen Weg sie jetzt einschlagen konnten, um nicht zu schnell bei der in der Nähe liegenden Polizeistation anzukommen. Sie wandte sich nach rechts, vorbei an einer Bäckerei, die aus einer anderen Zeit zu stammen schien, und beschloss, eine Extra-Runde am Hafen vorbei zu laufen, der ebenfalls ganz in der Nähe lag. So würde Sven auch die Zeit haben, die Kollegen im Innendienst über ihre Mitarbeit zu informieren.

„Und Sie haben hier in Vitte eine Ferienwohnung gemietet?"

„Nein, wir wohnen in einer kleinen Ferienwohnung in Kloster, in der Nähe vom Gerhart-Hauptmann-Haus."

„Und dann kommen Sie hier an den Strand?"

Frau Beckmann nickte. „Wir gehen jeden Morgen nach dem Frühstück zu Fuß bis hierhin."

Katja überlegte. Menschen wie die Frau neben ihr und ihr Mann hatten meist feste Zeiten und Gewohnheiten, manchmal fast schon Rituale. „Um wie viel Uhr ist das immer?"

Prompt kam auch ihre Antwort. „Um sechs frühstücken wir, um halb sieben machen wir uns dann auf den Weg. Mein Mann will immer hier an diesen Strandabschnitt, er glaubt, dort den besten Bernstein finden zu können."

Katja überlegte einen Augenblick, was sie wohl sagen würde, wenn Kai im Urlaub morgens um sechs frühstücken und um halb sieben das Haus verlassen wollte. „Wissen Sie auch, wann Sie unten am Strand angekommen sind?"

Die Frau zuckte mit den Schultern. „Keine Ahnung, ich weiß nur, dass wir immer gegen halb elf, elf wieder gehen. Uwe braucht keine Uhr, er richtet sich da immer nach seinem Magen. Wenn er nicht spätestens um zwölf, halb eins etwas zu essen bekommt, wird er ungenießbar."

Heute würde Beckmanns Essensplanung durcheinander geraten. Katjas Armbanduhr zeigte kurz nach ein Uhr Mittag. Der Geruch von frisch gebackenem Fisch erreichte ihre Nase, und sie bekam ein flaues Gefühl im Magen. Wie lange sie wohl heute Morgen für den Fußmarsch gebraucht hatten? Waren sie mit dem

Wind oder gegen ihn gegangen? Aus welcher Richtung hatte der Wind geweht? Sven Widahn würde das überprüfen müssen, jede Minute konnte entscheidend sein.

„Gut, als Sie dann am Strand ankamen, was haben Sie gemacht?"

Frau Beckmann drehte sich erneut nach ihrem Mann um und rieb sich verlegen ihre Hände. „Ich hab mich versteckt."

Katja blieb abrupt stehen. „Wie bitte?"

„Na ja, unsere Ehe ist irgendwie ... keine Ahnung. Ich habe seine ewige Suche nach Bernstein so satt. Ich wollte mich in einem Strandkorb verstecken und wissen, ob er mich überhaupt vermisst." Sie schwieg einen Moment und schaute scheinbar interessiert auf die Auslage eines Souvenirladens. Katja fühlte so etwas wie Mitleid für die verhärmte Frau.

„Ja, und dann sah ich ein nacktes Frauenbein", erinnerte sich Frau Beckmann, „ich dachte noch, ist die verrückt, bei so einem Wetter halbnackt am Strand zu sitzen. Als sie sich nicht bewegte, ging ich zu ihr hinüber, man hat ja schließlich so seine Verantwortung den Mitmenschen gegenüber. Dann merkte ich, dass sie tot war."

„Haben Sie noch andere Personen am Strand gesehen?"

Frau Beckmann schüttelte den Kopf. „Nein, wir waren ganz alleine. Bei diesem Wetter gehen ja nicht viele ans Meer."

Kalter Nieselregen bedeckte erneut Katjas Gesicht. Sie zog die Kapuze ihrer blauen Windjacke über den Kopf."Und sonst ist Ihnen nichts aufgefallen?"

„Meinen Sie am Strand? Nein, da war alles wie jeden Morgen."

„Denken Sie bitte sorgfältig nach, das ist ganz wichtig. Ist Ihnen irgendetwas seltsam vorgekommen?"

Jutta Beckmann umfasste ihr molliges Kinn und überlegte. Sie schaute den Weg zurück, sah ihren Mann in Begleitung des Polizisten das Polizeirevier betreten. „Doch, mir fällt noch etwas ein. Auf dem Weg zum Strand, kurz bevor wir auf der Promenade waren, so auf Höhe der alten Mühle, ist mir ein Mann begegnet. Er kam aus Richtung der Dünen. Aufgefallen ist er mir deswegen, weil er nackt, na ja, fast nackt war. Bei dem Wetter! Er trug nur einen Bademantel und machte auf mich einen abgehetzten Eindruck."

# 4

„Verrätst du mir deinen Namen?"

„Nein, das möchte ich nicht."

„Darf ich dir dann einen geben? Ich spreche nicht gerne mit Menschen, die namenlos sind."

„Von mir aus, nenn mich Georg."

„Schön dass du anrufst, Georg, ich heiße Harald."

„Hast du Zeit?"

„Ja, ich bin jetzt ganz für dich da."

„Und das bleibt wirklich unter uns? Egal was ich dir sage?"

„Absolut."

...

„Hast du von der Toten auf Hiddensee gehört?"

„Die alte Frau? Ja!"

„Sie gehörte mir!"

„Sie gehörte dir? Was meinst du mit sie gehörte mir? War sie deine Frau?"

„Nein."

„Deine Mutter oder eine nahe Verwandte, Freundin?"

„Nein ... Ich glaube, etwas stimmt nicht mit mir!"

„Warum glaubst du das?"

„Kennst du das, wenn man nach etwas unstillbare Sehnsucht hat, und plötzlich bricht es aus einem heraus?"

„Welche Sehnsucht meinst du? Die nach einer Frau?"

„Ganz genau die!"

„Natürlich kenne ich die. Steht deine Sehnsucht in irgendeiner Verbindung zu der Toten von Hiddensee?"

...

„Es fällt mir schwer, darüber zu sprechen."

„Erzähl mir etwas von dir!"

„Ich trage an der rechten Hand einen Ring."

„Das ist nicht ungewöhnlich. Sehr viele Männer tragen an der rechten Hand einen Ring."

„Meiner ist aber eine Last. Eine schreckliche Last."

„Auch damit stehst du nicht allein."

„Ich habe ihre Haut berührt, letzte Nacht, die zarte Haut. Dann den Hals, wo die Haut so dünn war, dass ich den rasenden Puls in ihrer Schlagader habe erkennen können. Und ihr Bauch, der wunderschöne Bauch. Ich weiß nicht mehr weiter. Oh Gott, gibt es denn keine Hilfe für mich? Jedes Mal wenn ich so denke, fängt es in meinem Kopf an zu pochen."

„Du hast deine Frau berührt und fühlst dich schuldig?"

„Es war nicht meine Frau."

„Und wessen Haut hast du berührt? War es die der Toten von Hiddensee?"

„Ja, Harald!"

„Und du hast es genossen."

„Es hat mich fast um den Verstand gebracht. Es ist die Lust des Wahnsinns."

„Und als du sie berührtest, war sie da noch ...?"

„Du willst wissen, ob sie noch gelebt hat? Ja!"

„Und ... hast du etwas mit ihrem Tod zu tun?"

„... ich weiß es nicht. Ich weiß es einfach nicht."

## 5

Es hat aufgehört zu regnen, die Luft im Auto ist stickig und riecht nach angefaultem Obst, überlagert von leichtem Schweiß. Aber ich darf ja kein Fenster aufmachen, und nun ist die Luft zum Schneiden dick.

Meine Mundwinkel verziehen sich zu einem Lächeln. Ich weiß, es ist ein bitteres, nach innen gekehrtes Lächeln. Luft zum Schneiden. Ich schaue nach rechts. Aber welch verlockende Vorstellung, diesen Hals neben mir mit einem Messer zu durchtrennen.

Wie von böser Magie angezogen fällt mein Blick erst auf meine Hand mit dem Ehering, die das Lenkrad wie einen Rettungsring umklammert, dann wieder auf den Sitz neben mir. Ich muss mich zusammenreißen, dass sie nicht die Verachtung um meine Mundwinkel sieht. Aber anscheinend schläft sie. Ihr Kopf lehnt gegen den Türrahmen, ihre Arme sind vor der Brust verschränkt, die Augen geschlossen. Sie rührt sich nicht. Es dauert nicht mehr lange, und aus ihrem Mund mit dem säuerlichen Geruch werden die ersten Töne kommen. Töne, die immer lauter werden und mich an das Geräusch einer Handsäge erinnern, die mühsam und erfolglos versucht, einen mächtigen Holzstamm zu durchsägen.

Ich kann sie ansprechen, kann ihr davon erzählen. Aber warum? Verständnis erhoffe ich mir nicht von ihr. Ich bremse den Wagen ab, vor uns hat sich eine Autoschlange gebildet. Wahrscheinlich wieder einer der Traktoren, die mit ihren paar Stundenkilometern Geschwindigkeit versuchen, für eine kurze Strecke die Straße in ihren Besitz zu nehmen. Ein LKW mit polnischem Kennzeichen versperrt mir die Sicht. Wie lange muss ich noch hier sitzen und fahren oder schleichen? Ich bin müde. Meine rechte Wade krampft. Kuppeln, Gas geben, bremsen, wieder kuppeln, Gas geben. Und das alles bei stickiger schlechter Luft.

Sie schnarcht, ihr Brustkorb hebt und senkt sich langsam. Ganz vorsichtig öffne ich mein Fenster einen Spalt breit. Gott ja, Sauerstoff. Wieder klar denken, erinnern. Das Schnarchen wird lauter, dafür scheint sich der Stau vor mir wie durch Geisterhand aufzulösen. Es ist doch immer wieder seltsam, kein Unfall, keine Baustelle, trotzdem Stau. Ich kehre zurück zur gestrigen Nacht und Wilhelmine Wirth.

*Das da war Schmerz in mir:*
*der Haufen: schau, wie düster drin die Funken glühn ...*

In Wilhelmine Wirth glüht nie wieder ein Funke, nie wieder. Dafür habe ich gesorgt. Das Schnarchen neben mir hat aufgehört. Erste Bewegungen und schnelles Atmen zeugen davon, dass ihr Schlaf ein Ende findet, leider.

Ich fühle tief in mir mein Herz pulsieren. Es ist kalt, eiskalt.

# 6

„Und, was hältst du von dem mysteriösen Unbekannten im Bademantel?" Widahn spielte mit seiner Papierserviette. Er schaute dem Kellner hinterher, der scheinbar jedem außer Katja und ihm das gewünschte Essen brachte.

„Ich glaube, dass Frau Beckmann mehr in diesen Mann hineininterpretiert hat, als sein Erscheinen am frühen Morgen tatsächlich bedeutet."

Es war früher Nachmittag und sie saß Widahn im Gasthaus *Sundevit* gegenüber. Zwischen ihnen auf der weißen Tischdecke lagen die Aussageprotokolle des Ehepaars Beckmann, darunter, halb verdeckt, Digitalaufnahmen vom Tatort und von der Leiche. Katja schaute sich um. Trotz oder gerade wegen des kühlen Wetters war das Restaurant gut besucht. Es war laut und doch urgemütlich mit seinem hellen Mobiliar und den vielen Kerzen. Sie hatten Glück gehabt und einen Fensterplatz ergattert, von dem aus man auf einen Biergarten hinaussah.

Sie nahm einen Schluck von ihrem Glas Cola, tippte mit dem Zeigefinger auf die Aussage von Jutta Beckmann: „Sie ist eine frustrierte Frau, die sich in ihrem Innersten nichts so sehr wünscht, wie endlich aus dem langweiligen Alltagstrott herauszukommen, ein wenig Abenteuer zu erleben, mit stark sexueller Tendenz. Auffällig ist doch, dass der Mann, den sie gesehen hat, quasi gesichtslos war, sie aber noch genau wusste, welche Länge, Farbe und Muster der Bademantel hatte, den er trug, und dass sie, wie sie immer wieder betonte, überzeugt gewesen ist, dass er unter seinem Mantel nackt gewesen sei. – Wer weiß, vielleicht ist er nur ein Frischluftfanatiker, der friedlich seinen allmorgendlichen Dauerlauf absolvierte."

„Im Bademantel?"

„Warum nicht? Vielleicht war er vorher noch eine Runde schwimmen?"

Widahn verschränkte die Arme vor der Brust. „Jedenfalls muss ich ihn als Mörder der alten Frau in Betracht ziehen."

Katja lächelte. Widahn erinnerte sie im Augenblick an Kai. Wenn er sich in etwas festgebissen hatte, machte er den gleichen grimmigen Gesichtsausdruck. „Sagte Dr. Majonika nicht, dass die Frau wohl kaum in dem Strandkorb ermordet worden ist?"

Widahn zuckte mit den Schultern. „Er kann sie ja irgendwo sonst am Strand oder in den Dünen ermordet und dann zum Strandkorb getragen haben, um sie dort zu verstecken, damit sie erst gefunden wurde, als er schon wieder weg war."

Katja winkte ab. Sie drehte den gläsernen Kerzenständer vor ihr zwischen den Fingern hin und her. „Glaub' ich nicht. Ich bin der Überzeugung, so wie die Leiche dalag, wollte der Mörder, dass sie gefunden wird."

Widahns schmale, leicht gebogene Nase, die ihm, so schien ihr, in einem bestimmten Blickwinkel das Aussehen eines Adlers verlieh, hatte sich an der Wurzel leicht gekräuselt. Zwei tiefe Kerben zeigten sich auf der hohen Stirn, und die wachen, grauen Augen, die den geschäftigen Bewegungen des Kellners folgten, ließen Katja im Zweifel darüber, ob er sich mehr über ihre vermeintliche Borniertheit ärgerte oder nur schlichtweg Hunger hatte.

„Na ja", lenkte er ein, „ich hoffe, dass die Kollegen ihn bald finden, dann wissen wir mehr. Es waren ja sicher heute morgen noch mehr Urlauber außer dem Ehepaar Beckmann unterwegs. Irgendjemand muss ihn doch gesehen haben. Auf diesem winzigen Fleckchen Erde kann sich niemand lange versteckt halten."

Katja dachte an die Fähren, die stündlich zwischen Rügen und Hiddensee verkehrten, sagte aber nichts. Wieder schien es ihr, als könne er ihre Gedanken lesen.

„Die Fähren werden auch kontrolliert. Früher oder später finden wir ihn, du wirst sehen. Aber lass uns in der Mittagspause nicht über den Fall sprechen, ich habe so ein Gefühl, dass er uns noch genug Zeit und Nerven kosten wird."

Katja schaute ihn zweifelnd an. Wie anders schien hier alles zu sein. Kai würde bis zur Klärung des Falles keine Ruhe geben und keine Pausen einlegen.

Als der Kellner kam und ihre Speisen servierte, hellte sich Widahns Miene auf.

„Gut", sagte Katja, atmete den Geruch der Pilzsoße ein und hoffte, dass ihr Magen friedlich blieb. „Dann erzähl mir etwas von dir oder eurem *Klabautermann*."

Widahn zuckte mit den Schultern und legte ein Stück Dill an den Tellerrand. „Viel gibt es nicht zu erzählen. Als ich in Köln Anke Liv zum ersten Mal begegnet bin, wusste ich direkt, sie ist meine Traumfrau, und es gab für mich keinen Zweifel, ihr nach Rügen zu folgen. Ich ließ mich nach Stralsund versetzen."

Katja schnitt ein Stück Putenbrust ab und erinnerte sich daran, wie Kai ihr im Sommer erzählt hatte, dass er damals Widahns Versetzungsgesuch nach Stralsund für überstürzt gehalten habe. In den Jahren, in denen sie zusammengearbeitet hatten, hatte sein Freund und Kollege mehr als eine Traumfrau kennen gelernt, und immer hatte sich am Ende herausgestellt, dass sie doch nicht zusammenpassten.

„Sie war Angestellte in einem Stralsunder Reisebüro. Seitdem wir zusammenleben, hat sie ihren Beruf allerdings an den Nagel gehängt, um sich besser um Loreena kümmern zu können." Er schob sich die Gabel mit dem Fisch in den Mund und verdrehte genussvoll die Augen.

„Loreena? Wer ist Loreena?"

„Ihre Tochter. Ein süßer Fratz. Du lernst sie heute Abend kennen. Du kommst doch zu uns? Gott sei Dank kehren Luise und Inga früher als beabsichtigt aus Berlin zurück, sonst hätten wir uns selbst versorgen müssen. Luise benötigte unbedingt einmal etwas Stadtluft, Inga hat sie begleitet. Eigentlich wollten sie noch ein, zwei Tage länger bleiben, aber anscheinend haben sie es sich anders überlegt."

Schon wieder zwei neue Namen, Katja schwirrte ein wenig der Kopf. „Und wer bitte sind Inga und Luise?" Zumindest kam von ihrem Magen keine Reaktion auf die Putenbrust, und sie nahm sich noch ein kleines Stück.

Widahn lachte verlegen. Er tupfte sich den Mund mit der Serviette ab. „Du musst entschuldigen. Inga ist Sebastians Frau und Anke Livs Mutter beziehungsweise meine Schwiegermutter, Luise ist die Mutter von Sebastian."

„Und ihr wohnt alle unter einem Dach und habt eine Pension in … wie heißt der Ort?" Sie fragte sich im Stillen, wie es für sie wäre, ständig Kais Eltern um sich herum zu haben.

„Ostseebad Göhren. Schon mal was vom Mönchsgut gehört? Nein? Na egal, wird dir bestimmt gefallen. Wir können von Glück sagen, dass wir noch zwei Zimmer frei haben. In der Hauptsaison sind wir meistens ausgebucht."

Katja unterdrückte ein Lächeln. Ein Kriminalbeamter, der noch nebenbei eine Ferienpension führte. Sie stellte sich Sven Widahn vor, wie er morgens den Gästen Kaffee einschenkte, nachdem er gerade einen Anruf aus der Rechtsmedizin mit dem neuesten Obduktionsbericht erhalten hatte.

„Ich glaube aber, die Zimmer mit Meerblick sind schon alle ausgebucht. Na ja, Sebastian macht das schon richtig." Widahn schaute missmutig auf einen kleinen Glasteller mit gemischtem Salat und stocherte darin herum. „Eigentlich ist er ein feiner Kerl, er verhält sich manchmal eben nur etwas eigentümlich. Leute die ihn nicht richtig kennen, halten ihn für arrogant und verbohrt, dabei machen sie den Fehler, seine Intelligenz zu unterschätzen."

„Ich weiß nicht, ob es eine gute Idee ist, bei euch zu wohnen."

„Aber ja. So ist es doch viel einfacher. Wir können auch besser arbeiten, wenn wir alle zusammen wohnen. Zumal noch Hochsaison ist, du wirst sowieso Schwierigkeiten haben, ein Zimmer zu bekommen. Vielleicht für eine Nacht oder zwei. Dann müsstest du dauernd umziehen. Und wer weiß, wie lange wir brauchen, um den Fall zu lösen. Sebastian hat einen guten Draht zum Innenministerium. Ein paar Telefonate und du kannst so lange hier bleiben, bis wir den Mord aufgeklärt haben. Du wärst uns wirklich eine große Stütze, Katja."

Katja fragte sich, ob sie ihren Sohn länger allein lassen wollte – allerdings war Patrick bei Kai gut versorgt, und ob er seine Mutter wirklich vermisste? In letzter Zeit hatte sich viel verändert. Sie hörte, wie Widahn bei dem vorübereilenden Kellner für sie eine Cola und für sich selbst noch ein Glas Orangensaft bestellte. Schnell schob sie die Fotos, die nur halbverdeckt vor ihr auf dem Tisch lagen, unter die Polizeiprotokolle.

„Für mich bitte keine Cola mehr, ein stilles Mineralwasser wäre mir lieber." Der Kellner nickte höflich und ging an den nächsten Tisch, um abzurechnen.

Erstaunt sah Widahn sie an. „Mineralwasser? Kai hat mir erzählt, für Cola würdest du Leib und Seele verkaufen?"

*Gibt es etwas, was dein guter Freund dir noch nicht über mich verraten hat?* Das Gespräch mit Kai würde heute Abend wohl etwas länger.

Angespannt lächelte sie Widahn an. Die ganze Zeit hatte sie nicht an ihre eigenen Probleme gedacht, und jetzt spürte sie die seelischen Fußangeln schmerzlicher als zuvor.

„Ich bin schwanger." War sie verrückt? Erst hatte sie Groll auf Kai, weil er Sven Widahn scheinbar ihren halben Lebenslauf präsentiert hatte, und jetzt erzählte sie ihm selber Dinge, über die sie mit niemandem bisher gesprochen hatte.

Widahn, der sich gerade ein Stück Scholle in den Mund schieben wollte, legte die Gabel zurück. Er war blass geworden. „Grundgütiger! Und ich Trottel bringe dich als erstes zu einem Leichenfundort und frage dich, ob du mit mir arbeiten möchtest."

„Mach dir keine Gedanken deswegen. Es war mein eigener Wunsch, und ich bin froh, dass du mich um Mithilfe gebeten hast. Du darfst diese Information natürlich nicht deinen oder meinen Vorgesetzten weitergeben, sonst kann ich euch bei diesem Fall nur noch im Innendienst unterstützen, das weißt du ja. Dein Angebot steht doch noch, oder?"

Der Kellner kam an ihren Tisch und brachte die Getränke. Hastig nahm Katja einen Schluck von dem Mineralwasser.

Widahn nickte. „Als ich vorhin sagte, jemanden mit deinen Kenntnissen könnten wir gut gebrauchen, da war das völlig ernst gemeint. Trotzdem weiß ich nicht, ob es in diesem Fall günstig ist, dich in so eine Geschichte zu involvieren, aber die Entscheidung überlasse ich selbstverständlich dir."

Katja atmete auf und fuhr sich mit dem Zeigefinger über den schmalen Nasenrücken. Sie freute sich über seine Haltung, denn sie hasste es, wenn andere besser zu wissen glaubten, was für sie das richtige war. Das genau war der Grund, warum sie bisher mit niemandem über ihre unerwartete Schwangerschaft gesprochen hatte. Sie schaute auf die Fensterbank, auf der neben einem Holzleuchtturm und kleinen Möwen ein Sonnenblumengesteck lag. Sie zupfte an einem der künstlichen gelben Blätter. Ihr drohte der Innendienst. Katja spürte bei dem Gedanken eine Gänsehaut auf ihren Armen.

Wie aus weiter Ferne hörte sie Widahn fragen. „Was sagt eigentlich der werdende Vater dazu?"

Sie senkte den Kopf und starrte auf ihren immer noch vollen Teller. „Er weiß es noch nicht!", flüsterte sie.

„Wie bitte?"

„Ich sagte ..."

„Ich hab's gehört", unterbrach er sie und die beiden Falten auf seiner Stirn schienen sich noch mehr zu vertiefen. „Die Frage, die sich mir stellt, ist, warum? Warum hast du ihm nichts davon gesagt? Will er keine eigenen Kinder?"

„Doch!"

„Aber?"

„Ich weiß noch nicht so recht, was ich will." Sie konzentrierte sich erneut auf ihren Teller, schnitt ein Stück von der Putenbrust ab und hoffte, dass er nach dieser Aussage Ruhe geben würde.

„Und? Möchtest du darüber reden?" Er legte die Serviette auf seinen Teller.

Katja schüttelte wortlos den Kopf. Vielleicht hatte er ja Recht, vielleicht sollte sie wirklich mit ihm darüber sprechen, aber vielleicht erzählte er auch alles Kai brühwarm weiter. Die beiden schienen sich schließlich näher zu stehen, als sie geglaubt hatte. Was alleine würde schon passieren, wenn Kai erfuhr, dass Widahn von ihrer Schwangerschaft wusste, er selbst aber nicht! Sie schob den Teller beiseite, die Hälfte hatte sie immerhin ohne Probleme geschafft.

„Okay, deine Entscheidung." Er winkte dem Kellner zu und bat um die Rechnung. „Ich bin da, wenn du es dir anders überlegst." Er gab dem Kellner ein großzügiges Trinkgeld.

„Aber die Einladung für heute Abend steht, Absagen werden nicht akzeptiert." Er wollte Katja in ihre blaue Windjacke helfen, aber sie nahm sie ihm ab und lachte. „In Ordnung, du scheinst ja sonst doch keine Ruhe zu geben."

Sie wollten gerade das Restaurant verlassen, als ein junger Streifenpolizist auf sie zukam. „Wir haben Sie gesucht, Herr Widahn, Ihr Handy hat wahrscheinlich keine Funkverbindung. Hauptkommissar Bach schickt mich. Vor kurzem ist eine Vermisstenmeldung von der Polizeiinspektion aus Bergen hereingekommen. Herr Bach glaubt, es könnte sich hierbei um die Tote handeln. Hier ist die Adresse." Er schob Widahn einen gefalteten kleinen Zettel zu.

„Danke! Sie suchen bitte weiter nach dem Mann in dem Bademantel. Sobald Sie ihn gefunden haben, informieren Sie mich unverzüglich."

„Geht klar!" Der Polizist tippte sich an die Mütze und verabschiedete sich.

Katja hob erstaunt ihre Augenbrauen hoch. „Hatte sich dein zukünftiger Schwiegervater nicht krankgemeldet?"

Widahn lachte. „Das ist typisch Sebastian, menschlich ein komischer Kauz, aber Polizist durch und durch."

Er faltete den Zettel auseinander, und sein Gesicht zeigte Überraschung. „Das gibt's doch nicht! Scheinbar ist heute mein Glückstag, was Zufälle angeht. Erst du und jetzt das hier."

„Was ist denn so besonderes?"

„Die Seniorenresidenz *Abendsonne*. Die Anlage kenne ich, das ist bei uns in Göhren, nicht weit vom *Klabautermann* entfernt, allerdings war ich noch nie in dem Heim. Wir sind zwar zu verschiedenen Veranstaltungen eingeladen worden, aber Anke Liv und ich sind nie hingegangen. Das ist doch echt verrückt"; er fuchtelte mit dem Papier in der Luft herum, „aus der *Abendsonne*! Wenn sich das bestätigt und es so weitergeht, stolpert mir heute Abend noch der Täter über meine Füße. Heute Morgen hat man eine Frau namens Wilhelmine Wirth vermisst gemeldet. Lass uns das Altenheim besuchen, danach wissen wir mehr."

„Weißt du, was ich mich frage?" Katja hatte Mühe, mit seinen schnellen Schritten mitzuhalten, als sie zusammen in Richtung Hafen liefen, wo gerade eines der großen weißen Fährschiffe angelegt hatte. „Wie kommt eine Frau allein aus einem Altenheim hier auf die Insel? Selbst wenn sie nur einer der vielen Tagesgäste war, von einem Altenheim werden solche Ausflüge doch immer in Gruppen durchgeführt. Also, wie kam sie hier auf die Insel?" Sie schaute nach rechts zu einer schwarzen Schieferplatte, auf der mit Kreidebuchstaben eine Theatervorführung angekündigt wurde. Das Theater entdeckte sie auf der Wiese dahinter, daneben stand ein alter Bauwagen.

Widahn blickte auf das Hafenbecken vor ihnen, Fischer putzten ihre Boote und sortierten die Netze, andere saßen auf der Reling ihres Bootes und unterhielten sich. Tagesausflügler unter Regenschirmen und Urlauber neben ihren Koffern warteten darauf, endlich auf die Fähre zu dürfen.

„Das frage ich mich allerdings auch, Katja. Das frage ich mich auch."


7


„Das ist ja furchtbar, einfach schrecklich!"

Katja wandte sich ab und verdrehte die Augen. Wie oft hatte die Frau mit den dunkelbraun gefärbten Haaren und dem marineblauen Maßkostüm diesen einen Satz jetzt schon wiederholt? Sie hatte aufgehört zu zählen.

Nach der Überfahrt war sie Widahn in ihrem erdbeerfarbenen Fiesta zu dem privaten Seniorenheim in Göhren gefolgt. Widahn hatte der Heimleiterin eine Portraitaufnahme der Toten gezeigt, und diese hatte sie als die vermisste Heimbewohnerin erkannt.

Die Frau nahm ihr Taschentuch und putzte sich die Nase. „Gott, wie ist so etwas nur möglich? Das ist ja ..."

„Frau Kaschner, vielleicht setzen Sie sich erst einmal hin", unterbrach Widahn die Frau und sah sich in dem geräumigen Büro mit der eher spartanischen Einrichtung um. Nur das Nötigste befand sich in dem Raum. Ein altmodischer Schreibtisch aus Ebenholz, ein Schreibtischstuhl und eine schwarze Stehlampe, wahrscheinlich aus der gleichen Zeit wie der Schreibtisch, davor zwei Stühle, die eher wie Esszimmerstühle als wie Besucherstühle aussahen. In dieser Umgebung wirkten der Flachbildschirm und die schnurlose Tastatur nebst Maus sowie eine moderne Telefonanlage auf dem Schreibtisch ein wenig befremdlich. Keine Bilder an den Wänden, keine Gardinen an den Fenstern und kein Teppich auf dem polierten Holzboden dekorierten den kühlen Raum. Allerdings hing ein Geruch von frischer Wandfarbe in der Luft.

„Wann genau haben Sie Frau Wirth zum letzten Mal gesehen?"

„Ich persönlich? Das war vorgestern, glaube ich. Ja genau, vorgestern am Vormittag, draußen im Park. Frau Wirth war noch sehr selbstständig, niemand hat sie vermisst, sie brauchte keine Pflege. Erst als sie nicht wie sonst immer zum Frühstück erschien, ging einer meiner Mitarbeiter zu ihr, es bestand ja die Möglichkeit, dass sie krank war. Aber sie war nicht in ihrem Bungalow, und nachdem wir sie auch nach intensivem Suchen nicht gefunden haben, haben wir bei Ihnen angerufen."

„Ist Ihnen in letzter Zeit irgendeine Veränderung an Frau Wirth aufgefallen?", fragte Katja.

Frau Kaschner überlegte und zerknüllte das Taschentuch zwischen ihren Fingern. „Eine Veränderung?"

„Etwas Außergewöhnliches."

„Nein, eigentlich nicht. Gestern war Tanztee, der ging bis zwanzig Uhr. Frau Wirth besuchte die angebotenen Festivitäten regelmäßig."

„Tanztee?"

„Ein Tanzfest für Alt und Jung. Unsere Angebote sind hier in der Region sehr beliebt und werden immer gut besucht."

Widahn fiel eine lange Haarsträhne ins Gesicht, er band sich den Pferdeschwanz neu. „Und? War Frau Wirth denn gestern Abend dabei? Wenn ja, war sie alleine?"

Hilflos zuckte Frau Kaschner mit den Schultern. „Ich schätze schon, kann es Ihnen aber nicht genau sagen. Ich war leider zu dem Zeitpunkt außer Haus. Da müssten Sie einen meiner Mitarbeiter fragen. Die arme Frau Wirth. Das ist ja ..."

„Wir müssen wissen, wer alles auf dem Fest war. Gibt es so etwas wie eine Einladungsliste?"

„Nein, zum Tanztee ist jedermann herzlich willkommen. Am Eingang können die Besucher und die Heimbewohner Getränkemarken kaufen, aber irgendwelche Kontrollen oder Listen gibt es nicht. Glauben Sie denn, gestern Abend war der Mörder anwesend? Mein Gott, das wäre ja schrecklich!"

Katja räusperte sich.

„Zur Zeit fischen wir noch im Trüben, Frau Kaschner. Hatte Frau Wirth noch irgendwelche Verwandte?"

„Sie hat einen Sohn, eine Schwiegertochter und zwei erwachsene Enkelsöhne, sie wohnen in Hamburg."

„Und die Familie hat ihre Mutter regelmäßig besucht?"

Die Heimleiterin knetete ihre Hände. „Ich habe sie ab und an auf dem Gelände gesehen. Da Frau Wirth aber auf keinerlei pflegerische Betreuung angewiesen ist ... war, kann ich Ihnen leider auch nicht sagen, wann und wie oft, ihre Familie zu Besuch kam. Unsere Seniorenresidenz unterscheidet sich erheblich von dem, was man sonst unter solchen Einrichtungen versteht. So leben in unseren Bungalows nur Menschen, die sich selbst versorgen können. Sie, oder ihre Angehörigen, sind alle gutsituiert. Wenn sie es wünschen, schauen wir regelmäßig nach dem Rechten und helfen im Haushalt." Sie schien Katjas fragenden Blick zu spüren und sprach hastig weiter: „Schauen Sie, das Heim wurde von einer Reihe privater Investoren gegründet, die sich zu einer Gesellschaft zusammengeschlossen haben. Deren Vorstellung von Pflege und einem angenehmen Leben im Alter ist leider sehr kostspielig. Natürlich haben auch wir alleinstehende und unvermögende Menschen bei uns, aber eben nicht in den Bungalows. Die Bewohner dort schätzen ihre Selbstständigkeit, ihre Freiheit und bleiben gerne unter sich."

*Und mit dem System hat man einen weiteren Baustein zur Zweiklassengesellschaft gelegt, und das sogar bei älteren, zum Teil hilflosen Menschen,* dachte Katja geringschätzig. Sie mochte die nervöse Frau nicht. Ihr herablassender Blick auf Widahn, als sie ihr Büro betreten hatten, war deutlich genug. Dabei wusste sie doch, dass sich hinter Widahns zugegebenermaßen fast schon schlampig wirkender Kleidung ein Kriminalbeamter verbarg.

„Und wo erreichen wir die Familie Wirth?"

„Natürlich! Ich muss sie anrufen, sie wissen ja noch gar nicht Bescheid. Ist das nicht alles furchtbar?" Frau Kaschner schlug vor Entsetzen die Hände vor den Mund.

„Gut, rufen Sie den Sohn bitte an und richten Sie ihm aus, er möge sich schnellstmöglich bei uns melden." Widahn stand auf, überreichte der aufgelösten Frau eine Visitenkarte und ging zum Fenster.

Verblüfft schaute die Frau abwechselnd auf die Karte und hinter ihm her. „Aber warum?"

„Warum was?" Er stellte fest, dass der Regen aufgehört hatte und schaute auf die parkähnliche Anlage, durch die sich ein langer Weg aus weißen Kieselsteinen zog. Etwa alle zwanzig Meter zweigten rechts und links Pfade ab, die zu kleinen Bungalows führten. Am Ende des Parks lag ein großer grasbewachsener Hügel mit einem einzelnen Gebäude. Eine Reihe dicht beieinander stehender Pappeln grenzte die Anlage nach außen ab, aber durch sie hindurch konnte er doch das Meer erkennen. Er wollte so schnell wie möglich in das Zimmer der Toten, die Spurensicherung musste jeden Moment eintreffen.

„Warum muss Herr Wirth sich bei Ihnen melden? Ich meine, ich kann Ihnen doch jede Auskunft geben, die Sie benötigen. Die Familie wird doch schon genug Probleme mit dem plötzlichen Tod der Mutter haben. Wir sollten es ihnen nicht unnötig schwer machen."

Jetzt war es an Widahn, verblüfft zu schauen. Er drehte sich zu ihr um. Sie wollte doch wohl nicht den Angehörigen verheimlichen, dass die Mutter ermordet worden war? War sie so dumm, oder tat sie nur so? Er verschränkte seine Hände hinter dem Rücken. „Wir haben einen Mord aufzuklären, außerdem muss er seine Mutter in der Rechtsmedizin identifizieren. Wenn es Ihnen allerdings lieber ist, können wir auch direkt mit der Familie in Kontakt treten."

Frau Kaschner schüttelte den Kopf. So etwas wie Panik stieg in ihren Augen auf. „Nein, nein, schon gut. Ich rufe Herrn Wirth an, wenn ich darf, heißt das." Sie schaute Widahn fragend an. Auf sein zustimmendes Nicken wollte sie zum Telefon greifen, aber Katja winkte ab. „Bevor Sie anrufen, möchte ich Sie bitten, uns das Zimmer von Frau Wirth zu zeigen."

„Natürlich, eine Sekunde!" Scheinbar erleichtert darüber, vor dem unangenehmen Telefonat noch eine kurze Schonfrist erhalten zu haben, ging Frau Kaschner schnell zur Tür und öffnete sie. „Ach Rita, was für ein Glück, dass du gerade hier bist. Kommst du mal bitte, etwas Furchtbares ist geschehen!" Sie zog eine junge Frau, die weiße Bettwäsche auf dem Arm trug, zu sich ins Büro.

„Darf ich vorstellen, Frau Sassmann, sie ist die stellvertretende Pflegedienstleiterin auf Station zwei. Und das sind Frau Sommer und Herr Widahn von der Kriminalpolizei."

„Kriminalpolizei?"

Katja registrierte den festen Händedruck der jungen Frau. Sie trug Jeans, ein gelbes Sweatshirt und weiße Turnschuhe. Ihr aschblondes Haar hatte sie im Nacken zu einem geflochten Zopf zusammengebunden.

„Es geht um Frau Wirth aus dem *Fliederbusch*", die Heimleiterin zupfte sichtlich nervös an ihrer Kostümjacke. „Sie wurde ermordet."

Frau Sassmann wurde blass. Sie setzte sich auf den freien Besucherstuhl, die Bettwäsche legte sie auf ihre Knie. „Wie? Aber warum? Ich meine, weiß man, wer ...?"

Katja, die neben ihr auf dem Stuhl saß, bemerkte die offensichtliche Betroffenheit der jungen Frau. „Das wissen wir noch nicht. Ihre Leiche wurde auf Hiddensee gefunden."

„Auf Hiddensee? Wieso Hiddensee? Was wollte sie dort?"

„Das versuchen wir gerade herauszubekommen." Widahn ging auf sie zu. Er krempelte die Ärmel seines ausgeleierten Pullovers hoch und steckte die Hände in die Hosentaschen seiner Jeans.

Frau Kaschner mischte sich in das Gespräch ein. „Die Beamten bitten darum, dass sie jemand in den *Fliederbusch* führt. Kannst du das übernehmen? Ich muss unbedingt den Sohn anrufen."

Frau Sassmann stand auf und schaute mit hilfloser Miene auf die frische Bettwäsche. „Ich wollte gerade auf Station eins. Egal, das kann warten. Kommen Sie, ich bringe Sie in den *Fliederbusch*."

Katja zog die Augenbrauen hoch. „Was ist das eigentlich, der *Fliederbusch*?"

„So heißt der Bungalow von Frau Wirth, alles weitere kann Ihnen Frau Sassmann erklären. Wenn Sie mich jetzt entschuldigen würden, ich muss Herrn Wirth informieren. Gott, ist das alles schrecklich." Frau Kaschner griff erneut zum Telefonhörer und fragte Widahn, der gerade den Raum verließ: „Ach sagen Sie, die Presse weiß noch nicht Bescheid, oder? Es wäre für unser Heim ganz fürchterlich, und der gute Ruf wäre zum Teufel, wenn ich das so salopp sagen darf. Gibt es eine Möglichkeit, unseren Namen da herauszuhalten?"

Widahn war versucht, so zu tun, als habe er die Frage überhört, überlegte es sich aber anders. Er steckte noch einmal den Kopf in die Tür und lächelte die Heimleiterin freundlich an. „Wohl kaum!"

Katja war der Altenpflegerin durch den schmalen Gang des Verwaltungstraktes gefolgt. Die Wände schienen ebenfalls frisch gestrichen, jedoch war der Farbgeruch hier weniger intensiv. Der Teppichboden sowie die Türen rechts und links auf dem Gang waren dunkelblau, die Tür- und Fensterrahmen in Hellblau gehalten. An den bogenförmigen Fenstern hingen bodenlange Vorhänge, ebenfalls in Blautönen, unterbrochen von riesigen Blumenmustern in Altrosé. An den Wänden gab es Fotografien aus der Umgebung in schlichten Glasrahmen. Bei einer Aufnahme blieb Katja stehen und betrachtete sie näher. Das Foto zeigte den Kreidefelsen und das Meer in der Abendsonne. Katja fand, das blaue bis rötliche Farbenspiel hatte eine faszinierende und gleichzeitig beruhigende Wirkung auf den Betrachter. In der unteren linken Ecke war ein kleiner Aufkleber, auf dem stand: *Jakob Meuschen, 82 Jahre, Oktober 1999.*

„Umwerfend, nicht wahr? Die kleinen Kunstwerke sind von unserer Fotogruppe. Herr Meuschen ist leider letztes Jahr hier in der *Villa Alpenrose* verstorben." Frau Sassmann zeigte auf eine Fotografie, die direkt unter dem Kreidefelsen hing. Es war eine Aufnahme von dem Backsteingebäude auf dem Hügel, die wohl im Frühling aufgenommen worden war.

Widahn trat zu ihnen. „War Frau Wirth auch in der Fotogruppe?"

Frau Sassmann schüttelte den Kopf und ging weiter in Richtung Ausgang. „Nein, Frau Wirth gehörte zu der Gruppe der Vogelkundler." Sie führte Widahn und Katja zu einer schmalen Glastür. „Kommen Sie, wir nehmen den Notausgang, dann sind wir schneller im *Fliederbusch.*"

„Was für ein Mensch war Frau Wirth?" Der Kiesweg knirschte unter Katjas Sportschuhen, und sie schien jedes Steinchen einzeln zu spüren.

„Sie war lebensfroh und sehr gesellig. Mehr kann ich nicht über sie sagen. Sie versorgte sich komplett selber und kam nur zum Frühstück oder bei irgendwelchen Festivitäten in den großen Saal."

„Und warum war sie dann in einem Altenheim?" Widahn blieb stehen und schaute sich um.

Frau Sassmann lächelte. „Wir nennen es Seniorenresidenz. Wie schon gesagt, Frau Wirth war ein sehr geselliger Mensch, ich nehme an, sie wollte nicht alleine sein, und hier hatte sie alles, was sie brauchte."

„Und das wäre?"

„Ihr eigenes Zuhause in dem kleinen Bungalow, in dem sie sich selbst versorgte, und die vertraute Geselligkeit Gleichaltriger. Durch unsere Freizeitprogramme hatte sie zusätzlich genügend Abwechslung."

„Wie alt war Frau Wirth?"

„In zwei Wochen wäre sie 75 Jahre geworden, es war eine große Gartenparty geplant. Sagen Sie, wie kam ... ich meine, wie wurde sie ...?"

„Ermordet? Darüber können wir noch keine Auskunft geben." Widahn zeigte auf das L-förmige große Backsteingebäude, aus dem sie gerade gekommen waren. „Klären Sie uns ein bisschen über die Anlage auf. Vielleicht hilft uns das schon weiter. Die ganze Anlage scheint ja riesig zu sein."

Frau Sassmann nickte. „Kurz nach der Wende hat irgend so ein Baulöwe aus dem Westen das Gelände gekauft. Er wollte hier ein Hotel im Westernstil und eine Golfanlage errichten. Allerdings hat er sich verspekuliert, und eine private Gesellschaft konnte das Gelände sehr günstig erwerben. Das Hotel war zu diesem Zeitpunkt bereits fertiggestellt. Es ist heute das Hauptgebäude, dort befinden sich unten im linken Schenkel der Verwaltungstrakt und am Ende der Festsaal, der allerdings an normalen Tagen als Speisesaal genutzt wird. Im ersten Stock befinden sich die Therapieräume für die Ergotherapie oder die einzelnen Beschäftigungsgruppen, und im Souterrain ist der Fitnessbereich sowie eine Sauna und ein kleines Schwimmbad." Sie zeigte auf den anderen Gebäudeflügel. „Dort sind die einzelnen Pflegestationen, unten und im ersten Stock die leichteren Pflegefälle, im oberen Stockwerk die Schwerstpflege und die offene Psychiatrie."

Katja zeigte auf den Hügel mit dem länglichen Backsteingebäude, etwa dreihundert Meter vor ihnen. „Und was ist das da für ein Haus?"

„Das ist die *Villa Alpenrose*, unser Sterbehaus. Die andere Seite des Gebäudes ist eine einzige Glasfront, Sie können es von hier aus nicht sehen. Aber es ist so konzipiert, dass die Zimmer der Todkranken und der Sterbenden direkten Blick auf den Strand und das Meer gewährleisten."

Katja fuhr sich mit den Fingern durch das kurze feuerrote Haar und nickte begeistert. „Deswegen ist dort die Pappelallee unterbrochen."

„Ganz genau. Die Bewohner haben oben ihre Zimmer und unten sind Räume für Mitarbeiter und Angehörige, die ihre Verwandten auf dem letzten Weg begleiten möchten. Auf der rechten Seite ist dann noch ein großer Teich mit Seerosen. Wenn Sie in den Sterbezimmern die Fenster öffnen, können die Bewohner neben dem Rauschen des Meeres auch die Enten auf dem Teich schnattern und oben in der Luft die Möwen schreien hören. Alles in allem eine beruhigende Wirkung auf die Menschen in ihren letzten Stunden."

Langsam gingen sie weiter. Sie musste zugeben, die Anlage schien wirklich ein Traum zu sein, allerdings einer, den sich, wenn sie richtig verstanden hatte, nur reiche Menschen leisten konnten, und das störte sie. Langsam gingen sie an der ersten Häusergruppe vorbei. An einer Weggabelung auf einem kleinen weißen Schild stand: *Haus Jasmin, Haus Maiglöckchen, Haus Alpenveilchen* und *Haus Ginsterbusch*.

„Haben die Bungalows alle Blumennamen?"

„Ja, alle."

„Aber nirgends steht ein Name der Bewohner dran."

Frau Sassmann nickte und bog in die nächste Abzweigung links ein. „Das ist Absicht. Ob Sie es glauben oder nicht, für viele ältere Menschen ist es einfacher, sich den Namen einer Blume zu merken als ihren eigenen. Die Häuser stehen übrigens immer im Viererblock, zwei größere für Paare und zwei kleinere für Alleinstehende. Und hier ist das Haus *Fliederbusch*." Sie holte ein Schlüsselbund aus ihrer Jeanstasche und öffnete die Eingangstür eines kleineren Hauses.

Katja reichte der Altenpflegerin ein Paar Füßlinge und Gummihandschuhe, mit der Aufforderung, beides genau wie sie überzustreifen. „Ist seit dem Verschwinden von Frau Wirth in dem Bungalow etwas verändert worden?"

„Nein, die Bungalows werden nur im Beisein der Bewohner gereinigt, und da Frau Wirth nicht da war, haben wir alles so gelassen, wie es war. Ich hatte im Übrigen gestern Vormittag Dienst hier im *Fliederbusch*, da war Frau Wirth noch putzmunter."

Katja wandte sich an Widahn. „Gibst du mir bitte einmal die Tatortfotos?"

„Was willst du hier damit?", fragte er, reichte ihr aber die gewünschten Fotos.

„Mir ein besseres Bild machen." Sie schaute sich um, sah auf die Eingangstür, die nicht aufgebrochen worden war. „Wo hängen immer die Ersatzschlüssel zu den Bungalows?"

„Unten an der Pforte."

Anstatt in eine Diele zu treten, kamen sie direkt in eine kleine Küche, ausgestattet mit Spüle, Herd und Kühlschrank. Katja konnte keinerlei überflüssigen Schnickschnack entdecken. Eine der beiden Wohnungstüren führte Katja ins Bad. Sie schaute sich flüchtig um. Es wirkte hell und kühl, und war, bis auf den Farn auf dem Fensterbrett über der Badewanne, ebenfalls nur mit dem Nötigsten eingerichtet. Nirgends lag ein einzelnes Wäschestück herum, alles schien seine Ordnung zu haben. Das Schlafzimmer lag hinter dem Bad.

„Ich möchte Sie bitten, nichts anzufassen, was nicht unbedingt nötig ist. Die Spurensicherung wird jeden Moment hier sein", hörte sie Widahn durch die Wände sagen.

Sie ging zurück in die Küche und von dort durch die zweite Tür in das angrenzende Wohnzimmer.

„Hatte Frau Wirth einen Freund?" Sie befühlte das untere Teil des Sofas, unter dem ein Stück weißes Papier hervorschaute. Katja nahm es an sich.

„Puh, das glaube ich kaum. Sie war Witwe, und in ihrem Alter noch einmal eine Liebschaft zu beginnen, ist vielleicht nicht ungewöhnlich, aber doch eher selten. Aber genau weiß ich das nicht."

Katja schaute auf die Fotos in ihrer Hand. Am auffälligsten war die Positionierung der Toten. Der Körper war weit nach hinten gebogen, unter ihrem Rücken war ein Haufen Sand, die Beine und Arme weit vom Körper gespreizt. Diese herausfordernde Haltung passte nicht zu der gewohnten Umgebung der Toten. Ihr Wohnzimmer wirkte hell und gemütlich, an der Decke und an den Wänden hingen Kristallleuchter. Katja sah auf den ersten Blick, dass das Mobiliar teuer gewesen war. Auf einem kleinen Glastisch fanden sich zwei benutzte Sektgläser, eines davon war umgekippt, die ausgelaufene Flüssigkeit war eingetrocknet. Am Rand des Tisches stand ein Kristallaschenbecher, der allerdings unbenutzt war. Neben einem Tischbein lag eine Flasche Sekt, eine kleine, ebenfalls eingetrocknete Pfütze war direkt unter dem Flaschenhals zu erkennen. In einer hohen Kristallvase blühte ein Strauß dunkelroter Baccararosen.

Auch von diesem Raum aus konnte man durch eine Tür ins Schlafzimmer gelangen. Katja öffnete sie und blieb im Türrahmen stehen. Das Bett war zerwühlt, die Luft abgestanden. Offensichtlich war das Bett in der letzten Nacht benutzt worden, denn angesichts der allgemeinen Ordnung, die überall herrschte, war es unwahrscheinlich, dass die Bewohnerin das Bett am Vortag nicht gemacht hatte. Auf dem Boden neben dem Bett lag, achtlos hingeworfen, ein weißer Pyjama. Widahn zeigte auf die beiden Sektgläser. „Hatte Frau Wirth gestern oder vorgestern Besuch?"

„Keine Ahnung! Ich sagte ja bereits, dass Frau Wirth ..."

„... selbstständig war, jaja. Also wäre es für sie möglich gewesen, Besuch zu empfangen, ohne dass Sie etwas davon bemerkten?"

„Natürlich! Wir sind schließlich nicht im Gefängnis."

Katja war neben Widahn an das Fenster getreten und fragte Frau Sassmann: „Aber haben Sie nicht trotzdem so etwas wie eine Verantwortung den alten Menschen gegenüber? Wenn jeder hier so hereinspazieren kann ..."

Frau Sassmann zog den geflochtenen Zopf über ihre Schulter nach vorne. „Abends um zehn sind das Haupttor und das kleine Tor zum Strand geschlossen, ab dann bis morgens um sieben sitzt ein Nachtwächter an der Pforte des Haupttores. Das ist hier aber keine ausbruchsichere, geschlossene Anstalt. Die Bewohner der Bungalows haben Schlüssel für alle Tore des Geländes. Wer da wen raus- und reinlässt, das können wir gar nicht kontrollieren. Und wir können auch nicht sicherstellen, dass immer alle die Tore auch wieder zuschließen. Auf den Pflegestationen bekommen wir natürlich mit, wenn jemand Besuch erhält, da halten wir auch ein Auge drauf. Aber wer außer den Verwandten soll die alten Leute denn schon besuchen?"

Vielleicht ein Mörder? dachte Widahn und zog sein klingelndes Handy aus der Hosentasche. „Ja, bitte?" Er gab Katja ein Zeichen, dass er kurz nach draußen wollte. Sie nickte und ging zu der Glasvitrine des Anbauschranks.

Katja sah aus den Augenwinkeln, dass Frau Sassmann sie neugierig beobachtete. „Wann haben Sie eigentlich Frau Wirth das letzte Mal gesehen?"

„Gestern, am frühen Abend beim Tanztee. Ich saß am Eingang des Saals und verkaufte die Verzehrbons. Und jetzt, da Sie danach fragen, fällt es mir wieder ein. Frau Wirth verabschiedete sich früher als sonst. Sie kam an mir vorbei, und ich bot ihr noch Bons an, aber sie lehnte dankend ab und meinte, sie sei müde und wolle zurück in ihren Bungalow. Normalerweise blieb sie bis zum Schluss, so gegen zwanzig Uhr, gestern war sie schon um achtzehn Uhr verschwunden. Sagen Sie, was suchen Sie eigentlich? Vielleicht kann ich Ihnen ja helfen." Die Altenpflegerin war neben sie getreten und wollte die Glastüren der Vitrine öffnen.

„Nicht anfassen!" Katja zog sie zurück, die junge Frau zuckte erschrocken zusammen. „Sorry, aber ich möchte Sie wirklich bitten, nichts anzufassen, Laien verwischen doch allzu oft unwissentlich Spuren."

„Ja, aber dann sagen Sie mir doch, wonach Sie genau suchen?" Die Wangen der jungen Frau hatten sich in dem sonst recht blassen Gesicht leicht gerötet. Katja sah ihren Unmut und konnte sie sogar im Ansatz verstehen. Sie wollte das Revier eines ihrer Schützlinge verteidigen, auch wenn der inzwischen tot war. Bevor Katja ihr antworten konnte, wurde sie von Widahn unterbrochen.

„Ach, Frau Sassmann, die Spurensicherung ist gerade angekommen", er stand im Türrahmen zwischen Küche und Wohnzimmer und machte einen zufriedenen Gesichtsausdruck. „Könnten Sie mich bitte zurück in die Verwaltung begleiten? Frau Kaschner ist im Augenblick nicht auffindbar, und die Kollegen haben noch Fragen zur gesamten Anlage, bevor sie hierher in den Bungalow geführt werden müssen."

„Wenn es sein muss." Zögernd folgte die junge Frau ihm und warf einen unsicheren Blick zu Katja. *Kann ich dich wirklich hier alleine lassen?* Diese Frage war ihr an den Augen abzulesen.

Katja lächelte ihr freundlich zu. Sie war froh, ein paar Minuten für sich zu haben. „Gehen Sie ruhig und lassen Sie die Tür auf. Ich passe auf, dass niemand hier hereinkommt."

Katja atmete auf und sah hinter der jungen Frau und Widahn her, die schnellen Schrittes in Richtung Hauptgebäude gingen. Sie nahm den Zettel aus der Tasche, er war zerrissen, der obere Teil fehlte. Es handelte sich um einen Vers oder ein Gedicht, aber warum lag das Papier unter dem Sofa? Katja faltete es zusammen, und steckte es zurück in ihre Tasche.

Sie ging wieder zu der Vitrine und schaute auf ein Foto in einem Silberrahmen, das in Augenhöhe zwischen Cognacgläsern und dem Holzmodell eines Oldtimers stand. Es war ein Gruppenfoto mit fünf Personen, eine davon Frau Wirth. Neben ihr stand ein dunkelhaariger Mann mittleren Alters mit Schnauzbart, der dem Opfer sehr ähnelte, hinter ihnen eine hagere platinblonde Frau im Alter des Mannes, stark geschminkt und teuer gekleidet. Vor den beiden knieten oder hockten zwei junge Männer, der eine hatte blonde, der andere dunkle Haare. Alle lächelten ungezwungen in die Kamera. Sie schaute auf die Aufnahme in ihrer Hand und dann wieder auf das Foto in der Vitrine. Dabei spürte sie, wie ein Kribbeln durch ihren ganzen Körper ging. Der Fall nahm sie gefangen, mehr als sie selbst es wollte. Für einen kurzen Augenblick dachte sie an die Schwangerschaft, verdrängte den Gedanken aber sofort wieder. Das hier war die Luft, die sie einatmen wollte, alles andere hatte Zeit bis später.

„Was hat man dir nur angetan?" Sie war versucht, das Bild aus der Vitrine zu nehmen, ließ es aber bleiben. Stattdessen ging sie ins Schlafzimmer und sah auf das zerwühlte Bett. „Dein Besuch ist nicht nur im Wohnzimmer gewesen und hat mit dir Sekt getrunken, nicht wahr?" Sie nahm eine Postkarte und einen Kugelschreiber mit der Aufschrift Hiddensee, aus ihrer Jackentasche, beides hatte sie am Morgen noch als Touristin in Vitte gekauft, und machte sich Notizen.

Dann schaute sie in den Kleiderschrank. „Du hast dunkle Kleidung bevorzugt." Auf der Stange hingen Kostümjacken in Schwarz, Dunkelbraun und Nachtblau, darunter die passenden Röcke oder Hosen, daneben ein paar einzelne helle Blusen, in der äußersten Ecke, in Folie eingepackt, ein Fuchsfellmantel. Auf den Regalböden lagen ordentlich übereinander gestapelt Pullover, die farblich sortiert waren. Die schwarzen ganz unten, zwei cremefarbene bildeten oben den Abschluss. Katja nahm vorsichtig den Stapel heraus und schaute ihn sich näher an. Alle Pullover waren einfarbig, hochgeschlossen und aus teurem, feinen Garn. Auf dem Bild in der Vitrine hatte sie einen dunkelbraunen Rollkragenpullover mit einer schlichten Perlenkette getragen, sie fand ihn in der

Mitte des Stapels. Im unteren Regal lagen farbige Schals mit dezenten Mustern.

Katja blickte hinter sich auf den weißen Pyjama, der auf dem Boden neben dem Bett lag. Er schien zerrissen. Auch dass er auf dem Boden lag, passte so gar nicht ins Bild. „Welche Art von Unterwäsche hast du getragen?" Wenn Frau Wirth einen heimlichen Liebhaber hatte, musste es irgendwo Anzeichen dafür geben. Sie öffnete eine kleine Schublade im Kleiderschrank. Die Unterwäsche war weiß oder fleischfarben und wirkte hausbacken. „Du hattest keinen Liebhaber, das passte gar nicht zu dir und dem Bild, das du nach außen vermittelt hast." Katja ging in das angrenzende Bad. Sie sah auf die Konsole vor dem Spiegel über dem Waschbecken und machte sich Notizen. „Ich verstehe es einfach nicht, es will nicht zusammenpassen."

Sie ging durch die Küche wieder zurück in das Wohnzimmer und schaute auf die Gläser, die umgefallene Flasche Sekt, auf den Strauß Baccararosen. „Okay, du hattest Besuch, Herrenbesuch, soviel ist klar, aber ..."

„Wille-wille-wille! Sind sie weg?"

Eine kleine, zierliche Frau mit schneeweißen Haaren, die ihr wie bei einem Igel stachelig vom Kopf abstanden, war hereingekommen und sah Katja mit großen Augen an. Sie lief auf Strümpfen, und der Pullover war halb in die Hose gestopft. „Du bist aber nicht Wille-wille-wille. Wo ist sie?" Bevor Katja etwas sagen konnte, war die Frau mit kleinen trippelnden Schritten in das Schlafzimmer gelaufen.

„Einen Augenblick bitte!" Katja folgte der augenscheinlich verwirrten Frau.

Die alte Frau blieb stehen und sah sie lächelnd an, dabei legte sie den Kopf schief. Sie ging auf Katja zu, stellte sich auf Zehenspitzen und berührte deren Haar. „Du bist lieb, wie der eine, nicht böse, wie der andere!"

Katja spürte erneut ein Kribbeln. Die Frau vor ihr litt sehr wahrscheinlich an einem altersbedingten hirnorganischen Psychosyndrom. Sie zu fragen, wer sie war oder in welcher Beziehung sie zu der Toten gestanden hatte, würde nicht viel bringen und sie wahrscheinlich nur verängstigen und verwirren. „Was meinen Sie damit? Wer ist der eine und der andere?"

„Wille-wille-wille!" Die Frau sah das Foto und ehe Katja reagieren konnte, hatte sie es ihr blitzschnell aus der Hand genommen. Ihr Gesicht erstarrte. Katja hätte sich am liebsten geohrfeigt. Wieso hatte sie das Foto so offen in der Hand gehalten? Bevor sie es der Frau wieder wegnehmen konnte, ging sie mit dem Bild an die Terrassentür. „Wilhelmine!" Ihre Stimme hatte sich verändert, Tränen liefen ihr über die Wangen, und sie strich mit ihren knochigen Fingern über das Bild.

Katja trat neben sie. „Kommen Sie, geben Sie mir das Foto."

Die Frau hob den Kopf und schlug Katja das Bild regelrecht gegen die Brust. „Da hast du es! Es ist bah! Pfui!" Sie lief mit tänzelndem Schritt wieder in die Küche und auf die geöffnete Eingangstür zu. „Wille-wille-wille. Komm her, du musst keine Angst mehr haben. Sie sind fort."

Katja folgte der Frau auf den Kiesweg vor dem Bungalow. „Wer sind die?" Sie nahm den Arm der kleinen Frau, und es kam ihr vor, als berühre sie einen morschen, zerbrechlichen Ast.

Die Frau schaute ihr mit trübem Blick direkt in die Augen. „Sie haben sie mitgenommen."

Katja zog die Luft ein. Kalter Wind und Nieselregen fuhren durch ihr Gesicht. Aus den Augenwinkeln sah sie Widahn in Begleitung der Altenpflegerin und einiger Männer über den Kiesweg auf sie zukommen. Frau Sassmann kam sogar gelaufen.

„Wer? Wer hat sie mitgenommen?" Katja musste vor dem Eintreffen der Altenpflegerin wissen, von wem die Frau sprach.

„Nikolaus und Knecht Ruprecht!"

# 8

„Ich höre dir zu, Georg."

„Je öfter wir miteinander sprechen, desto befreiter fühle ich mich. Aber ich habe auch Angst."

„Wovor denn?"

„Ich lasse mir nicht gerne in die Tiefen meiner Selbst schauen, von niemandem."

„Du hast Angst, zu viel von dir zu verraten? Jeder bestimmt doch selbst, wie nahe er den anderen an sich heranlässt. Aber manchmal tut es einfach gut, einem anderen Menschen Zutritt zu verschaffen, es erleichtert. Man kann sich verstanden fühlen."

„Vielleicht hast du Recht, Harald. Auf meinem Heimweg habe ich noch gedacht, dass es vielleicht ein Fehler gewesen ist, mit dir in Kontakt zu treten, doch jetzt wieder fühle ich mich gut, na ja, einigermaßen zumindest."

„Das freut mich. Du bist zu Hause?"

„Ja."

„Und du bist alleine."

„Was selten genug ist. – Ich habe vorhin meinen Wagen hinter einem grauen Lieferwagen geparkt und bin die letzten hundert Meter zu Fuß gegangen, wollte unbemerkt ins Haus. Ich wusste ja nicht, dass sie nicht zu Hause ist. Ich wollte einfach alleine sein, nur mit mir und mit meinen Gedanken."

„Das ist doch nicht ungewöhnlich, Georg. Alle Menschen wollen das."

„Ich glaube, nur wenige fühlen so wie ich. Aber ich kenne meine Probleme, ich verdränge sie nicht. Tagtäglich stelle ich mich meinen Anforderungen und bewältige sie, so gut ich nur kann."

„Was für besondere Anforderungen hast du denn im Leben?"

„Ich gebe dir ein Beispiel: Als ich heute die hundert Meter zu mir nach Hause gegangen bin, kam mir eine Nachbarin mit ihrem Pudel entgegen. Ich habe sie freundlich gegrüßt und ihrem Hund über den Kopf getätschelt: Sie hat nichts bemerkt."

„Was hätte sie denn bemerken können?"

„Na, was mit mir los ist. Ich meine, dass mit mir etwas nicht stimmt. Als ich sie auf mich zukommen sah, bekam ich wieder diese Beklemmung in der Brust, mein Puls raste, ich fing an zu schwitzen. Aber sie hat nichts davon mitbekommen. Ich habe mich sogar noch einmal herumgedreht und ihr zugewinkt. Ich bin ein freundlicher Nachbar. Alles war wie immer, niemand schaut in mich und in meine Seele hinein."

„Kennst du die Frau? Hast du schon einmal eine negative Erfahrung mit ihr oder ihrem Hund gemacht?"

„Nein. Ich treffe sie so gut wie nie. Ich will ihr auch nicht begegnen, ihr nicht und den meisten anderen Menschen auch nicht. Normalerweise parke ich mein Auto immer direkt vor der Tür. Ich habe mich auch schrecklich geärgert."

„Warum? Wegen deiner Gefühle?"

„Nein, ich habe mich über die Nachbarin und ihren Hund geärgert, weil sie mich bei meinem Wunsch, alleine zu sein, gestört haben. Als sie plötzlich auf dem Gehweg so vor mir auftauchte, da hat sie mich so aus dem Konzept gebracht, dass ich noch einmal zu meinem Auto zurücklaufen musste. Ich hatte etwas Wichtiges vergessen."

Was denn?"

„Den Joshua Baum."

„Den Joshua Baum?"

„Er ist so etwas wie mein Lebenselixier. Ich weiß nicht, was ich ohne ihn machen würde."

„Ein Baum...? Im Auto ...?"

„Natürlich kein echter Joshua Baum, nur ein Prospekt, eine Werbung für den Joshua Tree National Park in Kalifornien."

„Ich habe von ihm gehört. Er soll wunderschön sein. Warst du schon dort?"

„In meinen Träumen schon tausend Mal, mit ihr."

# 9

Ich mag keine Pudel, und diesen hier, hinter dem hohen Maschendrahtzaun, mit Fell wie ein grauverwaschener Filzteppich schon mal gar nicht. Sein kurzer, knubbeliger Schwanz geht hin und her wie der Scheibenwischer meines Wagens. Ich sehe aus dem Fenster und halte für einen Moment Blickkontakt mit dem Tier. Anscheinend mag der Hund mich, es scheint, als warte er auf ein paar nette Worte von mir, aber da kann er lange warten. Jemand ruft den Hund. Er läuft auf das Haus zu. Gott sei Dank! Ich schließe für einen Moment die Augen, atme tief ein. Katzen sind mir lieber, die gehen wenigstens ihre eigenen Wege, sind nicht so anhänglich.

Die Nachrichten laufen und ich stelle das Radio lauter. *Am Strand von Vitte wurde am heutigen Vormittag die Leiche der vierundsiebzigjährigen Wilhelmine Wirth in einem Strandkorb aufgefunden. Die Polizei schließt ein Gewaltverbrechen nicht aus. Hinweise bitte an die Kriminalpolizei Stralsund ...*

Gewaltverbrechen! Was wissen die schon über Gewalt. Es gibt noch eine ganz andere Art von Gewalt. Eine, die nicht sichtbar ist, die heimlich agiert, verborgen im Schutz einer scheinbar sauberen Seele. Aber mich rührt nichts mehr, aus und vorbei. Nein, nicht ganz, ich sollte mich nicht selbst belügen. Wo ist der Joshua Baum? Ich muss ihn finden.

Ich solle gefälligst das Radio wieder leiser stellen, sagt sie in einem Ton, als stünden wir auf einem Kasernenhof. *Jawohl, Herr Oberst, zu Befehl, Herr General.* Meine Finger drehen wie von selbst an dem kleinen Knopf.

Was bin ich eigentlich für sie? Ein Sklave, ein Esel? Andererseits interessiert es mich nicht wirklich, was sie über mich denkt oder was sie von mir will. Ich will gar nichts mehr von ihr, außer ... eventuell ihren Tod. Mal sehen.

# 10

„Frau Tietz, bitte! Was machen Sie denn schon wieder hier? Und dann noch ohne Schuhe." Frau Sassmann nahm die kleine alte Frau, die ängstlich und verwirrt auf den Bungalow starrte, an die Hand. Ihre kleinen Finger zeigten auf die geöffnete Tür. „Wille-wille-wille."

„Kommen Sie, Frau Tietz, Wille ist heute nicht da. Ein anderes Mal." Frau Sassmann streichelte beruhigend ihren gebeugten Rücken und zog sie langsam weiter in Richtung Hauptweg. „Jetzt gehen wir in Ihr Zimmer und ziehen Sie erst mal ordentlich an."

Katja sah kurz zu Widahn, der verdutzt die Szene beobachtet hatte und zum Sprechen ansetzen wollte. „Ich erklär's dir später." Sie lief hinter der Altenpflegerin und der alten Frau her. Aus einem anderen Bungalow donnerte plötzlich überlaut die Stimme Tony Marshalls.

„Augenblick bitte!"

Frau Sassmann schien sie nicht gehört zu haben, sie redete weiter beruhigend auf Frau Tietz ein. Als Katja die beiden erreichte, hörte sie Frau Sassmann sagen: „Sie wissen doch, Frau Tietz, Helmut mag es nicht, wenn Sie zu Frau Wirth in den Bungalow gehen!"

Katja sah sie erstaunt an. Was lief hier? Die lauten Musikgeräusche verstummten genauso plötzlich, wie sie angefangen hatten.

„Wer ist Helmut?"

Frau Tietz schaute Katja verklärt an. „Helmut kommt gleich. Ich lade ihn zum Kaffee ein. Hab Kuchen gebacken."

Ein später Verehrer? Katja schaute zurück. Mehrere Bewohner hatten die einmalige Gelegenheit ergriffen, den Beamten am Bungalow aus der Nähe bei ihrer Arbeit zuzusehen. Sven Widahn sprach mit ihnen, seine große, kräftige Gestalt überragte alle. Wie gebannt schienen sie an seinen Lippen zu hängen. Einige Männer standen mit verschränkten Armen breitbeinig neben ihm und bekundeten durch stetes Kopfnicken ihre Zustimmung zu dem, was er sagte. Eine Frau hatte sich von hinten an ihn herangeschlichen und strich von den anderen unbemerkt über seinen langen flachsblonden Pferdeschwanz.

Katja musste schmunzeln. „Also, wer ist Helmut, Frau Sassmann?"

Die Altenpflegerin blieb stehen, während Frau Tietz mit trippelndem Schritt einfach weiter auf das Hauptgebäude zulief. „Frau Tietz ist stark dement." Die Pflegerin sprach leise und ließ die alte Frau nicht aus den Augen. „Sie redet viel wirres Zeug. Helmut war ihr Sohn. Er ist vor über acht Jahren an Lungenkrebs gestorben. Das hat Frau Tietz nicht verkraftet. Seitdem ist sie bei uns."

„Wie furchtbar, sein eigenes Kind überleben zu müssen. Gibt es andere Angehörige?"

Langsam folgten sie der kleinen Frau, die mit kleinen gleichmäßigen Schritten auf die Glastür zuging, als würde sie von einer unsichtbaren Macht angetrieben. Dass ihr dabei die Hose immer weiter herunterrutschte, schien sie nicht zu bemerken.

Frau Sassmann ging schneller. Sie holte die alte Frau ein, bevor sie stolperte. „Nein, ihren Mann hatte sie bereits in den sechziger Jahren bei einem Grubenunglück verloren. Ihr Sohn war alles, was sie hatte. Ich schätze, er war ein richtiges Muttersöhnchen, zumindest war er nicht verheiratet oder ernsthaft liiert. Frau Tietz lebt in ihrer eigenen Traumwelt. Mal ist sie Ehefrau, mal Kind, mal Mutter. Wirklich lichte Momente werden immer seltener. Aber sie ist in ihrer eigenen kleinen Welt glücklich und findet sich zurecht. Frau Wirth hat sich übrigens oft ihrer angenommen und ist mit ihr am Strand spazierengegangen." Fasziniert sah Katja der Pflegerin zu, wie sie ihrem Schützling die Hose hochzog, den zerwühlten Pullover aus dem Gummizug befreite und gleichzeitig die Eingangstür öffnete.

Frau Tietz strich ihrer Pflegerin dankbar übers Gesicht. „Willewille-wille hatte Besuch. Der Nikolaus war da und hat Geschenke mitgebracht, und Knecht Ruprecht hat sie ihr wieder weggenommen."

Frau Sassmann streichelte über das stachelig abstehende Haar. „Ja, Hildchen, ich weiß! Und wenn du nicht brav bist und noch mal auf Strümpfen zu Wilhelmine läufst, dann kommt der Knecht Ruprecht auch zu dir."

Die alte Frau trippelte weiter zu den silbernen Aufzügen, dabei schüttelte sie energisch den Kopf. „Nein, macht er nicht. Ich bin lieb. Wille-wille-wille war nicht lieb. Muss aufs Klo."

Im Aufzug drückte Frau Sassmann den Knopf zum zweiten Stock. Katja bemühte sich, leise zu sprechen. „Aber sie hat etwas gesehen. Sie spricht immer von Nikolaus und Knecht Ruprecht."

Frau Sassmann nickte. „Na klar, und von weißen Pferden und Feen. Ich sagte doch bereits, dass sie dement ist. Sie dürfen sie nicht ernst nehmen."

„Muss aufs Klo. Muss ganz dringend."

Die Aufzugtür öffnete sich im zweiten Stock mit einem leisen, klingelnden Geräusch. Frau Sassmann schnappte sich den nächstfreien Rollstuhl und setzte Frau Tietz hinein. Sie schaute Katja entschuldigend an. „Ich muss Frau Tietz auf die Toilette setzen, sonst passiert ein Malheur, und das wäre weniger schön. Wenn Sie mich jetzt bitte entschuldigen würden?"

Katja dachte kurz nach. Im *Fliederbusch* warteten eine Menge Arbeit und ungelöste Fragen auf sie. „Ich komme morgen wieder."

Die Altenpflegerin hatte den Rollstuhl bereits bis vor eine Zimmertür gefahren. Sie half der kleinen Frau beim Aufstehen. „Ja, ist recht. Ich hab morgen Frühdienst."

Eine große, kräftige Frau in einem feinen Kostüm und einem Hut auf dem Kopf schlurfte von hinten auf sie zu und zog an ihrem weißen T-Shirt. „Ja, Frau Brahm. Ich bin gleich bei Ihnen. Aber erst muss Frau Tietz auf die Toilette."

„Eine letzte Frage, Frau Sassmann. Sie sagten, Sie hätten die Verzehrbons verkauft?"

„Ja, und?" Frau Sassmann sah kurz und ungehalten zu ihr herüber. Es war augenscheinlich, dass Katja jetzt störte und sie nicht mehr gewillt war, weitere Fragen zu beantworten.

„Ist ihnen dabei jemand aufgefallen? Jemand, der vielleicht Geschenke oder so ähnlich dabeihatte?"

Die Altenpflegerin sah sie an, als käme sie von einem anderen Stern. „Zum Tanztee kommt man um zu tanzen, man trifft sich in der Gruppe. Aber es werden keine persönlichen Verabredungen getroffen."

Katja trat erneut in den Aufzug und fuhr nach unten. Die alte Frau wusste etwas, Demenz hin oder her. Sie hatte zwei Personen gesehen, soviel stand fest. Und einer der beiden war vielleicht der Mörder!


## 11


Katja schaute hoch in den Himmel, der jetzt am frühen Abend zwischen all den grauen Wolken doch noch ein wenig von seinem bunten Kleid preisgab. Sie saß auf der Steintreppe vor dem *Klabautermann*, das Wetter hatte sich endlich gebessert. Die beginnende Abenddämmerung tauchte die Vorderseite des Hauses, das bei Sonnenschein bestimmt hübsch aussah mit seinen blauen Wänden, dem dunkelblauen Dach und den hellblau gerahmten, kleinen Fenstern, in diffuses Licht. Im Garten wuchsen Blumen und Sträucher in ihrer eigenen, natürlichen Ordnung. Unter den Petunien, die in Hängeampeln am Maschendrahtzaun befestigt waren, gediehen Sonnenblumen, Vanilleblumen und ein Lavendelbusch, dazwischen bunte Wildblumen und Margeriten. Eine große rosablühende Kletterrose kroch an der Hausmauer hoch. Irgendwo in etwa vierhundert Meter Entfernung lag die Ostsee, von der sie aus ihrem Zimmerfenster, wenn sie sich weit nach draußen beugte, noch einen blauen Zipfel sehen konnte. Sie zupfte an einem Lavendelstiel und stritt sich am Handy mit Kai.

„Hörst du mir überhaupt zu?" Kais Stimme klang verzerrt, auf Rügen war die Verbindung zwar deutlich besser als auf Hiddensee, sie schien sich jedoch in der Nähe eines Funkloches zu befinden.

„Natürlich höre ich dir zu, Kai. Aber ich finde es einfach nicht in Ordnung, wenn du Dinge, die mich betreffen, mit Sven besprichst."

„Ich habe dir das doch jetzt erklärt. Sven ist einer meiner besten Freunde, und er ist ein verdammt guter Zuhörer. Ich brauche einfach jemanden, mit dem ich auch einmal meine Probleme besprechen kann."

Sie ärgerte sich, dass ihr ausgerechnet jetzt ihre Schwangerschaft einfiel und sie immer kleinlauter wurde.

„Bist du noch dran? Stimmt was nicht mit dir?"

„Doch, doch. Sven hat mich gefragt, ob ich nicht eventuell länger bleiben möchte, ... wegen des Falls hier. Sie haben zu wenig Personal." Wieso konnte sie ihm nicht einfach sagen: *He, Schatz, du wirst Vater, aber ich weiß noch nicht, ob ich auch wirklich Mutter werden will.*

„Und? Was möchtest du?"

Ein frischer Wind kam auf. Katja zog ihren Anorakreißverschluss höher. „Kommt drauf an, wie du und Patrick miteinander zurecht kommt. Es ist schon ein interessanter Fall, und ich würde gerne mitarbeiten."

„Das mit Patrick und mir klappt prima, da mach dir keine Sorgen. Wir sind ja froh, wenn es dir wieder besser geht ..."

*Mir geht es aber nicht besser.*

„... und du wieder mit Freude an die Arbeit gehst. Und wenn dir der Fall dabei hilft ..."

Katja seufzte, eine kleine schwarze Katze strich um ihre Beine. Sie beugte sich hinunter, um sie zu streicheln. „Okay, Kai, lass uns Schluss machen. Mein Akku ist fast leer. Ich melde mich morgen wieder."

Sie hörte so etwas wie ein Räuspern und dann: „Ich liebe dich und vermisse dich jetzt schon ganz schrecklich."

Ihr wurde warm. „Ich dich auch, bis morgen, und grüße Patrick ganz lieb von mir."

Sie hielt das Handy noch einen Moment in der Hand, dann klappte sie es zu. Der kühle Wind fuhr durch ihr kurzes Haar, über ihr schrie eine Möwe. Die kleine Katze sah herausfordernd zu ihr herüber und miaute. Was wollte sie von ihr?

Katja lachte „Na, du bist mir aber eine Süße. Miez, Miez, Miez, bleib doch mal stehen."

Sie folgte ihr in den Garten hinter das Haus und sah Sebastian Bach auf einer Bank an der rückwärtigen Hauswand sitzen.

„Stör' ich?"

Erschrocken fuhr er zusammen, er fasste sich an den Kragen. „Gott, haben Sie mich erschreckt."

„Tut mir Leid."

„Sie können mit an dem Fall arbeiten. Es gibt keine Schwierigkeiten. Das Innenministerium von NRW hat sein Okay gegeben. Den Papierkram können wir nachholen." Er würdigte sie keines Blickes und blickte nur starr geradeaus.

„Gut. Danke!" Katja fühlte sich unwohl. Sie konnte mit ihrem Platznachbarn nichts Rechtes anfangen. Sie beugte sich nach unten zu der kleinen schwarzen Katze, die es sich unter der Holzbank bequem gemacht hatte. Bevor sie das Tier streicheln konnte, hatte sie bereits zwei Kratzer auf dem Handrücken.

Bach holte den Kater mit einem Griff unter der Bank hervor und setzte ihn zu sich auf den Schoß, was dieser sichtlich genoss. Schnurrend drückte er sich an ihn. „Ein ganz launischer Kater. Aber wir beide verstehen uns gut."

*Kein Wunder*, dachte Katja und beäugte misstrauisch das Tier, *wie das Herrchen so der Kater.* Sie schaute auf ihre Hand. Sie blutete.

„Das muss desinfiziert werden, man weiß nie." Bach scheuchte die Katze vom Schoß und stand auf.

„Wenn Sie ein wenig Betaisadona hätten, das müsste reichen."

Während Katja ihm zum Hauseingang folgte, sah sie aus den Augenwinkeln, dass ein dunkelblauer Wagen vor der Garage neben dem Haus anhielt.

„Endlich! Da kommen Inga und Luise zurück."

Im hell gestrichenen Hausflur hing ein Fischernetz, auf dem verschiedene Fischerei-Werkzeuge befestigt waren. „Schöne Dekoration."

Bach nickte nur. Er ging voran durch ein Wohnzimmer in sein angrenzendes Arbeitszimmer. An einer Wand hing unter einem Hängeregal ein Medizinschränkchen. „Mein Vater war Fischer. Wo hab ich nur den verdammten Schlüssel hingetan?" Er schien zu bemerken, dass Katja ihn beobachtete. „Ist wegen Loreena, meiner Enkelin. Sie ist furchtbar neugierig, und man kann nicht genug aufpassen."

„Wie alt ist die Kleine?" Katja sah sich in dem Raum um, der ihr zwar zweckmäßig, aber sehr dunkel vorkam. Einen Teil der Wände bedeckten Bücherregale, die meisten Bücher schienen alt zu sein. Neben der Tür hing eine Pinnwand. Anscheinend arbeiteten Bach und Widahn nach Feierabend hier weiter an ihren Fällen: Ein Zettel mit *Wilhelmine Wirth* hing bereits daran. Eine rote, verschlissene Sitzgruppe stand einem schweren, dunkel lackierten Schreibtisch gegenüber. Rote, schwere Vorhänge gaben nur durch einen schmalen Schlitz den Blick auf den hinteren Garten frei.

„Sie ist fünf."

Katja nahm ein kleines Steuerrad vom Regal. Sie las die Gravur: Willem Bach, 17.08.1954. Sebastian drückte einen Wattebausch, den er zuvor mit einer braunen Flüssigkeit beträufelt hatte, auf ihren Handrücken. Es brannte wie Feuer. „Hat mein Vater gewonnen. Was haben Sie und Sven eigentlich rausgekriegt in dem Altenheim?"

„Noch nicht viel. Aber ich hatte eine interessante Begegnung mit einer älteren Heimbewohnerin. Ihr Name ist Hilde Tietz. Sie kam in den Bungalow und suchte Wilhelmine Wirth. Ich glaube, sie hat etwas gesehen. Sie sagte, der Nikolaus und Knecht Ruprecht hätten dem Opfer einen Besuch abgestattet."

„Was soll das denn heißen?"

Bevor Katja antworten konnte, schob sich ein schwarzer Haarschopf über einem für den satten Haarton zu faltigen Gesicht durch die Tür „Sebastian? Mein Gott, was ist denn passiert? Ich habe bereits mit Sven telefoniert, er hat gesagt, dir ginge es nicht gut."

Die ältere, zierliche Frau mit einem ungewöhnlich runden Bauch, der Katja fatal an ihren Zustand erinnerte, ging auf Bach zu und streichelte mit besorgtem Gesichtsausdruck über seine eingefallene Wange.

„Nichts, Mutter. Darf ich dir Katja Sommer vorstellen? Sie ist Kommissarin in Köln, hilft uns aber bei der Aufklärung unseres jüngsten Falles. Sie wohnt während der Ermittlungen hier."

Katja registrierte den raschen und interessierten, aber nicht ablehnenden Blick der Frau. Höflich reichte sie ihr die Hand. „Guten Tag, Frau Bach. Sven hat mir ein Zimmer angeboten, ich hoffe, das macht Ihnen nicht zu viele Umstände."

„Ach was, Kindchen." Luise Bach hatte einen für ihr Alter ungewöhnlich festen Händedruck. Katja, noch lädiert von dem Kater, zuckte kurz zusammen. „Sie kennen unseren Sven?"

„Bei seinem letzten Besuch in Köln haben wir uns kennen gelernt."

Die Frau zog die fein bemalten Augenbrauen hoch. „Ach, das ist interessant, weniger für mich, aber für meine Enkelin Anke Liv. Wo steckt sie im Übrigen?"

„Sie ist mit Loreena in Rostock. Eine Berliner Casting-Agentur sucht Kinder für eine Zahnpasta, Mutter."

Katja schaute erneut zur Tür. Eine kräftige Frau mit fast schneeweißem, halblangem Haar und ausdruckslosem Gesicht lehnte am Türrahmen, die Arme vor der Brust gekreuzt.

Luise Bach schüttelte den Kopf und schaute ihren Sohn strafend an. „Sie hat aber auch nichts als Flausen im Kopf. Wer bezahlt eigentlich diesen ganzen Mist? Du oder Sven? Von mir kriegt sie keinen Cent."

Die Frau im Türrahmen verzog immer noch keine Miene. „Ich habe ihr Geld gegeben, Mutter." Mit einem Blick auf Katja sagte sie: „Willst du uns nicht vorstellen?"

„Aber sicher doch, meine Liebe." Luise verengte ihre Augen kurz zu einem verärgerten Blick. „Das ist Katja Sommer, eine alte Freundin von Sven, sie ist Kommissarin in Köln und hilft Sven und Sebastian bei ihrem neuesten Fall."

„Aha, habt ihr Personalmangel, Sebastian?" Die Frau ging zu Katja und gab ihr die Hand. „Guten Tag, Katja, ich heiße Inga."

Katja erwiderte den Gruß. Es störte sie nicht weiter, dass Inga sie sofort mit dem Vornamen ansprach, sie fand es sogar eher einladend. „Übrigens bin ich keine frühere Freundin von Sven, wir sind Kollegen. Ich habe ihn erst vor zwei Monaten persönlich kennen gelernt, aber er ist ein guter Freund meines Mannes."

*Meines Mannes?* Wieso sagte sie das jetzt? Warum kam sie auf die Idee, jemand könne falsche Schlüsse über Sven und sie ziehen? Luise zog erneut die Augenbrauen hoch und sah ihren Sohn fragend an, aber er reagierte nicht. Er war aschfahl geworden und schien sich am Fensterriegel festhalten zu wollen.

„Grundgütiger! Geht es dir so schlecht? Das ist bestimmt wieder dein empfindlicher Magen. Komm, ich bringe dich nach oben ins Bett. Du ruhst dich aus und ich koche dir inzwischen ein leckeres Süppchen." Inga schlang den Arm ihres Mannes um ihre Schultern und umfasste seine Hüfte. „Ich gebe dir auch was für den Kreislauf, es wird dir gleich besser gehen. In einer halben Stunde, zum Abendbrot bist du wieder fit, wirst sehen."

„Vielleicht solltest du ihn mal zum Arzt schicken!" Luise Bach schaute ihnen kopfschüttelnd nach. Dann wandte sie sich Katja zu, die immer noch an einem der Bücherregale stand. „Aber darin ist er stur wie einst sein Vater. Er isst auch fast nur was Inga ihm kocht, sie weiß am besten mit seinem empfindlichen Magen umzugehen. Apropos Abendessen, Sie essen doch Labskaus? Hertha aus dem Dorf hat welchen für uns zubereitet. Wenn Inga, Anke Liv oder ich nicht kochen, dann hilft Hertha schon mal aus. Aber nun erzählen Sie mal von dem Fall! Was ist eigentlich passiert? Ich war auf dem Rückweg von Berlin noch kurz einkaufen und traf ein paar Freundinnen aus der Seniorenresidenz. Sie haben mir erzählt, dass eine ihrer Mitbewohnerinnen umgebracht worden ist. Stimmt das?"

„Das ist richtig. Sie haben Freundinnen in der *Abendsonne*?"

„Ja, aber natürlich sind das keine von der Insel. Bei uns wird Familie noch großgeschrieben. Hier leben noch alle unter einem Dach. In der Seniorenresidenz wohnen nur Fremde. Hauptsächlich aus Berlin oder Hamburg. Da ist niemand von hier. Selbst wenn jemand in diesem Luxusschuppen leben wollte, was ich stark bezweifle, wer von uns könnte sich das denn leisten? Ihre Festivitäten und Freizeitangebote, die sind ganz okay, da gehe ich manchmal hin. – Ich habe gehört, der Bungalow von Wilhelmine Wirth ist versiegelt worden?"

Katja hatte Rückenschmerzen, sie setzte sich unaufgefordert auf die rote Couch. „Das ist richtig. Kannten Sie sie, Frau Bach?"

Luise setzte sich ihr gegenüber. Sie schien vor Neugier zu platzen. „Wilhelmine kannte ich nur flüchtig. Sie kam eines Tages zu meiner Freundin Thekla in den Bungalow, um sich ein Buch über Ornithologie auszuleihen. Man munkelt, sie habe im *Fliederbusch* eine Sexorgie gefeiert. Sagen Sie, stimmt das?"

Nun war es an Katja, erstaunt zu gucken. „Wer hat denn das Gerücht in die Welt gesetzt?"

Luise zuckte enttäuscht mit den Schultern. „Na ja, wäre ja auch ein Wunder gewesen in ihrem Alter. Ich muss den Tisch decken. Sven müsste jeden Moment eintreffen. Möchten Sie mit in die Küche kommen?"

Katja schaute auf den Schreibtisch. „Ich würde mir gerne zu dem Fall noch ein paar Notizen machen, wenn möglich."

Luise stutzte einen Augenblick, anscheinend war sie es nicht gewohnt, dass jemand ein solches Angebot ausschlug. Dann zeigte sie auf den Schreibtischstuhl. „Fühlen Sie sich wie zu Hause. Wenn es gleich Essen gibt, kommen wir Sie holen."

„Danke! Eine Frage noch, kennen Sie eine Frau namens Hilde Tietz? Sie wohnt auch in der Seniorenresidenz."

Luise überlegte. „Hilde Tietz? In welchem Bungalow wohnt sie?"

„In keinem. Sie lebt auf Station zwei, war aber wohl mit Wilhelmine Wirth befreundet."

„Station zwei? Da wohnen doch all die Verrückten, tut mir Leid, zu denen habe ich keinen Kontakt." Ähnlich wie ihr Sohn ging sie leicht nach vorne gebeugt. Sie zog die Tür hinter sich zu, ohne sie richtig zu schließen.

Katja sah ihr nach. Ihre Finger glitten durch ihr feuerrotes, kurzes Haar. Jetzt war sie erst einmal alleine mit dem Gedankensalat. Sie hasste Unordnung in ihrem Leben. Würde es ihr gefallen, wenn sie nur noch zu Hause bei Patrick … bei ihren Kindern wäre, sich nur Gedanken um den Haushalt und ihre Familie machen müsste? Ob sie dann auch so ein Typ wie Luise würde? Jemand, der sich in alles einmischte und, das spürte man sofort, keine besondere Sympathie für seine Schwiegertochter aufbringen könnte? Und alte Menschen, die sich in eine Traumwelt zurückgezogen haben, als Verrückte bezeichnete? Sie schüttelte den Kopf. Später, alles später. Zurück zu Wilhelmine Wirth. Wie alle Toten erzählte auch sie ihre Geschichte. Eine Geschichte, die sie, Katja, verstehen musste, und die sie über kurz oder lang zum Täter führen würde.

Sie nahm einen Stift und ein Blatt Papier.

Als Überschrift schrieb sie *Wilhelmine Wirth*. Dann: *Alter 74 Jahre. Alleinstehend, nicht unvermögend. Liebte Poesie?* War das bereits alles, was sie über die Person wusste? *Hat Familie.* Wie stand sie zu ihrem Sohn, zu ihrer Schwiegertochter? *Überprüfung ihres Verhältnisses zur engeren Verwandtschaft. Befragung von Nachbarn, weitläufigeren Verwandten und Bekannten zum Charakter von Frau Wirth.* Wollte jemand vielleicht schneller an die Erbschaft kommen? *Testament? Alibi der Angehörigen?* Hatte es einen Familienstreit gegeben? Sie dachte an das Familienbild in der Vitrine bei Frau Wirth. Niemand hatte verbittert oder verbissen in die Kamera geschaut, alle wirkten zufrieden und gelöst. Aber ein Foto konnte täuschen, auch deshalb, weil es schließlich nur einen Augenblick einfing, der vielleicht schon wenig später bedeutungslos wurde. Ob die Familie noch über den gleichen Wohlstand verfügte, den sie auf dem Bild ausstrahlte? *Vermögensverhältnisse des Sohnes und der Schwiegertochter?*

Katja überlegte weiter. Wer hatte Wilhelmine Wirth am Abend des Tanztees in ihrem Bungalow besucht? Um die Alibis möglicher Verdächtiger überprüfen zu können, mussten sie den Todeszeitpunkt festlegen. *Wer hat wann und wo Wilhelmine Wirth zum letzten Mal lebend gesehen?* Vielleicht wusste Sven schon mehr.

Sie nahm erneut das Tatortfoto aus der Tasche ihrer Windjacke, die sie vergessen hatte auszuziehen. Sie betrachtete die Position der Leiche und zeichnete sie mit der Spitze ihres Bleistiftes nach. Warum war die Leiche so zur Schau gestellt worden? Was sollte damit zum Ausdruck gebracht werden? Wer konnte Interesse daran haben? Ein Familienstreit? War eines der Familienmitglieder abgebrüht genug, die Leiche mit Absicht so zu platzieren? Katja drehte sich mit dem Schreibtischstuhl um, öffnete die schweren roten Vorhänge und sah in den sich violett färbenden

Himmel, der dem Gras auf der Wiese eine leicht bläuliche Färbung schenkte. Sie öffnete das Fenster und atmete tief die salzige Seeluft ein. In kurzem Abstand sah sie zwei Möwen in Richtung offenes Meer fliegen. Diese Vögel schienen nie Ruhe zu geben. Sie drehte sich erneut um, schaltete die kleine Schreibtischlampe an und hielt das Bild direkt unter das Licht. Was hatte Dr. Majonika am Fundort der Leiche gesagt? Der Tod war etwa zehn bis zwölf Stunden vorher eingetreten. *Geschätzter Todeszeitpunkt zwischen ein Uhr dreißig und drei Uhr dreißig.*

Also weiter. War es überhaupt denkbar, dass ein näherer Verwandter die Leiche so platziert hätte, selbst um den Verdacht auf andere zu lenken? Er hätte die Mutter oder Großmutter wohl kaum einer solchen Demütigung ausgesetzt. Das war ein gutes Wort, *Demütigung.*

Sie lehnte sich in dem Stuhl zurück und drehte sich erneut zum geöffneten Fenster, dabei dachte sie an Kai. Er würde ihren Vermutungen wieder keinen Glauben schenken. Und wenn sie ehrlich war, standen sie auf wackeligen Beinen. „Was war denn mit dem Fall im Sauerland letzten Winter?", hörte sie Kais Stimme. „Erinnerst du dich, in Menden? Ein Junge hat seinen Vater in der elterlichen Gartenlaube zunächst mit der Axt erschlagen und dann in der Nacht am Fahnenmast hochgezogen. Es hat wie verrückt geschneit und gefroren. Bis zum Morgen hing der tote Körper in der Luft, eingeschneit und zugefroren, so dass die Leute den Toten im ersten Moment für eine Fahne von Borussia Dortmund hielten. War das keine Demütigung?" Katja nickte unwillkürlich. *Ja Kai, du hast ja Recht.* Allerdings hatte der Junge damals unter Drogen gestanden. Sie schloss das Fenster und hielt das Bild erneut in den Schein der Lampe. Welchen Grund aber konnte überhaupt jemand haben, eine Leiche so zu arrangieren?

„Ist dir kalt?"

Katja fuhr hoch. Sven! Warum bloß hatten alle in dieser Familie die Angewohnheit, sich lautlos anzuschleichen?

„Ich dachte nur, weil du immer noch deine Regenjacke anhast." Widahn setzte sich in einen der roten Sessel gegenüber dem Schreibtisch. Seinen Pullover, der aussah, als habe er ihn selbst gestrickt, hatte er gegen ein verwaschenes T-Shirt mit dem Konterfei irgendeiner Heavy-Metal-Gruppe eingetauscht. Es wies einige Löcher vorne auf und hing ihm locker über die Jeans. „Das Wetter wird wieder besser, du wirst sehen."

„Hab ich total vergessen." Katja hängte ihre Jacke über die Stuhllehne. „Ich versuche gerade, mich durch den Fall durchzubeißen."

„So fast ohne Anhaltspunkte? Kompliment. Wir wissen im Übrigen, was auf dem Zettel in der Hand der Toten gestanden hat."

„Ja, und?"

„Willst du es wortwörtlich?"

„Wenn möglich."

*Denn diese Dinge wechseln leicht in dir, Geliebter,*
*wenn sie sich nicht selbst verändern,*
*wer also nährt,*
*der weiß auch wie man trennt.*

Weißt du, was das ist?"

Katja nickte, während sie einen Zettel aus der Jackentasche holte. „Ich glaube schon. Pass mal auf:

*Klag mich nicht dessen an,*
*dass ich dem deinen mein Antlitz traurig still entgegentrage.*
*Wir sehen so verschieden in die Tage,*
*dass Haar und Stirne nicht bei beiden scheinen.*

Ich habe es unter dem Sofa von Wilhelmine Wirth gefunden. Gehört das dazu?"

Widahn nahm das Stück und sah es sich an. „Eine Standpauke wegen Unterschlagung von Beweismaterial lasse ich dann jetzt mal. Aber so wie es aussieht, ist es wirklich die andere Hälfte des Papiers. Der Stil der Verse ist ja gleich. Bei meinen handelt es sich, das habe ich schon ermittelt, um Auszüge aus dem fünfzehnten Gedicht der Sonette aus dem Portugiesischen von Elizabeth Barrett Browning. Die Übersetzung schrieb Rainer Maria Rilke im Jahre 1908."

„Sonette aus dem Portugiesischen? Das sind doch Liebesgedichte."

„Ja, aber wenn man diese Auszüge im Einzelnen liest, wird aus dem Liebesgedicht eine Bedrohung."

Widahn öffnete seinen Pferdeschwanz und schüttelte seinen Kopf. Wie er so im Halbdunkeln dasaß und sie mit seinen grau-grünen Augen leicht belustigt ansah, da bekam sie für einen Augenblick ein komisches Gefühl im Magen. Sie war froh, als er weitersprach. „Die Frage ist, was haben die beiden Versteile zu bedeuten? Sie gehören noch nicht einmal zusammen."

„Vielleicht steckt eine Botschaft darin?"

„Möglich, du bekommst die dankbare Aufgabe, dich intensiver mit Brownings Worten zu beschäftigen. Die Kollegen sind immer noch auf der Insel und suchen den ominösen Nackedei." Widahn stand auf und kam zu ihr an den Schreibtisch, sie atmete seinen Hugo Boss-Duft ein, der so wenig zu seiner Kleidung passte. „Und, was hast du sonst noch Feines?"

„Ich schaute mir die Fotos an und dachte an die Verwandtschaft des Opfers. Ich glaube nicht, dass ihr Sohn oder seine Familie etwas mit dem Mord zu tun haben."

„Ich weiß zwar nicht, wie du darauf kommst, aber da hast du wohl Recht. Ich habe soeben erfahren, dass sich Familie Wirth auf Gran Canaria aufhält. Bis jetzt konnte mir nur noch niemand sagen, wie lange schon. Und wieso glaubst du, dass die Familie nichts mit dem Tod der Mutter zu tun hat? Habgier zum Beispiel könnte ein Motiv sein."

„Aber schau dir die Leiche an. Was sagt sie aus?"

Widahn nahm das Bild. Wieso roch der Mensch nur so unverschämt gut? Selbst sein Haar, das im Abendlicht rötlich-gold glänzte, roch wie frisch gewaschen. Sie war so unkonzentriert, das machte sicher alles die Schwangerschaft.

„Du meinst, weil sie Arme und Beine gespreizt hat?"

„Genau das meine ich."

„Wirkt obszön, irgendwie billig."

Katja nahm den Kugelschreiber. *Obszön, billig.* „Du sagst obszön und billig, ich finde, dass es eher wie eine Demütigung aussieht."

Sven setzte sich auf die Kante des Schreibtisches vor ihr. „Schließt obszön und billig ja nicht unbedingt aus. Wenn ich von obszön und billig spreche, dann meine ich ein Sexualdelikt, das ist immer etwas Demütigendes. Und wenn nicht Habgier das Motiv ist, und du die Verwandten als Täter ausschließt, dann kommt vielleicht ein Sexualverbrechen in Betracht. Denk nur an die Sektgläser und die Rosen."

„Könnte, muss aber nicht sein! Wer weiß, mit wem sie den Sekt getrunken hat." Katja sah zur Tür, als sich draußen Schritte näherten.

Ein kleines Mädchen mit dunkelbraunen, halblangen und gewellten Haaren trat ein.

„Hallo, ich heiße Loreena Bach, und wer bist du?" Keck sah die Kleine zu Katja hoch, Widahn registrierte sie kaum.

„Hallo, Loreena, ich bin Katja Sommer!" Katja lächelte das Kind an und reichte ihr die Hand. Sie war wirklich niedlich. Ihre Nase war klein und stupsig, ihr Mund dunkelrot und groß, ihre braunen Kulleraugen schauten sie neugierig an.

„Hast du Benjamin gesehen? Er hat mir wieder eins der Püppchen geklaut und versteckt."

Katja hob bedauernd die Schultern „Nein, da kann ich dir leider nicht helfen."

„Hast du dir wieder die Lippen geschminkt, Loreena?" Kai nahm ein sauberes Taschentuch aus seiner Jeans und wischte ihr über die Lippen.

Loreena versuchte, sich aus seinem Griff zu befreien. „Das war Mama, wir waren beim Casting, ganz weit weg. Ich bin Auto gefahren, ein rotes Auto." Zutraulich sah sie zu Katja, die sie immer noch anlächelte. Wuchs in ihrem Bauch ein Mädchen oder ein Junge heran?

Loreena kam auf sie zu und nahm sie an der Hand. „Katja, wenn du Benjamin siehst, sagst du's mir bitte?"

„Aber ja doch."

Sven schüttelte entrüstet den Kopf. „Sag mal, wer hat dir erlaubt, zu Frau Sommer Katja zu sagen?"

„Aber Oma hat gesagt, sie ist deine Freundin, dann ist sie keine Fremde. Außerdem hat Oma gesagt, das Essen ist fertig, sie warten alle auf euch."

„Du hast ja eine liebe Oma, aber ich bin nicht Svens Freundin." Wieso erzählte Luise ihrer Enkelin nur solch einen Unsinn?

Sven machte vor Loreena einen Diener. „Meine Dame, darf ich bitten? Es ist serviert." Loreena lachte und streckte ihm ihre dünnen Ärmchen entgegen. Sven nahm sie hoch und drückte ihr einen Kuss auf die Wange. „So, und du erzählst mir, wer euch zum Casting gefahren hat."

Katja folgte ihnen durch das Wohnzimmer und lächelte innerlich. Ob Kai in ein paar Jahren auch sein Kind so tragen würde? „Ein rotes Auto." Die Kleine lächelte über Widahns Schulter Katja an, dabei zeigte sie ihre Zahnlücke. Natürlich! Kinder verlieren ja ihre Milchzähne und dann kommt irgendwann die Zahnklammer, der erste Freund oder Freundin, Frisuren wie amerikanische Marines, nächtelanges Warten auf sie oder ihn ...

„Wer war denn alles in dem roten Auto?" Sven trug Loreena durch den geräumigen Flur. Ein Schild mit einem Pfeil zeigte auf den Frühstücksraum. Katja warf einen Blick hinein. Das Mobiliar und die grüngemusterte Tapete schien seine besten Jahre schon lange hinter sich zu haben. Auf den Tischen standen schon Teller und Tassen für den morgigen Tag.

„Mama und ich."

„Und wer noch? Mama kann doch gar nicht Auto fahren."

„Darf ich nicht sagen."

Sven blieb einen Moment stehen und ließ das Kind herunter. „Okay, dann frage ich Mama eben selbst."

Die Kleine jauchzte vor Vergnügen und lief hüpfend auf eine Tür zu. „Wird sie dir auch nicht sagen, ist ein Geheimnis."

Sven drehte sich zu Katja um, er sah sie ein wenig traurig an. „Kai hat wahrscheinlich Recht."

„Womit?" Sie schaute sich suchend um. Auf einer Tür stand ein goldenes Schild *Toilette*. Sie wollte sich vor dem Essen die Hände waschen.

„Er hat gesagt, es wäre wohl mein Schicksal, kein Glück bei Frauen zu haben."

Ob er mit seinen Zweifeln Recht hatte? Katja war gespannt auf Anke Liv. Beim Händewaschen betrachtete sie sich in dem kleinen Spiegel über dem Waschbecken. Ihre Augenränder hatten sich verdunkelt. Ihr Blick war müde. Sie wollte wieder arbeiten, ganz normal, so wie früher, bevor sie die toten Jungen im Wald gefunden hatte. Sie seufzte und trocknete ihre Hände ab. Vergessen, einfach alles vergessen. Worauf sie am wenigsten Lust hatte, waren irgendwelche Familienspannungen. Der schmale Goldring, den ihr Kai kurz vor der Abreise nach Hiddensee geschenkt hatte, fiel ihr vom Finger und kullerte über den gekachelten Boden. Sie hob ihn auf, steckte ihn an den rechten Ringfinger und trat auf den geräumigen Flur zurück. *Am besten kümmere ich mich nicht weiter um die Familie. Was geht mich das an? Heute essen wir zusammen zu Abend, aber morgen brutzele ich mir selbst was.* Gott sei Dank hatte sie in ihrem Zimmer eine kleine Pantryküche. An den Ermittlungen beteiligt zu sein, hieß nicht zwangsläufig, am Familienleben teilnehmen zu müssen.

„Ah, da ist ja unser Gast!." Luise strahlte sie an und zeigte auf den Stuhl links neben sich.

Als Katja sich gesetzt hatte, blickte sie in ein braunes, kaltes Augenpaar ihr direkt gegenüber.

„Guten Tag, Frau Sommer."

Katja grüßte zurück, ihr Hals wurde trocken. Die Frau mit einem Gesicht und einer Frisur, die sie spontan an eine Barbie-Puppe erinnerte, war ihr auf den ersten Blick unsympathisch. Sie konnte nicht begreifen, wieso Sven Widahn in solch ein Püppchen verliebt sein konnte. Was außer Kälte und übler Laune strahlte seine Frau Anke Liv aus? Hatte er Tomaten auf den Augen? Zugegeben, auf die gute Figur, die sie unter dem hautengen Trägershirt zeigte, konnte man schon neidisch sein, aber wer wusste, ob alles echt war, genauso wie der kirschfarbene Schmollmund. Sie schielte nach schräg links zu Sven hinüber und sah, wie er angestrengt auf den Teller vor sich starrte. Er gab sich nicht die Mühe einer Unterhaltung.

„Gott, sind Männer dumm", murmelte sie.

„Was haben Sie da gesagt?" Luise fasste sie am Unterarm und sah sie mit belustigtem Blick an.

„Nichts Besonderes. Mir fiel nur gerade etwas ein." Am liebsten wäre sie aufgestanden und hätte die nächste Fähre nach Hiddensee genommen, um sich dort ein Zimmer zu suchen, aber sie wollte nicht unhöflich sein.

Luise tätschelte ihren Arm. „Was auch immer es war, Kindchen, Sie haben Recht. So, ihr Lieben, greift bitte zu. Hertha hat sich soviel Mühe gegeben."

Katja verspürte einen brennenden Hunger und schaute skeptisch auf die große weiße Terrine in der Mitte des Tischs. Labskaus! Die Mischung in der Porzellanschüssel sah aus wie ein Gebräu aus Merlins Hexenkessel. Konnte man das wirklich essen? Vorsichtig füllte sie sich ein wenig auf ihren Teller.

Inga, die ganz links von ihr am Tischende saß, schmunzelte. „Keine Angst, das beißt nicht. Es schmeckt auch nicht so, wie es aussieht. Sie müssen sich noch einen Rollmops nehmen." Sie hielt Katja die Glasplatte mit dem Fisch entgegen. „Möchten Sie ein Bier dazu?"

Katja winkte ab. „Nein danke! Beides nicht. Und Fisch ist schon mal gar nicht mein Fall. Aber ein Mineralwasser hätte ich gerne."

„Sie fahren auf eine Insel und mögen keinen Fisch?"

Sebastian am anderen Tischende mischte sich ein. „Apropos Fall. Was gibt es Neues von Wilhelmine Wirth? Du warst auf der Wache, Sven."

Widahn nickte, und es schien Katja, als sei er erleichtert, dass ihn jemand aus seiner Gedankenwelt zurück an den Tisch brachte. „Wir haben den Zettel in ihrer Hand entziffert. Es handelt sich um einen Gedichtvers. Näheres liegt in Schriftform auf deinem Schreibtisch. Heinrichsen und Kowohlt sind weiterhin auf Hiddensee geblieben und helfen den Kollegen vor Ort, den Zeugen im Bademantel zu finden. Die Angehörigen kommen morgen auf die Wache."

Sebastian nickte, trank einen Schluck Bier und schaute zu Katja. „Wir wurden vorhin unterbrochen. Sie erzählten etwas von einer Begegnung mit einer Frau, die gesehen haben will, wie der Nikolaus und Knecht Ruprecht das Opfer besucht haben?"

„Hilde Tietz, ja. So ganz schlau bin ich aus ihren Worten auch noch nicht geworden. Man muss sie noch einmal befragen." Sie verschwieg, dass sie einen anderen Teil des Zettels in dem Bungalow an sich genommen hatte und fuhr sich mit ihren Händen über die Jeans.

Es schien in dieser Familie wohl normal, dass Berufliches am Abendtisch besprochen wurde. Jedenfalls verzog niemand eine Miene.

Luise gab Anke Liv ein Zeichen, dass sich Loreena ihr T-Shirt bekleckerte. Inga nahm sich einen Rollmops, Sven spielt mit seinem Bierglas und sah sie mit dem gleichen interessierten Ausdruck an wie Sebastian Bach. Sie nahm einen Happen und war überrascht über den angenehm würzigen, leicht säuerlichen Geschmack. Es schmeckte nach mehr, und sie fühlte, wie ihr Appetit zunahm.

„Und wie kommt Frau Tietz überhaupt auf Nikolaus und Knecht Ruprecht?"

Katja zuckte mit den Schultern und nahm sich einen Schluck Mineralwasser. „Keine Ahnung. Ich konnte leider nicht mehr mit ihr sprechen. Das Problem ist, dass sie seit dem Tod ihres Sohnes an katatonischem Stupor leidet. Sie hat sich von der eigentlichen Welt abgewendet. Trotzdem ist sie unsere wichtigste Zeugin. Ich könnte mir gut vorstellen, dass sie zwei Leute gesehen hat, nämlich ..."

„Knecht Ruprecht und den Nikolaus." Loreena nickte heftig und erfreut mit dem Kopf. Sie hielt ihre Gabel in die Luft wie ein Dirigent seinen Zeigestock. „Der Nikolaus kommt immer nur zu gaaanz lieben Kindern. Letztes Jahr war er erst bei Marcel, dann bei Julian und Dunja, und dann kam er auch zu mir. Er kommt auch nur, wenn es kalt ist, jetzt ist es nicht kalt. Die Frau hat bestimmt geschummelt, und wenn man schummelt, kommt Knecht Ruprecht mit der Rute, dann gibt's Haue."

Anke Liv schüttelte den Arm ihrer Tochter. „Loreena, du sollst dich nicht immer einmischen und überall deinen Senf dazugeben."

„Aber Recht hat sie. Der Nikolaus kommt immer im Winter." Luise sah ihre Urenkelin, die einen Schmollmund machte, aufmunternd an. „Und wenn diese Hilde Tietz auf der Station zwei lebt, dann könnt ihr wohl nicht Ernst nehmen, was sie sagt, Sebastian. Da leben doch nur Verrückte und Spinner."

Sebastian legte den Kopf schief. „Mutter, was glaubst du? Wenn mir jemand erzählt, er habe Nikolaus, den Mann im Mond oder eine Elfe gesehen, glaubst du, ich hielte diesen Menschen nicht für einen Spinner?"

„Sven, was ist ein Spinner? Mama sagt manchmal, dass ..."

Anke Liv legte die Hand auf den Mund ihrer Tochter. „Liebe Güte, Loreena, halt endlich die vorlaute Klappe, ja?"

Katja sah zu dem leicht genervten Barbiegesicht herüber. *Pass lieber auf, was im Beisein deines Kindes am Tisch so alles beredet wird.* Sie legte ihr Besteck auf den benutzten Teller. „Sollten wir das Gespräch nicht besser ein anderes Mal fortführen, zum Beispiel morgen auf der Wache? Dann haben wir auch die Ergebnisse von Dr. Majonika. Das hilft uns sicher weiter. Ehrlich gesagt möchte ich am liebsten noch mal nach Hiddensee, vielleicht finden wir ja noch einen Hinweis oder haben etwas übersehen? Am besten nehme ich direkt die nächste Fähre."

Luise schaute sie erstaunt von der Seite an. „Was für eine Fähre? Um die Zeit fährt keine Fähre mehr. Aber Hiddensee läuft ihnen ja nicht weg, Katja." Luise stand auf und fing an, den Tisch abzuräumen. „Hilfst du mir Inga? Wenn du noch dazu in der Lage bist, heißt das. Du siehst aus, als wärst du selbst bald Kandidat für die *Abendsonne*." Sie schielte zu ihrer Schwiegertochter, die nur müde abwinkte und ebenfalls aufstand. Luise sprach weiter: „Die Spurensicherung hat doch sicher alles abgesperrt, stimmt's, Sebastian?"

Sebastian nickte stumm.

*Ja, aber was heißt das schon?* Hatte Sven nicht selbst von den Wetterverhältnissen gesprochen? Wer wusste, wohin der Wind vielleicht übersehene Beweisstücke trug? Katja biss sich auf die Unterlippe.

„Die Kollegen von der Spurensicherung", versicherte Bach, „haben bereits den gesamten Strandabschnitt durchgekämmt und alles, jeden Fussel, jede Zigarettenkippe oder Kronenkorken mitgenommen, da werden Sie nichts mehr finden." Luise, gefolgt von Inga, ging mit dem Stapel Teller in Richtung Flur. Im Türrahmen blieb sie stehen und drehte sich um. „Sehen Sie, mein Sebastian hat alles im Griff. Bei uns geht nichts verloren." Kichernd verließ sie den Raum.

Stille trat ein. Katja überlegte, was sie nun unternehmen könne. Sebastian rieb sich mit seinen großen, schmalen Händen über das Gesicht. Widahn malte mit der liegen gebliebenen Gabel imaginäre Muster auf die weiße Tischdecke. Anke Liv rubbelte an dem verschmutzten T-Shirt ihrer Tochter: Die Kleine schaute Katja an und zeigte wieder ihre Zahnlücke.

Katja räusperte sich. „Ich werde noch etwas am Strand spazieren gehen. Die frische Meeresluft wird mir gut tun."

Anke Liv sah sie süffisant an. „Also, ich ginge jetzt nicht in der Dunkelheit alleine an den Strand. Zumindest nicht an den Südstrand, der ist völlig unbewacht."

Sebastian machte eine wegwerfende Bewegung. „Mein Gott, Anke Liv, da passiert einmal ein Mord, und schon bekommst du Panik. Die Seeluft ist das Beste, was man kriegen kann. Vielleicht sollte ich ab jetzt immer draußen schlafen, dann ginge es mir bestimmt wieder besser."

„Oder zum Arzt gehen." Luise war wieder eingetreten. Sie nahm Sven die Gabel aus der Hand und legte die unbenutzten Servietten zusammen.

Katja hob die Hand. „Na ja, dann ... bis später mal." *Raus, schnell raus hier.* Sie spürte regelrechte Erleichterung, als sie das Esszimmer verließ. Vor ihrem Spaziergang musste sie noch ihre Jacke aus dem Arbeitszimmer holen. Als sie den Rückweg durch das Wohnzimmer einschlagen wollte, hörte sie Stimmen vom Flur.

„Ich will wissen, wo du warst. Oma hat mir vorhin gesagt, du seist in Berlin gewesen? Wie ist das möglich?"

„Du sollst nicht Oma zu ihr sagen. Nur Loreena oder ich nennen sie Oma. Außerdem erzählt sie Unfug. Wir waren in Rostock, die Casting-Agentur kam aus Berlin."

Katja schluckte. Sven und Anke Liv. Sie sah ihre beiden Schatten, sie standen sich gegenüber. Besser nicht in dieses peinliche Gespräch hineinplatzen.

„Und wie bitte seid ihr dahingekommen?"

„Mit dem Zug."

„Loreena sagte mir was von einem roten Auto."

„Ach, dieses Kind. Sie hat Aufnahmen in einem roten Auto gemacht, das ist alles."

Katja fuhr sich in ihrem Versteck über die Lippen. Aufnahmen für Zahnpasta in einem Auto? Der kleinere Schatten entfernte sich von dem größeren.

„Und warum sagte sie dann etwas von einem Geheimnis?"

„Weil es eine Überraschung für alle werden sollte. Was meinst du, was du für Augen gemacht hättest. Loreena im Fernsehen, autofahrend ihre Zahnlücke zeigend. Dann Schnitt, neue Szene, eine junge Frau in einem Science-Fiction-Fahrzeug, zeigt ihr strahlendes Gebiss. Darum ging es, nur darum. Und jetzt ist die Überraschung kaputt." Die Stimme bekam einen kindlich weinerlichen Klang, und der kleine Schatten verschmolz für einen Moment mit dem großen.

„Zeig mir das Zugticket."

Der kleine Schatten sprang fast in die andere Zimmerecke. „Sag mal, spinnst du? Traust du mir etwa nicht? Da hätte ich ja wohl eher Grund zu. Holst einfach deine frühere Freundin hierhin, setzt sie mir noch gegenüber an den Tisch ..."

„Katja ist nicht meine Freundin, sondern die Frau eines Freundes und Kollegen aus Köln."

„Natürlich, und sie ist, welch ein Zufall, auch bei der Polizei."

„Natürlich!" Katja sah, wie der große Schatten seine langen Haare in den Nacken warf.

„Vielleicht hört ihr mal auf zu streiten und kümmert euch um Loreena. Sie sitzt ganz alleine im Esszimmer."

Ein dritter, noch kleinerer Schatten war aufgetaucht, Luise. Sie sorgte dafür, dass die beiden Streithähne das Zimmer verließen.

„Sie können jetzt herauskommen, Kindchen."

Katja schaute verlegen lächelnd um die Ecke. „Sie müssen entschuldigen, ich wollte nicht lauschen. Aber ich hatte meine Jacke vergessen, und da ..."

„Sie müssen sich nicht entschuldigen, Katja", Luise schaute bedeutungsvoll zur Wohnzimmertür, aus der Sven und Anke Liv gerade verschwunden waren.

„Woher wussten Sie, dass ich hier bin?"

Luise zeigte auf den Boden, auf ihre beiden Schatten.

„Ich sehe und höre alles, Kindchen."

Katja glaubte ihr aufs Wort. Im Hinausgehen hörte sie Luise sagen: „Im Gegensatz zu manch anderen Familienmitgliedern, die Tomaten auf den Augen haben. Oder zu Altenheimbewohnern, die den Nikolaus und Knecht Ruprecht gesehen haben wollen." Katja hörte sie kurz auflachen. „Was für ein Unsinn", drang noch aus dem Wohnzimmer zu ihr, während sie nach dem schmiedeeisernen Fisch, der den Türgriff der Haustür darstellte, griff und das Haus verließ. Tief atmete sie die kühle, salzhaltige Abendluft ein. Auch die letzten Wolken hatten sich verzogen und gaben den Blick auf den nachtblauen Sternenhimmel frei. Durch die halb geöffnete Tür hörte sie Luise immer noch kichern.

*Du hast gut lachen.* Katja zog die Tür fest zu. *Du hast ja auch keinen Mörder gesehen.*

## 12

Katja wusste nicht, wie weit sie sich bereits von der Pension entfernt hatte. Immer weiter trugen sie die Füße den Südstrand entlang, ihr Kopf arbeitete. Als sie nach Hiddensee gekommen war, hatte sie ein paar Probleme. Jetzt, nachdem sie zugesagt hatte, Sven und dem Ermittlungsteam zu helfen, hatte sie noch eine Leiche dazu. Sie seufzte und schaute in den Himmel. Der Vollmond mit seinem kalten Licht war ihr einziger Begleiter. Etwas weiter entfernt sah sie eine Gruppe Menschen, ihrem Gang nach waren es Jugendliche, halbe Kinder noch.

Wieder einmal grübelte sie. Sie war nicht zufrieden mit sich und ihren Leistungen. Da war Patrick, zu dem sie keinen Zugang mehr bekam, die schlechten Träume, in denen tote Kinder sie anklagend anstarrten und nun noch die Schwangerschaft. Sie sah nach links auf das Meer, das anscheinend auch von ihr Abstand suchte und sich immer wieder in seine eigenen Tiefen zurückzog. Schemenhaft erkannte sie die weiße Schaumkrone der Brandung.

Es war so schön gewesen, in Kais Armen kurzfristig mal alles um sich herum zu vergessen – auch die Verhütung. Jetzt hatte sie den Salat. Wie also sollte es weitergehen?

Die Jugendlichen vor ihr blieben stehen und machten auf dem Absatz kehrt. Es schien, als hätte irgendetwas sie erschreckt. Katja sah weiter vorne nach links in Richtung Meer, konnte aber nichts Außergewöhnliches entdecken. Kleinere Felsformationen ragten aus dem Wasser. Oder saß da jemand? Nichts rührte sich. Ach was, alles nur Einbildung. Die Jugendlichen torkelten auf die Strandbiegung zu. Wahrscheinlich waren sie betrunken.

Ihre Hände ballten sich zu Fäusten, und nun diese Familie Bach. Inga, schweigend und immer bemüht, es allen recht zu machen, Luise von der Kommandozentrale, die Seherin, die alles wusste. Hatte sie ihr die Schwangerschaft vielleicht auch schon an den Augen abgelesen? Ihr Sohn, Dienststellenleiter Sebastian Bach, griesgrämig und wortkarg. Anke Liv, das Barbieweib, dessen Augen nur kalt und fast schon gleichgültig in die Welt schauten. Und ihre süße Tochter Loreena, die sie gar nicht verdient hatte, vorwitzig, neugierig und noch nicht wissend, dass Mama sie schnellstmöglich vermarkten wollte. Schließlich Sven Widahn, der Highlander, blonder Mel Gibson aus Braveheart, wenn sie an ihn dachte, spürte sie ein leichtes Ziehen und Kribbeln in der Magengegend, das sie sich erst mal durch ihre unbedachte Schwangerschaft erklärte. Sollte das Kribbeln sich verstärken, würde sie sofort abreisen zu Kai, dem Vater ihres ungeborenen Kindes, dem Mann an ihrer Seite, dem zukünftigen Stiefvater ihres Sohnes, ihrem direkten Vorgesetzten und dem guten Freund von Sven Widahn. Sie fuhr sich mit den Fingern durch ihr Haar. Warum nur musste das Leben so kompliziert sein?

Sie ging schneller und schaute angestrengt nach vorne. Hatte sich da etwas bewegt? Ihr Herz schlug ein wenig schneller, jetzt sah sie auch noch Gespenster. Für einen Augenblick hatte sie geglaubt, einen dunklen Schatten zwischen den Laubbäumen verschwinden zu sehen. Vielleicht war es auch nur eine Täuschung durch den Vollmond, der alles so unwirklich erscheinen ließ. Sie sah erneut nach oben. Eine dunkle Wolkenwand, deren Rand silbrigweiß glänzte, schob sich langsam aber sicher auf den Vollmond zu, um ihn zu verdecken. Begleitet vom Wind glitten immer wieder schwarze, zerrissene Schatten über den kalten Sand. Sie musste an die Verse denken. Morgen würde sie in die Kurbibliothek gehen und sich den Gedichtband ausleihen. Sie wollte auch den Rest der Sonette kennen lernen.

*Klag mich nicht dessen an,*
*dass ich dem deinen*
*mein Antlitz traurig still entgegentrage.*

Katja fragte sich, welche Anklage da zurückgewiesen wurde, wer der Angeklagte war und wer wem trauernd ins Gesicht schaute.

Die Wolkenwand hatte den Mond fast erreicht. Nicht mehr lange, und der Strand würde in Finsternis versinken. Sie würde die Hand nicht mehr vor Augen sehen können. Ein starker Wind ließ die Blätter an den Bäumen rauschen, dann ein Rascheln. Katja fröstelte es, Zeit für den Heimweg!

## 13

„Ich bin auch nachts für dich da, wenn du mich brauchst, Georg."

„Ich habe Angst, dass alles rauskommt. Was soll ich dann machen."

„Vielleicht die Wahrheit sagen."

„Die Wahrheit, welche Wahrheit? Die, die sie hören wollen, oder meine Wahrheit."

„Du kannst dich nicht immer zwischen zwei Wahrheiten bewegen."

„Heute hatten wir ein schönes Abendrot. Ich mag die Abende am Strand. Ich habe eine Weile dort gesessen, wollte meinen Gedanken nachhängen. Aber erst liefen Jugendliche vorbei und störten mich, und dann sah ich einen weiblichen Schatten auf mich zukommen und von der anderen Seite ..."

„Ja, und?"

„Ich bin weggelaufen. Ich wollte jetzt noch mal an den Strand, aber der Nieselregen hat schon wieder eingesetzt."

„Mich stört der Regen nicht, bisher hatten wir doch einen tollen Sommer."

„Der schönste Sommer in meinem Leben liegt schon lange Zeit zurück."

„Erzählst du mir davon, Georg?"

„Vielleicht später. Ich muss mich erst einmal daran gewöhnen, mit dir zu reden."

„Wie geht es dir heute Nacht, Georg?"

„Einigermaßen, ich bin alleine, und das hilft mir immer ein bisschen. Ich kann nur nicht schlafen. Es ist schon zwei Uhr nachts."

„Vielleicht liegt es am Vollmond. Viele können dann nicht schlafen."

„Damals ist auch Vollmond gewesen. Vollmond und August."

„Damals?"

„1970!"

„Eine Nacht, die du bis heute nicht vergessen hast! Was war das Besondere in dieser Nacht?"

„Sie! Sie war das Besondere."

„Erzähl mir mehr von ihr."

„Wir hatten sie schon ein paar Tage zuvor gesehen."

„Wir?"

„Meine Freunde und ich, naja, was man so Freunde nennt. Es war Ferienzeit, wir lümmelten hinten am Strand, um möglichst viel nackte Haut vor uns zu sehen. Getrunken hatten wir auch."

„Was hattet ihr getrunken?"

„Wodka. Und dann tauchten sie auf, eine Horde Männer, darunter auch uniformierte, und mitten drin diese aufregende Frau, eine richtige Frau! Als sie an mir vorbeiging, und ich ihr Parfum roch, wurde mir richtig schwindelig. Ich konnte nicht verstehen, was sie sagte, aber ich hörte ihre Stimme. Meine Freunde mahnten mich, ihr nicht so hinterherzugaffen. Aber ich konnte nicht anders. Als sie sich umdrehte, trafen sich unsere Blicke. Sie schien belustigt, und ich war an diesem Tag ein König."

„Wie alt warst du damals?"

„Siebzehn."

„Hattest du auch eine Freundin?"

„Ach, die Mädchen in meinem Alter kicherten immer so albern und zu jedem unmöglichen Anlass. Das war kaum auszuhalten!"

„Auch nicht mit Wodka?"

„Nein, aber wenn ich was getrunken hatte, fühlte ich mich ausnahmsweise nicht einfältig und linkisch."

„Und deine Freunde, hatten die keine Mädchen?"

„Ach Gott, ja, einige waren richtige Weiberhelden, sie wussten ja nicht, was so eine richtige, ich meine, eine echte Frau ist."

„Und du kanntest echte Frauen?"

„Nur die eine, die ich wieder getroffen und kennen gelernt habe, in jener Nacht."


14


Der Vollmond, der durch das geöffnete Fenster direkt auf mein Bett scheint, weckte mich auf. Neben mir das Bett ist leer. Meine Hand, die nun den Telefonhörer umkrampft, fühlt das kalte Laken. Wundert mich das wirklich noch? Was habe ich erwartet? Alles um mich herum ist still, nein, fast still. Die Wanduhr, die ich in der Küche ticken höre, versucht den Schlaf des Hauses zu stören. Sekunde um Sekunde wandert die Nacht dem jungen Morgen entgegen. Und ich? Ich finde keine Ruhe, zittere innerlich. Sehe Wilhelmine Wirth vor mir, ihren weißen Körper, der sich um festen Stand bemühte, ihre krallenartigen Finger, die angstvoll ins Leere griffen. Dann meine Hand, die mit dem goldenen Ring am Finger, ganz langsam hob ich sie an, die Finger fest um den Griff

... Nein, nicht schon wieder. Ich sollte das alles vergessen. Aber ich kann nicht, werde ich es je können? Und wer weiß, was noch alles geschehen wird.

Soll ich noch einmal anrufen? Aber mache ich mich dann nicht lächerlich? Die Nummer kenne ich bereits im Schlaf. Meine Finger zittern, während ich die Ziffertasten drücke. Ich lege gleich wieder auf.

Vor meinem Bett stehen noch die Schuhe, die ich nur für meine einsamen Strandspaziergänge nutze. Eigentlich habe ich ja nur meinen Kopf etwas kühlen wollen, klare Gedanken finden. Die Nacht genießen, mich meinen geliebten Gedichten hingeben, aber erst waren es die Jugendlichen, die polterten und lärmten, dann war da noch ein weiblicher Schemen, der direkt auf mich zukam. Und als ich meine Richtung änderte, um ihm auszuweichen, tauchte in meiner Nähe ein weiterer Schatten auf, fast wie ein Geist. All diese drohenden Begegnungen waren es, die mich wirklich davongetrieben haben, nicht der Regen.

Es ist zwanghaft, ich drehe schon wieder an dem goldenen Ring. Mag sein, dass vieles stimmt, wenn sie mich beschimpft und mich feige nennt, das gibt ihr trotzdem nicht das Recht, so mit mir zu reden. Ich schaue nach oben, die Treppe hinauf, und ich atme tiefer und schneller. Wehe dir, eines Tages ...

## 15

„Sebastian ist bereits nach Greifswald in die Rechtsmedizin gefahren. Widahn zeigte auf die Kaffeekanne. „Willst du?"

Katja nickte erleichtert. Sie hatte sich innerlich bereits auf eine Obduktion eingestellt und ihr ängstlich entgegengesehen. „Wie kommt es zu der Einsatzplanänderung?"

Widahn zuckte mit den Schultern. „Wahrscheinlich geht es ihm heute Morgen besser. Die Angehörigen der Toten sind übrigens noch gestern Abend von Gran Canaria zurückgekommen. Kollegen der Nachtschicht haben ihre Aussagen protokolliert, wir beide sollten jetzt noch einmal mit ihnen sprechen. Sicher wollen sie auch in den Bungalow, die Spurensicherung ist durch. Wir treffen uns mit ihnen in der Seniorenresidenz. Frau Kaschner hat wohl so etwas wie einen Gesprächsraum. Milch und Zucker?"

„Ja bitte." Katja schaute aus dem Fenster in den strahlend blauen Himmel. Wenigstens etwas. Nachdem der Wetterbericht am frühen Morgen für den heutigen Tag satte 28 Grad an der Ostseeküste versprochen hatte, hatte sie sich für ein rotes Trägershirt und eine weiße Caprihose entschieden, dazu rote Lacksandalen. Eigentlich nicht das richtige Outfit für eine Vernehmung im Altenheim. Aber die hatte sie beim Kofferpacken für ihren Kurzurlaub natürlich nicht vorhersehen können.

„Bist du schlecht gelaunt?" Sie spürte wieder diesen intensiven prüfenden Blick auf sich ruhen. Es war, als hätte der Kerl Röntgenaugen.

„Nein, nur in Gedanken. Und die möchte ich dir gerne mitteilen, bevor wir mit Wirths sprechen, ja?"

Er schaute auf die Uhr an der Wand. Sie hatten noch eine gute Dreiviertelstunde Zeit. „Können wir gerne machen, aber willst du nicht vorher etwas frühstücken?"

„Nein danke!" Der bloße Anblick von Brötchen, Käse, Eier, Wurst und Marmelade ließ ihren Magen rebellieren. „Wo ist der Rest deiner Familie?" Sie waren allein im Esszimmer. Auf der anderen Seite des Flurs hörte man hinter der Tür des Frühstücksraums Stimmengewirr und das Klappern von Besteck und Porzellan.

„Inga und Luise kümmern sich um die Pensionsgäste, Loreena habe ich zum Spielen zu einer Freundin gefahren."

„Und Anke Liv?" Um ein Haar hätte sie Barbie gesagt.

„Sie liegt noch im Bett, braucht ihren Schönheitsschlaf. Komm, lass uns ins Arbeitszimmer gehen."

Katja nahm ihre Tasse Kaffee und folgte Widahn. War es nur eine Sinnestäuschung gewesen oder hatten sich seine Augen bei ihrer Frage nach Anke Liv ein wenig zusammengezogen? Aber was ging es sie an!

Widahn schloss das Arbeitszimmer seines Schwiegervaters auf. An der Pinnwand hingen unter dem Namen der Toten nun vergrößerte Aufnahmen von der Leiche in dem Strandkorb. Daneben Bilder von jedem Zimmer des Bungalows und von am Strand sichergestellten Spuren: Zigarettenstummel umgeben von Sandkörnern, Bonbonpapier, ein Kondom mit einem Zettel *Labor* daneben, alte Plastikflaschen und Gläser, alles fein säuberlich auseinandergelegt und nummeriert auf einem Metalltisch. Katja nickte anerkennend. Widahn hatte Recht, die Leute hier waren auf Draht, ob sie von Weingarth so schnell erstes Material bekommen hätte, wagte sie zu bezweifeln. Zumindest hätte er ihr das nie nach Hause gebracht.

„Arbeitet ihr eigentlich immer so intensiv zu Hause an den Fällen?"

Widahn schüttelte schmunzelnd den Kopf. „Nein, nur wenn es um besonders schwere Verbrechen geht. Anscheinend ist Sebastian gestern Abend nach Stralsund gefahren, der Leiter des Erkennungsdienstes, Konrad Vohwinkel, war noch in seinem Büro. Er wird ihm die Abzüge und erstes Schriftmaterial zur Verfügung gestellt haben. Und so wie ich Sebastian kenne, wird er in der letzten Nacht kaum geschlafen haben. Er wird erst wieder zur Ruhe kommen, wenn er den Mörder gefunden hat."

Katja betrachtete die verschiedenen Bilder, ihr Blick suchte immer wieder Kontakt zu der Toten. Was konnte sie ihr mitteilen? „Glaubst du immer noch, dass die Familie etwas mit ihrem Tod zu tun hat?"

Widahn schüttelte den Kopf. „Im Prinzip können wir sie ausschließen, ihr Alibi ist überprüft worden und schlüssig. Aber so ganz weiß man natürlich nie. Ich schätze mal, bei der Knete, die sie am Bein haben, hätten sie einen Mörder engagieren können."

Katja schaute weiter auf die Tafel. Mochte sein, dass er Recht hatte, trotzdem glaubte sie nicht, dass das Mordmotiv Habgier war, wollte aber keine erneute Diskussion aufkommen lassen. Sie nahm einen schwarzen Edding und heftete ein großes, leeres Blatt

Papier an das Bord. „Soll also heißen, Familie Wirth war zur Tatzeit auf den Kanarischen Inseln?"

„Ja, sie haben erst vor etwa drei Tagen ihren Sommerurlaub angetreten und wollten zwei Wochen bleiben."

„Was macht Wirth eigentlich beruflich?" Sie schrieb *Familienverhältnisse Wirth*.

„Keine Ahnung, aber wie gesagt, sie müssen gut situiert sein, sonst wäre Mamilein nicht in solch einer feudalen Residenz untergebracht worden."

„Ja, Geld scheinen sie zu haben. Hast du das Familienfoto in der Glasvitrine gesehen? Das sagt alles." Sie nahm erneut den Stift, zog einen langen schwarzen Strich und nahm mit einem Mal verstärkt den Duft nach Hugo Boss wahr. War er so dicht an sie herangetreten? Sie hatte nichts bemerkt, wagte aber auch nicht, sich herumzudrehen. „Also." Du liebe Güte, wie hörte sich ihre Stimme an? „Wilhelmine Wirth wurde zum letzten Mal am Freitagabend um achtzehn Uhr beim Tanztee gesehen. Nach Aussage der Bewohner ist nichts Ungewöhnliches vorgekommen. Sie tanzte mit niemandem und sprach nur mit ihren Bekannten. Um kurz nach sechs wurde sie das letzte Mal gesehen, nämlich von Frau Sassmann. Da war sie im Begriff sich zu verabschieden, ungewöhnlich früh für sie, wie alle Befragten versicherten." Sie spürte einen zarten Lufthauch im Nacken und bekam eine Gänsehaut.

„Wie Samt und Seide", hörte sie hinter sich ein heiseres Flüstern.

„Wie bitte?" Ihr Magen bekam für einen Augenblick Flügel. Sie drehte sich um und sah direkt in Widahns belustigte Augen.

„Schau aus dem Fenster, von hier aus kannst du einen Teil des Strandes und das Meer sehen. Manchmal glaube ich, es hat jeden Tag eine andere Farbe. Heute ist es blau bis türkisfarben und schimmert wie Samt und Seide. Siehst du?" Er griff sie sanft an den Schultern, strich wie unbeabsichtigt über ihre Haut und drehte sie in Richtung Fenster.

Katja versuchte ein Lachen. Sie löste sich von ihm, was sie gleichzeitig bedauerte, und zeigte auf das Bord. „Und wir haben hier ..."

„... einen unaufgeklärten Mord und nur noch zehn Minuten Zeit, dann müssen wir los zum Altenheim." Er ging einen Schritt zurück und setzte sich auf die Kante des schweren Schreibtisches.

„Seniorenresidenz."

„Gut, von mir aus."

Widahn nickte ernst. Kein Hauch von Romantik mehr, die kriminalistische Arbeit hatte sie eingeholt. „Frau Sassmann hatte am Freitagmorgen Dienst. Bei ihrem täglichen Rundgang, ging sie auch zu Frau Wirth. Alles war wie immer. Was also ist bis zur Nacht passiert, wie konnte sie in die Hände eines Mörders geraten?" Er griff nach hinten zu seinem Haar, um den Zopf zu öffnen.

Katja schaute an ihm vorbei durch das Fenster, ohne wirklich das satte Grün der in der Sonne glänzenden Wiese, den dahinter liegenden gelben Strand und das blaue Meer mit den kleinen weißen Schaumkronen wahrzunehmen. Sie tippte auf die Fotografie von Frau Wirths Schlafzimmer und daneben auf die der leeren Sektgläser im Wohnzimmer. „Schau dir das hier an. Was bedeutet das wohl?"

„Du meinst, sie hatte tatsächlich einen Liebhaber? Ich bitte dich, sie war 74 Jahre alt. Wenn ihr Lover mindestens genauso alt war, also ... allerdings ... ich meine, ich habe keine Ahnung, wie es bei älteren Herren mit der Potenz aussieht. Hat Abraham nicht auch erst im hohen Alter seine beiden Söhne gezeugt? Fühlen wir den Herren im Heim mal auf den Zahn, ob einer eine heimliche Liebschaft mit Wilhelmine Wirth zugibt."

„Also erstens leben wir nicht in Zeiten des Alten Testaments, zweitens glaube ich kaum, dass es sich hier um ein Verhältnis zwischen zwei Heimbewohnern handelt. Das hätten die anderen doch schon längst spitz bekommen. Ich bin sicher, es handelt sich um einen Unbekannten. Vielleicht jemand besonders Galantes, jemand Poetisches, Sündiges. Mit ihm hat sie im Übrigen auch ziemlich leidenschaftlichen Sex gehabt."

Widahn lächelte amüsiert und band den Zopf wieder im Nacken zusammen. „Wie kommst du jetzt darauf?"

„Ganz einfach", sie trank einen Schluck Kaffee, trat neben ihn an den Schreibtisch, lehnte sich an die Tischkante und verschränkte die Hände vorne im Schoß, „schau auf die Aufnahme vom Wohnzimmer und dann auf die vom Schlafzimmer."

Widahn stellte sich vor die Magnettafel und schaute abwechselnd auf die beiden vergrößerten Bilder. „Ja, und? Ich kann nichts entdecken."

Katja seufzte. Konnte er die Spuren nicht lesen? Hatte er keine Phantasie? Oder war sie vielleicht auf einem falschen Weg? „Hier im Wohnzimmer, total zerwühlte Kissen."

„Das bedeutet nur, dass da wahrscheinlich mehr als nur eine Person gesessen hat."

„Ich meinte auch nicht die kleinen Sofakissen, ich meinte den unteren Teil des Sofas."

Widahn schaute genauer hin. Die Sitzkissen waren ein gutes Stück nach vorne verschoben. „Auch das will nicht viel heißen. Sie können auch durch andere Bewegungen verrutschen."

Katja lachte. „Ja, bei unseren wesentlich preiswerteren Sofas geht das sicher ganz leicht." Sie stellte sich neben ihn, klopfte mit dem Edding gegen das Foto und zeigte auf die Sofagarnitur in elfenbeinfarbigem Stoff mit großen breitflügeligen Schmetterlingen in zarten Rosa- und Blautönen. „Aber nicht bei diesem hier. Ich habe mir das Sofa genauer angesehen und befühlt. Da ist jedes Kissen hundertprozentig eingepasst und zusätzlich unten drunter mit Klettverschlüssen befestigt. Man muss schon richtig Gas geben, damit da was verrutscht."

Widahn drückte sie einen Moment fest an sich . „He, ich habe doch gewusst, dass ich mit dir den richtigen Fang mache. Aber apropos Gas geben, wir müssen los. Wollen ja die ehrenwerte Gesellschaft nicht warten lassen. – Weißt du, Kai kann sich glücklich schätzen, mit so einer Schönheit zusammenzuarbeiten." Er machte eine kurze Pause, die Katja nutzte, um das verlegene Lachen aus dem Gesicht zu bekommen. Er sprach leise weiter. „Kein Wunder, dass der Mann sich in dich verguckt hat."

„Na, wenn du meinst!" Fiel ihr wirklich nichts Besseres ein?

Katja folgte Widahn nach draußen. Sie spürte, wie ihr Herz raste. Einen kurzen Moment lang überlegte sie, ob sie ihre Koffer packen und nach Hause fahren sollte. Ach was, sie war eine gestandene Frau, bekam ein Kind von dem Mann, den sie liebte, ihr Unterleib wurde verstärkt durchblutet, und nur das war der Grund, warum sie so bescheuert reagierte. Warmer Sommerwind schlug ihr entgegen, und vorsichtig betrat sie mit ihren Sandalen das unebene Kopfsteinpflaster der Straße. Anscheinend wollte er zu Fuß gehen, die Seniorenresidenz war ja nur etwa fünfhundert Meter weit entfernt.

„Und was war mit dem Schlafzimmer?" Widahn hatte auf der anderen Straßenseite auf sie gewartet und riss sie aus ihren Gedanken.

„Der zerwühlte Schlafanzug neben dem Bett."

„Ich nehme an, das Argument, dass Frau Wirth irgendwie zu Unordnung neigte, lässt du wohl nicht gelten, oder?"

Katja verdrehte die Augen. „Du doch wohl auch nicht."

Sie gingen am Hotel *Meeresblick* vorbei, Katjas Augen folgten dem Weg, der an der Hotelseite herabführte. Rechts das Vier-Sterne-Hotel, links ein altes Gebäude, vergessen oder zumindest ungepflegt. Ein Teil des Balkons war abgebrochen oder abgerissen worden. Weiter unten lag ruhig das Meer. Spaziergänger, hauptsächlich ältere Menschen, kamen an ihnen vorbei und grüßten freundlich. Katja erwiderte ihren Gruß, sicher waren sie auch aus der *Abendsonne*.

Ein wild gewachsener Strauch ragte bis auf die Straße. Widahn legte seinen Arm um sie, zog sie näher an sich heran, der Weg wurde enger. „Spinnen wir das also mal kurz zu Ende. Wie ging es weiter?"

„Ehrlich gesagt, davon habe ich noch keine genaue Vorstellung." Der Weg war wieder breiter geworden, Katja machte sich frei, schaute ihn verstohlen an. Was war heute morgen mit ihm los? Strahlte sie vielleicht irgendetwas aus, irreführende Signale? Und wenn ja, waren sie wirklich so falsch?

# 16

Sonntags kamen offensichtlich mehr Besucher zur Seniorenresidenz, der Parkplatz von dem Haupthaus war gut genutzt. Widahn hielt Katja die Tür auf. Frau Kaschner erwartete sie bereits. Sichtlich nervös ging sie, sich ständig die Hände reibend, vor der Tür ihres Gesprächsraumes auf und ab. In ihrer Miene spiegelte sich Erleichterung, als sie Widahn und Katja entdeckte.

„Gott sei Dank, dass Sie beide endlich da sind. Familie Wirth ist schon hier. Herr Wirth wollte unbedingt zum Bungalow seiner Mutter. Er ist wütend, dass er ihn nicht betreten darf. Er ist es nicht gewohnt, dass sich jemand seinem Willen widersetzt." Ihr Blick wanderte von Katja zu Sven Widahn, der heute ein schwarzes T-Shirt trug, das eine weiße Faust mit erhobenem Zeigefinger zeigte. „Vielleicht hätten Sie sich etwas angemessener anziehen sollen."

Katja sah das Glitzern in Widahns Augen, als er die Heimleiterin freundlich ansah. Er fasste nach ihrem Arm. „Machen Sie sich darüber keine Sorgen, Frau Kaschner, wenn wir Herrn Wirth erst einmal hinter Schloss und Riegel gebracht haben, hat er ganz andere Sorgen als unser Outfit." Er zog die entsetzt dreinblickende Frau mit sich zur Tür des Gesprächsraums. „Nach Ihnen."

Katja sah auf den ersten Blick, dass der Raum eher kühl als anheimelnd wirkte. Er war zwar hell gestrichen und mit beigefarbenem Teppichboden ausgelegt, aber die hell und dunkel gemischten Möbel ließen, wenngleich modern und passend, keine positive Atmosphäre aufkommen. Frau Kaschner hatte ein Taschentuch aus ihrer Jackentasche gezaubert und tupfte sich die Stirn ab. „Darf ich vorstellen? Herr und Frau Wirth sowie die beiden Söhne Karsten und Marco. Das sind Frau Sommer und Herr Widahn von der Kriminalpolizei."

Die üblichen Regeln der Höflichkeit missachtend, reichte Katja zunächst den beiden Söhnen, die in der Nähe der Tür gestanden hatten, die Hand und ging dann weiter zu der stark geschminkten Frau, die sie von dem Familienbild in Wilhelmine Wirths Bungalow wiedererkannte. Sie schien eher verärgert als betrübt über den unnatürlichen Tod ihrer Schwiegermutter und über all die Unannehmlichkeiten, die er nun nach sich zog. In der Miene ihres Mannes hingegen konnte man Trauer lesen. Trauer gemischt mit Wut und Unverständnis.

„Kann mir bitte einmal jemand erklären, was genau passiert ist? Wir waren drei Tage mit dem Boot unterwegs und hatten mit Absicht weder Handy noch sonst ein Telefon an Bord, nur schlappe drei Tage, und kaum sind wir wieder an Land, erfahre ich vom Tod meiner Mutter!" Er bedachte Frau Kaschner mit einem wütenden Blick, bevor er sich Widahn zuwandte. „Gestern Abend waren wir mit einem Beamten in Greifswald, um meine Mutter zu identifizieren, danach wurden wir in Stralsund von einem Ihrer Beamten befragt. Als ich um genauere Auskünfte bat, was eigentlich genau passiert sei, vertröstete man mich auf morgen und verwies mich an Sie, Herr Widahn. Und wieso darf ich nicht in den Bungalow meiner Mutter?", spulte er anstelle einer Begrüßung herunter.

Katja stellte fest, dass er im Vergleich zu dem Familienfoto inzwischen seinen Schnauzbart in Kaiser Wilhelm-Manier gezwirbelt trug, der zitterte bei jedem seiner Worte. Die Hände hielt er demonstrativ hinter dem Rücken verschränkt, seine kurzen Beine steckten in teuren knitterfreien Hosen. Sein dunkelbraunes Haar zeigte nur am Schläfenansatz graue Strähnen, und Katja vermutete, dass er es im Naturton färbte.

„Leider wissen wir noch nicht viel, Herr Wirth. Wir müssen aber davon ausgehen, dass Ihre Mutter gewaltsam zu Tode gekommen ist. Und in den Bungalow gehen wir später gemeinsam. Aber erst einmal mein Beileid an Sie alle", sagte Widahn ruhig und blickte in die Runde. Katja sah auf seine ausgefranste Jeans, die an der Gesäßtasche ein Loch aufwies. Sie musste Frau Kaschner insgeheim Recht geben. Er machte sich offensichtlich nicht genügend Gedanken um die Wirkung seines Äußeren. Aber das wiederum tat er mit einem Selbstbewusstsein, das schon bewundernswert war. „Der Bungalow", er zog sich einen der schwarz lackierten Bistrostühle heran, die in einer Gruppe am Fenster des weitläufigen Zimmers um einen ebenfalls schwarzen Tisch herum platziert standen, „ist von der Polizei versiegelt worden."

„Sie meinen, *Sie* haben den Raum versiegelt", unterbrach ihn Herr Wirth und setzte sich neben seine Frau auf das Sofa. Von hier aus konnte man durch die Glastür über die Anlage bis hinunter zum Meer blicken. Der silbergraue Lamellenvorhang zum Schutz gegen das Sonnenlicht war beiseite gezogen worden.

„Wenn Sie so wollen. Ich schlage vor, wir unterhalten uns erst mal hier." Widahn setzte sich auf den Stuhl und sah mit fast schon lässigem Gesichtsausdruck die einzelnen Familienmitglieder an. Aber Katja erkannte seine angespannte Haltung. Von wegen müde. Er registrierte jede Bewegung, so auch die der beiden jungen Männer. Der Dunkelhaarige setzte sich neben seine Eltern auf das Sofa, und der Blonde ihnen gegenüber auf die freie Fensterbank.

„Sie meinen wohl eher, Sie stellen mir Fragen und ich habe die zu beantworten." Herr Wirth beugte sich nach vorne, stützte seine Arme auf die Knie und sah Widahn von unten nach oben herausfordernd an. Seine Frau legte ihm beruhigend die Hand auf den Rücken.

Frau Kaschner, die sich ihren Bürostuhl hinter einem Schreibtisch schräg neben der Tür hervorgeholt hatte, räusperte sich. „Sie müssen entschuldigen, Herr Wirth, aber ich glaube, die beiden Beamten tun ja auch nur Ihre Pflicht. Wir sollten Sie unterstützen, damit ..."

„Halten Sie sich da raus." Herr Wirth zeigte wütend mit dem Finger auf Frau Kaschner, die ganz blass geworden war. „Sie sind doch Schuld an diesem Schlamassel. Ich vertraue Ihnen meine Mutter an, und was passiert? Sie wird ermordet, ERMORDET! Das ... das gibt es doch gar nicht."

Katja sah, dass der Mann, der offensichtlich auch zu Bluthochdruck neigte, außer Fassung zu geraten schien. Hatte er doch mehr für seine Mutter übriggehabt, als man im ersten Moment annehmen konnte? Sie hatte sich hinter einem Arrangement von hochgewachsener Birkenfeige und Yuccapalme, das in einer Ecke zwischen Sofa und Terrassentür Platz gefunden hatte, gegen die Wand gelehnt. Von hier aus hatte sie einen wunderbaren Blick auf

93

alle Beteiligten, besonders auf den blonden Enkel auf der Fensterbank, dessen Blick nervös durch den Raum irrte.

Widahn wandte sich an Frau Kaschner. „Ich würde jetzt gerne mit der Befragung beginnen. Wenn Sie so freundlich wären ..."

„Ja, natürlich", unterbrach ihn die Heimleiterin. „Ich lasse Sie allein." Aber ihr Blick beim Hinausgehen zeigte, dass sie das gar nicht für so selbstverständlich hielt.

„Was machen Sie eigentlich beruflich, Herr Wirth?" Widahn zog einen kleinen Schreibblock mit einem Minibleistift aus der Gesäßtasche seiner Jeans hervor.

„Ich bin Börsenmakler in Hamburg."

„Aha, ich dachte, das bringt nicht mehr soviel ein?" Widahn machte sich Notizen, über sein Gesicht huschte ein Lächeln.

„Wenn man's richtig anfängt, schon." Wirth lächelte provozierend zurück.

Widahn nickte nur und ließ sich nicht aus der Ruhe bringen. „Sie sagten, Sie hätten Ihre Mutter hier untergebracht. Also nehme ich an, Sie haben das ganze finanziert."

„Zunächst ja, von ihrer schmalen Rente hätte sie sich solch ein Heim nie leisten können. Aber seit zwei Monaten hat sie alles alleine finanziert, sie wollte es so. Ihre ältere Schwester hat in jungen Jahren einen Kanadier geheiratet, die Ehe blieb kinderlos, und meine Tante verstarb früh. Als vor zwei Monaten mein Onkel verstarb, hat er meiner Mutter ein beträchtliches Vermögen vererbt. Hat sein Geld mit Holz gemacht, kanadisches Ahorn ist in Europa sehr begehrt, und die Holzfabrik war eine gute Investitionsanlage. An der haben sich viele eine goldene Nase verdient." Wirth sah seine Frau scharf an, gerade so, als sei nun alles ihre Schuld. „Es war ... der Wunsch meiner Mutter, hierhin zu ziehen. Sie wohnte zuvor nicht sehr komfortabel."

„Hat Ihre Mutter ein Testament verfasst und bei einem Notar hinterlegt?"

„Das kann ich Ihnen leider nicht sagen. Und wenn Sie wissen wollen, ob sie einen von uns als Haupterben auserkoren hat, kann ich Ihnen auch nicht weiterhelfen. Das hat uns nämlich nicht interessiert. Wir waren nicht auf Mutters Geld scharf, Herr Kommissar, davon haben wir selber genug, mehr als wir ausgeben können, um es genau zu sagen. Uns ging es einzig und alleine um das Wohlergehen dieser Frau, meiner Mutter!"

Widahn glaubte ihm. Er sah abwechselnd zwischen Wirth und seiner Frau, die den Blick zu Boden gesenkt hielt, hin und her. „Aber sie war ja noch recht rüstig und konnte sich selbstständig versorgen. Sie hätte doch durchaus auch alleine wohnen oder zu Ihnen ziehen können."

„Sie müssen wissen, meine Frau und meine Mutter vertrugen sich nicht besonders, deswegen wohnte sie auch nicht bei uns in der Villa." Wirth stupste seine Frau unsanft an. „Vielleicht möchtest du noch etwas dazu sagen?"

„Bevor meine Mutter antwortet, hätte ich gerne mal Ihren Dienstausweis gesehen, Herr ... Widahn." Katja stieß sich von der Wand ab, schaute um die Palme herum und sah verwundert den jungen Mann mit den dunklen Haaren an. Was war denn plötzlich in ihn gefahren?

Frau Wirth sah ihren Sprössling strafend an. „Marco! Sie müssen entschuldigen. Unser Jüngster will demnächst Jura studieren und irgendwie sieht er sich schon fast als Anwalt der Familie."

„Kein Problem." Gleichmütig hielt Widahn ihm seinen Ausweis entgegen „Möchten Sie den meiner Kollegin ebenfalls sehen?"

Die Frau winkte ab. „Das ist wohl alles nicht nötig. Um noch mal auf Ihre Frage von vorhin zurückzukommen. Als Herbert, mein Mann, es sich leisten konnte, oder besser gesagt, wir es uns leisten konnten, eine Villa in Blankenese im Treppenviertel zu kaufen, wollten wir natürlich auch, dass es Mutter gut geht. Sie hatte bis dato nur in einer Zweizimmerwohnung in Hamburg Jenfeld gelebt. Sie hat sich aber für diese feudale Seniorenresidenz entschieden."

„Wieso das?"

„Sie meinte, Jung und Alte gehören nicht unter ein Dach. Und ich musste ihr Recht geben, auf Dauer hätten wir uns nicht verstanden. Zu unterschiedlich war unsere Auffassung vom täglichen Zusammenleben. Das hatte sich in unseren Gesprächen schnell herauskristallisiert."

Widahn stand auf und ging zu dem Fenster, an dem Karsten und sein Vater standen. „Was für ein Mensch war Ihre Mutter beziehungsweise Großmutter?"

Verwirrt schaute der Vater ihn an. „Wie meinen Sie das?"

„War sie beispielsweise gesellig?"

„Gesellig? Als ich noch jung war und zu Hause wohnte, da kam ab und an eine Nachbarin vorbei, aber direkt gesellig? Sie war halt gerne mit uns zusammen, da war sie fröhlich und lustig. Wir haben oft über sie lachen müssen. Sagen Sie, können wir die Unterhaltung nicht auf dem Weg zum Bungalow weiterführen?"

Widahn sah Katja kurz an, sie nickte. Es war nicht unbedingt das Schlechteste, die Familie dorthin zu bringen, wo das Opfer zuletzt gelebt hatte, zumal nur sie klären konnten, ob etwas gestohlen worden war.

„Gut", sagte Widahn. Er stellte den Stuhl zurück in die Ecke. „Gehen wir in den Bungalow, ich möchte Sie auch bitten, sich umzusehen, ob nichts fehlt."

Frau Kaschner erwartete sie vor der Tür. Hatte sie gelauscht?

„Wir gehen jetzt gemeinsam zum Bungalow meiner Mutter."

„Soll ich nicht lieber auch mitkommen?"

Widahn winkte ab. „Das wird nicht nötig sein, falls doch, können wir Sie ja holen. Verlassen Sie bitte bis auf weiteres nicht das Gelände."

„Es ist Sonntagmorgen, und ich bin extra wegen der Familie Wirth hierhin gekommen, Herr Widahn." Katja musste schmunzeln, als sie sah, wie die Heimleiterin ihn mit verschnupftem Blick ansah.

Einen Moment lang gingen sie schweigend den Gang entlang, Katja beobachtete die einzelnen Familienmitglieder. Die Mutter, hager, fast schon knochig, ging mit starrem Blick geradeaus und erweckte den Eindruck, in diesem Tempo bis ans Ende der Welt laufen zu wollen. Der Vater lief ganz vorne neben Sven, seine kurzen O-Beine versuchten, mit dem Polizisten Schritt zu halten, dadurch schwankte er wie ein Schiff bei Seegang. Er öffnete die Glastür zum weißen Kiesweg der Anlage. Nichts ließ erkennen, was ihm gerade durch den Kopf ging. Der jüngere, dunkelhaarige Sohn, Marco, blieb an der Seite seiner Mutter. Aus den oberen Etagen war kurz hintereinander ein Schrei, dann ein Lachen zu hören. Selbst der Vater an der Glastür zuckte für einen Moment zusammen, sein Schnauzbart bebte, und er schaute nach oben. Ob ihm wohl langsam klar wurde, dass die *Abendsonne* doch nicht das reine Paradies für seine Mutter gewesen sein konnte?

## 17

Warmer Wind streichelte sanft über ihre Wangen und ihre nackten Schultern, als sie den Garten betraten. Katja atmete tief ein, es roch fantastisch, ein Gemisch aus frisch gemähter Wiese, süßem Duft der Heckenrosen und dem Salz der nahen Ostsee. Einige Bewohner saßen auf den Bänken, die Gesichter der Sonne entgegengestreckt, andere gingen spazierend die Kieswege entlang, sahen sie neugierig an. Katja bemerkte eine kleine, schmächtige Gestalt mit abstehenden Haaren, die einsam unter einer Linde stand, Frau Tietz. Ihr war, als beobachtete die kleine Frau sie. Still und starr verharrte sie im Schatten unter dem Baum.

„Was macht der denn hier?" Widahn zeigte auf einen kleineren, kräftigen Mann, der geschäftig den Kiesweg in Richtung *Villa Alpenrose* ging. In seinen Händen trug er ein goßes, mit hellen Tüchern bedecktes Tablett.

Katja, die gerade überlegt hatte, ob sie zu Hilde Tietz gehen sollte, schaute hinter dem Mann her. „Wer ist das denn?"

„Unser Kantinenwirt aus dem Präsidium. Bei ihm bekommst du die besten Frikadellen in ganz Mecklenburg-Vorpommern. Aber was macht der hier?"

„Frag ihn doch."

„Das werde ich tun, bei meinem nächsten Kantinenbesuch."

Katja ging einen Schritt schneller und gesellte sich zu Karsten, der mit gesenktem Kopf vor sich hintrottete. Es war, als habe er sich in einen Kokon eingesponnen, er wirkte einsam und ein wenig verloren. Er war Katja trotzdem am sympathischsten. Vielleicht würde sie von ihm mehr über seine Großmutter erfahren.

„Gehen Sie eigentlich schon einem Beruf nach oder sind Sie noch in der Ausbildung?" Katja fing das Gespräch unverfänglich an, sie sah zu Widahn, der vor ihr ein Gespräch mit dem Vater begonnen hatte.

„Ich studiere, Betriebswirtschaft, drittes Semester."

„Und was wollen Sie später machen?" Katja schaute zurück zu der Linde, aber die kleine Gestalt war verschwunden.

„Mal sehen, es gibt verschiedene Möglichkeiten, wenn mir nichts einfällt, dann weiß mein Vater Rat. Ich komme schon unter."

„Sie hatten ein gutes Verhältnis zu Ihrer Großmutter, nicht wahr?"

Karsten Wirth blieb einen Augenblick lang stehen. „Ein sehr gutes. Ich glaube, ich habe mich sogar am besten von uns allen mit ihr verstanden. Aber es war nicht immer leicht mit ihr."

„Inwiefern?"

„Na ja, Oma war ein … Weichei, verstehen Sie? Nie hat sie sich gewehrt, war immer zu allen gut und hilfsbereit. So etwas kann einem auch auf den Wecker gehen. Papa hat mal gesagt, wenn ich Oma was erzähle, kann ich mich auch vor einen Spiegel stellen und palavern. Sie sagte zu allem Ja und Amen."

„Aber dann war der Umgang mit ihr doch eher einfach, oder?" Sie bogen in den Weg zum *Fliederbusch* ein.

„Einfach? Ich weiß nicht. Sie neigte dazu, jeder Auseinandersetzung aus dem Weg zu gehen. Vielleicht war sie einfach nur zu faul, um sich zu streiten, oder zu bequem. Das mag einfach klingen, aber selbst mir ging manchmal die Laune auf Grundeis, wenn sie so harmoniebedürftig und so selbstlos war."

Katja fielen der am Boden liegende, zerknautschte Pyjama und die leere Flasche Sekt ein. Sprachen sie wirklich von derselben Person?

Widahn brach das Siegel an der Eingangstür des Bungalows auf und ließ die Angehörigen und sie nacheinander eintreten. Zögerlich, fast schon wie in Erwartung, der Mörder könne jeden Augenblick um die Ecke springen, betraten sie das Wohnzimmer. Die zugezogenen Vorhänge ließen nur ansatzweise das warme Sommerwetter hindurch. Die Gläser und die Flasche Sekt waren im Labor, der Glastisch war verschmutzt von den Rändern der Sektgläser, die Sofakissen hingen immer noch halb heraus, das mittlere befand sich ebenfalls im Labor, und überall hatte die Spurensicherung kleine Markierungen zurückgelassen. Der Raum wirkte kalt, leblos.

„Hatte Ihre Mutter oder Oma eine Vorliebe für Poesie, vielleicht Lyrik?"

Die Familienmitglieder schauten sich an.

Karsten Wirth zuckte mit den Schultern. „Glaube ich nicht, sie hätte doch darüber gesprochen oder sich mal einen Gedichtband zu Weihnachten oder zum Geburtstag gewünscht."

„Oh Gott!" Herr Wirth schluchzte laut auf, es war, als würde er erst jetzt und hier richtig begreifen, was seiner Mutter zugestoßen war. Er hielt die Hände vors Gesicht, den Rücken gebeugt. Seine Frau trat neben ihn und streichelte über seinen Rücken, dabei klingelte ihr goldenes Bettelarmband wie kleine Weihnachtsglöckchen. Katja fiel Frau Tietz ein, wo sie jetzt wohl steckte? Sie wollte sie unbedingt weiter befragen und das Gespräch mit der Familie konnte Sven auch alleine zu Ende bringen.

Sie sah Widahn bedeutungsvoll an. „Bin gleich zurück. Ich suche die Sassmann, vielleicht kann sie mir helfen etwas aus Hilde Tietz herauszubekommen. Die alte Frau hat etwas gesehen, da bin ich ganz sicher." Sie bemerkte den seltsamen Blick, mit dem Karsten Wirth sie kurz ansah. Kurz darauf stieß er ein kurzes, trockenes Lachen aus.

„Sie hat es also tatsächlich gemacht, nie, niemals hätte ich das geglaubt!"

Katja stutzte, sie hatte bereits die Klinke der Eingangstür in der Hand, ihre Finger umkrampften den Türgriff. Wovon sprach Karsten Wirth?

Sie ging noch einmal zurück, die anderen waren verstummt, sahen Karsten ebenso verblüfft wie neugierig an.

„Was meinen Sie damit?" Widahn schob seine Hände in die vorderen Jeanshosentaschen.

„Ich spreche von dem letzten Telefonat mit ihr, und dann das hier." Wieder kicherte er.

Katja verstand gar nichts. „Bitte genauer. Worum ging es in dem Gespräch? Und wann fand es statt?

„Am Freitagvormittag."

„Und das sagen Sie erst jetzt?" Widahn kniff leicht die Augen zusammen.

„Hat mich doch keiner gefragt."

Katja sah kurz zu Widahn, dessen Miene sich verdunkelte.

Karsten Wirth zeigte auf das Sofa, die Schmutzränder auf dem Glastisch und auf den Boden. „Schauen Sie sich doch um, das hier ist nicht die Oma, die ich kenne. Aber in dem Telefongespräch kündigte sich diese Verwandlung schon an. Ich habe sie gefragt, ob sie keine Lust hätte, mit uns den Urlaub zu verbringen, ich würde sie auch von Las Palmas abholen und sie mit auf den Segeltörn nehmen. Natürlich sagte sie nein. Ich hatte den Eindruck, dass sie eigentlich gerne gekommen wäre, aber mal wieder Angst hatte, uns nur zu stören." Er fuhr sich über die Augen, bevor er weitersprach. „Ich versuchte sie zu überreden, sagte ihr, Papa würde den Flug gerne bezahlen."

Vater Wirth lächelte. „Gut gemacht Junge, ich hätte sie persönlich geholt, wenn wir nur im Geringsten geahnt hätten, dass ..."

„Sie aber lachte nur. *Nein, Kary*, sagte sie, sie nannte mich immer Kary, *ob du es glaubst oder nicht, ich habe jemanden kennen gelernt.*"

„Ja und?" Katja spürte ein Kribbeln in der Handfläche. Hatte sie doch Recht gehabt! „Nannte sie einen Namen?"

Karsten Wirth zuckte hilflos mit den Schultern. „Nein, sie sagte nur, dass er jünger sei als sie und dass sie sich für Freitagabend halb sieben nach diesem komischen Fest verabredet hätten."

Frau Wirth schüttelte entsetzt den Kopf. „Karsten, wieso hast du uns nichts davon erzählt?"

„Aus drei Gründen, erstens habe ich Oma versprochen, nichts zu verraten, zweitens hat sie gesagt, es handele sich nur um eine nette flüchtige Bekanntschaft."

„Na klar", Marco Wirth war nun auch zum Leben erwacht. „Wenn eine alte alleinstehende Frau dir erzählt, dass sie jemanden kennen gelernt und den dann vertrauensvoll in ihren Bungalow eingeladen hat, dann nennst du das flüchtig."

„Und drittens habe ich ihr kein Wort geglaubt, dachte, sie wolle sich nur ein wenig wichtig machen."

„Ja, aber dann handelt es sich ja vielleicht doch um Raubmord? Ist denn etwas gestohlen worden?" Herr Wirth brach der Schweiß aus, er begann nach einem Taschentuch zu suchen.

„Der Bungalow sah nicht danach aus, als habe man ihn nach Wertsachen durchsucht. Aber ich wollte Sie sowieso bitten, nachzusehen, ob etwas fehlt."

„Das haben wir gleich." Frau Wirth ging ins Schlafzimmer, Katja folgte ihr und beobachtete, wie sie die Schublade der Anrichte unter dem Spiegel öffnete und ein Schmuckkästchen herausholte. „Schatz", rief sie ihrem Mann im Wohnzimmer zu. „Das Collier und die Perlenohrringe sind noch da." Sie hob einen Einsatz heraus. „Auch sonst scheint nichts zu fehlen."

„Ehrlich gesagt", Katja folgte ihr zurück ins Wohnzimmer und suchte nach den richtigen Worten, „schließen wird auch ein Sexualdelikt nicht aus." Sie wollte sehen, wie die Angehörigen darauf reagierten.

„Wie bitte?" Herr Wirth schaute sie mehr als entgeistert an.

Widahn warf ihr einen warnenden Blick zu. Geh nicht zu weit, schien er ihr sagen zu wollen. Wir haben dafür noch keine Beweise.

„Wurde meine Mutter vergewaltigt?" Herr Wirth zog die Vorhänge auf, das Sonnenlicht durchflutete den Raum.

„Das wissen wir noch nicht, wir warten noch auf den Bericht des Pathologen." Herr Wirth schloss für einen Moment die Augen, seine Frau schluchzte kurz auf. Katja ließ ihnen ein wenig Zeit, um zu verarbeiten, dass ihre Mutter ja auch einer Obduktion unterzogen werden musste. Sie sah auf den Tisch, auf dem nun die Schmutzränder sehr deutlich zu erkennen waren. Dann wandte sie sich wieder Karsten Wirth zu: „Was genau hat Ihre Großmutter Ihnen erzählt?"

Sie beobachtete jede Regung des ältesten Sohnes. Es war ihm offensichtlich unangenehm, im Mittelpunkt zu stehen. „So genau weiß ich das nicht mehr. Zuerst fiel mir auf, dass sie so komisch lachte, sie kicherte regelrecht, irgendwie …" Er suchte nach den richtigen Worten.

Katja zog fragend die Augenbrauen hoch. „Ja?"

„Irgendwie unangemessen." Und verliebt, fügte Katja in Gedanken hinzu.

„Als ich weiter bettelte, sie solle doch kommen, vertraute sie mir ihr Geheimnis an, sie habe drei Wochen zuvor jemanden am Strand kennen gelernt."

„Stop!" Widahn hob die Hand. „Sagte sie, an welchem Strand und nannte sie ein genaues Datum?"

„Nein."

„Okay, weiter bitte!"

„Ich dachte mir nicht viel dabei und fragte sie: Männlich oder weiblich? Da kicherte sie schon wieder und sagte *männlich*. Dann erzählte sie, dass sie sich für Freitagabend mit ihm verabredet habe. Der Mann sei wesentlich jünger als sie, das könne Gerede geben, deshalb dürfte ich niemandem etwas verraten. Ich glaubte ihr kein Wort. Und wenn Sie sie gekannt hätten, wüssten Sie warum. Nicht wahr, Papa, so etwas passte doch nicht zu Oma."

Herr Wirth hatte die ganze Zeit über seinen Sohn angestarrt. Katja versuchte, aus seiner Mimik zu lesen, es schien, als versuche er sich einen Reim auf das Ganze zu machen. „Da hat er Recht", murmelte er, während er die Spitzen des Schnurrbartes zwischen Zeigefinger und Daumen zwirbelte, „das entspricht wirklich nicht meiner Mutter. Sie ließ normalerweise nicht einmal einen Vertreter herein. Sie war darin sehr vorsichtig."

Nicht vorsichtig genug, dachte Katja. „Herr Wirth, eine letzte Frage. Ihr Vater, ist der tot oder sind Ihre Eltern geschieden?"

Er schaute sie an, als habe sie nicht alle Tassen im Schrank. „Geschieden? Meine Eltern? Um Gottes willen! Mein Vater ist bereits seit fast dreißig Jahren tot."

Katja dachte nach. „Demnach war Ihre Mutter damals gerade Mitte vierzig, noch recht jung für eine Witwe."

Herr Wirth nickte. „Ja, ich selbst war ja noch ein halbes Kind. Das war auch finanziell nicht ganz einfach. Aber sie brachte uns durch, und studiert habe ich auch. Dafür hat Mutter den ganzen Tag gearbeitet und am Wochenende war sie Garderobenfrau im Theater. Ich habe ihr wirklich viel zu verdanken, sehr viel." Er nahm erneut sein Taschentuch aus der Hosentasche und fuhr sich über die Augen. „Warum fragen Sie eigentlich danach?"

Katja winkte ab. „Nur so. Ich habe versucht, mir ein besseres Bild von Ihrer Familie zu machen." Sie hatte erst mal genug gehört. Widahn machte sich eifrig Notizen. „Hör zu, Sven, ich warte draußen, ja? Ich glaube, Frau Tietz gesehen zu haben."

Widahn nickte. „Okay", wir treffen uns im *Klabautermann* und fahren dann nach Stralsund."

Katja trat in das warme Sonnenlicht, direkt neben dem Bungalow wuchs Flieder, sicher verströmten seine Blüten im Frühjahr einen lieblichen Duft, der bis ins Haus hineinzog.

Frau Tietz stand nicht mehr unter der Linde in der Nähe des Sterbehauses. Katja schaute nach rechts, den Hauptweg entlang, aber bis auf einen einzelnen Mann mit einem hellen Panamahut, der an einer Rose schnupperte, war niemand mehr zu sehen. Hinter ihr am Bungalow raschelte etwas. Sie drehte sich um und lächelte. „Frau Tietz! Hab ich's doch gewusst." Ihr wurde warm ums Herz. Neben dem riesigen Fliederbusch stand die schmächtige Frau und zupfte an den grünen Blättern. Machte sie das mit Absicht, um auf sich aufmerksam zu machen?

„Ja!" Die ältere Frau bewegte sich nicht weg. Auch ihr Gesicht war regungslos. Sie trug einen wollenen Schottenrock, ihr schmaler Oberkörper steckte in einem Herrenunterhemd. Die Kombination von feinen Nylonstrümpfen mit derben, schwarzen Schnürschuhen war ebenfalls ein wenig gewöhnungsbedürftig.

„Sie waren doch vorhin da unten am Baum, Frau Tietz?"

„Ja!"

Was war los mit ihr? Befand sie sich immer noch in diesem katatonischen Sperrungszustand? Ihre Augen waren riesig und ihr Atem ging schnell. „Geht es Ihnen gut, Frau Tietz?"

„Ja!" Wieder zupfte sie an den Blättern.

Katja sah zum Hauptgebäude hoch. Sie musste zu Frau Sassmann, vielleicht konnte sie ihr sagen, was mit der Frau los war und wie sie am besten mit ihr umging. Als sie losging, hörte sie trippelnde Schritte hinter sich. Sie blieb stehen und drehte sich um. Die alte Frau war ihr gefolgt. Sie streckte die Hand nach ihr aus und kam noch näher. „Helmut!"

Katja ging ihr entgegen, streichelte ihren mageren Oberarm. „Ja? Was ist mit Helmut?" Sie bemerkte, dass Frau Tietz das Hemd mit dem Rückenteil nach vorne und auf links trug. Auf einem Wäscheschildchen stand *Helmut Tietz*.

„Helmut war brav." Sie sah sich um und krallte ihre Finger in Katjas Unterarm.

Die Alte mit den zerzausten Haaren tat Katja Leid. „Helmut ist doch immer brav, Frau Tietz."

„Nikolaus hat ihm nichts mitgebracht!"

„Nikolaus? Ist er wiedergekommen?" Wenn das stimmte ...

„Ja!"

„Wann, wann war er hier?"

„Ja! Brombeeren."

Katja verdrehte die Augen und sang insgeheim ein Loblied auf alle Altenpflegerinnen dieser Erde und auf ihre Geduld. „Also, Nikolaus war hier und hat dir, hat Ihnen Brombeeren mitgebracht, ja?"

„Ja! Helmut war brav, er hat zwei Brombeeren gegessen."

Sie musste mehr aus ihr herausbekommen. „Was war mit Knecht Ruprecht, war der auch hier? Hat der auch Brombeeren mitgebracht?"

„Helmut ist immer brav." Sie tätschelte Katjas Hand. Ihre Finger waren warm und zittrig.

Katja seufzte. Wahrscheinlich waren Nikolaus und Knecht Ruprecht doch nur das Hirngespinst einer älteren Frau, die in ihrer ganz eigenen Welt lebte.

„Bin ich der Nikolaus?"

Frau Tietz sah an ihr hoch. „Ja!"

Katja sackte regelrecht in sich zusammen. Hatte sie sich tatsächlich getäuscht? Wer wusste, wen Frau Tietz noch für den

Weihnachtsmann oder den Osterhasen hielt. Sie drehte sich um und wollte zum Hauptgebäude und in Richtung Ausgang.

„Du bist die Feuerwehr."

## 18

„Ich habe schon auf deinen Anruf gewartet, Georg. In der Ostseezeitung stand ein Artikel über den Tod der alten Frau. Sie ist ermordet worden. Du sagtest doch, du hättest sie gekannt."

„Ich sagte, ich habe sie berührt."

„Setzt das nicht voraus, dass du sie gekannt hast?"

„In gewisser Weise, ja. Aber es gibt so viele Möglichkeiten, einen Menschen zu kennen. Den einen sieht man kaum, und schon ist man ihm ganz nah. Und auf andere trifft man fast täglich, und doch bleiben sie einem fremd."

„Zum Beispiel?"

„Wenn du unbedingt willst. Bei uns in der Kantine bedient schon seit ewigen Zeiten ein alter Kerl. Ich kann dir genau sagen, wie er aussieht, und ich kenne seine Art zu arbeiten. Seit Jahren schon bringt er mir Kaffee und Brötchen an den Tisch, erzählt mir an manchen Tagen mehr von sich als jeder andere, und dennoch weiß ich nicht viel mehr von ihm, als dass er Tag für Tag mit wahrer Leidenschaft seine blöde Glasvitrine putzt und wienert, kenne nicht einmal seinen Namen. Ich lasse ihn mir immer wieder sagen und vergesse ihn doch fast auf der Stelle wieder. Du siehst, Harald, ich kenne ihn und kenne ihn doch nicht. Er ist mir nicht wichtig."

„Dann freue ich mich, dass du meinen Namen kennst, zeigt es doch, dass ich dir irgendwie wichtig bin."

„Lass uns lieber von ihr sprechen."

„Von der Toten am Strand?"

„Bitte, nenne sie nicht die *Tote am Strand*."

105

„Kennst du ihren Namen?"

„Natürlich."

„Sag ihn mir."

„Wilhelmine Wirth. Wieso glaubst du mir nicht?"

„Natürlich glaube ich dir. Ich wollte wissen, wie gut du Wilhelmine Wirth gekannt hast."

„Wir waren uns nahe."

„Und du hast sie berührt?"

„Ja, sie war mein."

„Wo und wann hast du sie kennen gelernt?"

„Am Südstrand, vor ein paar Wochen."

„Erzähle mir mehr von eurem ersten Treffen."

„Ich ging wie so oft, wenn ich Zeit habe, alleine am Strand spazieren, und da stand sie. Sie war mit der zerzauselten, verrückten Alten an der Hand an den Strand gekommen."

„Verrückte Alte?"

„Ja, Wilhemine kümmerte sich um sie fast wie eine Mutter um ihr Kind."

„War es das, was dir an ihr aufgefallen ist?"

„Nein, es war genauso wie damals. Ich sah sie, und ich war sofort fasziniert. Ich konnte nicht umhin, sie zu beobachten. Ich habe dieses Bild immer noch vor Augen, wie sie dastand, die Beine leicht gespreizt, eine cremefarbene, knöchellange Hose, die ihre schönen, schmalen und gebräunten Fesseln zeigten. Dazu trug sie einen passenden Sommerpulli mit goldenen Knöpfen und einem mokkafarbenen Matrosenkragen."

„Das hört sich nach einer sehr gepflegten und kultivierten Persönlichkeit an."

„Ja, das war sie. Sie hatte die andere, kleinere Frau fest an ihrer Hand, und ging mit ihr bis nahe an das Ufer. Beide hatten ihre Schuhe ausgezogen, und die kleinere Frau mit der Igelfrisur wollte auch ihren Rock ausziehen. Wilhelmine hat lachend mit ihr geschimpft. Gott, was hatte sie für ein Lachen."

„Fällt es dir schwer, darüber zu sprechen?"

„Ja. Aber andererseits ist es schön, jemandem davon erzählen zu können und dabei alles noch einmal zu erleben. – Es war Ende Juni, das Meer musste sich noch aufwärmen. Als das Wasser die Füße der beiden Frauen berührte, riss sich die alte Frau los und lief schreiend zum Zaun der Seniorenresidenz zurück. Wilhelmine rief ‚Hildchen!' und lachte wieder dieses zauberhafte Lachen. Da habe ich mich nicht mehr zurückhalten können."

„Was hast du gemacht?"

„Ich habe sie angesprochen, ihr gesagt, welch schönes Bild sie mit ihrer Freundin abgegeben hat. Sie war ganz überrascht, hat den Kopf gehoben, mich nur angeschaut. Und da ..."

„Ja, und?"

„Sie berührte mein Herz, kannst du dir das vorstellen? Sie berührte wirklich mein Herz. Es war, als hätte sie ihre Hände sanft nach mir ausgestreckt und mein Herz gestreichelt. Kennst du das Gefühl?"

„Wenn du mit *Herz streicheln* die Liebe meinst, ja, dann kenne ich das Gefühl. Ich habe nur noch nie gehört, dass es jemand so ausdrückt."

„Aber weißt du, was das Phantastischste überhaupt war?"

„Nein, sag es mir."

„Ich hatte in dem Augenblick endlich einmal keine Hemmungen, keine Angst. Ich kannte keine Zurückhaltung, nichts, ich fühlte mich frei, so frei, wie sonst nur, wenn ich irgendwo alleine am Strand bin und mich unter meinen Joshua Baum träume. Ich fühlte und wusste, das war der Mensch, mit dem konnte ich reden, reden. Einmal erst hatte ich so für einen Menschen empfunden."

„Hat Wilhelmine das bemerkt, was hat sie gesagt?"

„Sie legte den Kopf schief und sah mich mit diesen Augen, mit diesen unwahrscheinlich blauen Augen an. *Und Sie haben hier gelegen und uns alte Frauen beobachtet. Gehört sich das für einen jungen Mann?* Und ich erwiderte: *Ich möchte gerne so jung im Herzen sein wie Sie.* Ich lachte sie an. Ja wirklich, Harald, ich habe sie angelacht."

„Deine Stimme klingt glücklich bei dieser Erinnerung."

„Ja, ich war glücklich. Mit ihr war alles leicht und selbstverständlich, mit ihr war Kontakt nicht Last, sondern Lust. Sie setzte sich neben mich in den Sand. Ihr Haar hatte in der Sonne eine seltsame Farbmischung, mal weiß, mal silbern. Einzelne Haarfäden, vom Sommerwind verweht, glitzerten wie kleine kostbare Diamanten." „Wie ging es weiter?"

„Ihre Freundin kam zurück."

„Hildchen?"

„Ganz genau, Hilde. Wilhelmine sprach so ... so normal mit ihr, gerade so als würde Hilde alles verstehen, und irgendwie funktionierte das auch. Die beiden Frauen mochten sich sehr. Hilde setze sich zu uns, sie brachte mich richtig zum Lachen."

„Hilde auch? Was hat sie denn gesagt oder getan?"

„Sie hat mich erst angeschaut, dann berührte sie vorsichtig mein Gesicht und mein Haar, und schließlich gab sie mir einen neuen Namen."

„Welchen denn?"

„Nikolaus."

## 19

Nicht weit entfernt von mir steht der Hafenmeister vom Yachthafen Vitte an sein Fahrrad gelehnt und kassiert von einer Familie die Anlegegebühr für deren Segler. Mit dem Finger tippt er gegen die Klingel, die Ungeduld steht in sein Gesicht geschrieben, während der Familienvater umständlich seine Geldbörse aus der Gesäßtasche hervorholt. Ein kleiner Junge kommt in Badehose und Flip-Flops den Bootssteg entlang und grinst ihn an. Es ist ein schöner, sonniger und friedlicher Tag.

Ein älterer Mann, der scheinbar noch nicht bemerkt hat, dass wieder die Sonne scheint, trägt ein durchsichtiges Regencape. Er riecht an seinen Händen, während er misstrauisch in den Waschraum zurückschaut. Der Hafenmeister runzelt die Stirn, vergessen ist die Anlegegebühr, und ich muss schmunzeln. Erst vor kurzem haben ein paar Spaßvögel Essiglauge in die Seifenspender geschüttet. Er lehnt das Fahrrad an den Zaun und geht eilig auf das Badehaus zu. Dabei rempelt er mich an und murmelt hastig eine Entschuldigung. Aber es stört mich nicht. Ich bin viel zu sehr mit meinen Gedanken beschäftigt.

*Mich zieht nach draußen nichts,*
*und wenn mich etwas riefe,*
*so wäre es Wahnsinn.*
*Doch, in dich verloren,*
*seh ich die Liebe und der Liebe Ende.*

Habe ich das gedacht oder ausgesprochen? Wenn ja, dann ist es nur ein Flüstern, ein Hauch in dem meine geliebten Gedichte auf das offene Meer hinauswehen. Ein kleiner Junge mit einer roten Plastikschaufel hat die Worte gehört und schaut mich neugierig an. Angezogen von dem Blick des Kindes beuge mich zu dem Jungen hinunter. Ich streiche ihm über das Haar, es ist so weich.

*Wenn unsre Engel sich im Raum berühren,*
*so schauen sie einander staunend an.*

„MAAAAMMIIIIII!!"

„Warum nur läufst du weg?" Wieder flüstere ich nur. „Ich tue dir doch nichts, du brauchst keine Angst vor mir zu haben."

Ich schaue erneut hinaus auf das offene Meer, summe eine Melodie, fühle mich stark, aber auch einsam. Vielleicht muss das so sein, denke ich. Ich kicke ein Steinchen in das Wasser. Vielleicht ist Einsamkeit mein Schicksal.

Meine Gedanken wandern zu Hilde Tietz, während ich auf das dunkelblaue Ruderboot zugehe, das ich etwa hundert Meter von den Strandkörben entfernt im Sand befestigt habe. Spielende Kinder haben in dem Kahn Platz genommen, nun laufen sie aufgeschreckt davon. Ich löse das dicke Tau, werfe es ins Boot und schiebe es über den weichen Sand ins Wasser.

Hier am Meer, hier im Wind ist alles gut. Hier kann ich den Schmerz vergessen, den die Meinen mir zugefügt haben. Ich darf nicht daran denken, wie sie mich quälen, verhöhnen und missachten. Ich werde zurückschlagen mit einer Wut, die in mir ist, die niemand kennt, aber viele noch zu spüren bekommen.

Ich lenke das Boot auf ein im Meeresboden verankertes Schiff zu, denke an die Freitagnacht. Auf dem gescheuerten Boden des Schiffes sehe ich noch die Blutstropfen vor mir. In meiner Erinnerung werden sie als Mahnmal ewig existieren.

Ich nehme Kurs auf das offene Meer. Trost finde ich in der Poesie. Sie ist warm, umarmt mich in meiner Einsamkeit. Ein paar Stunden und ich bin zurück auf Rügen, in meiner Heimat, umgeben von anderen Menschen. Menschen, die an mir vorbeilaufen oder bei mir eine Zeitlang verweilen, um mit mir zu sprechen, ob ich will oder nicht.

Mir geht die alte verwirrte Frau nicht aus dem Kopf und wieder trägt der aufkommende Wind mein Flüstern hinaus auf das Meer.

„Ach Hilde. Was mache ich nur mit dir. Als ich dich das letzte Mal sah, da brachtest du mich beinahe in eine peinliche Situation. Hast du vergessen, welchen Namen du mir gabst?"

## 20

„Hast du eigentlich Karsten Wirths komischen Blick bemerkt, als ich sagte, ich wolle Frau Sassmann bitten, mir bei einem Gespräch mit Hilde Tietz behilflich zu sein?" Katja balancierte sechs Suppenteller zum Esszimmertisch.

„Nein habe ich nicht. Aber als ich später noch einmal zwecks Befragung der Heimbewohner in die *Abendsonne* zurückkehrte, sah ich die Sassmann und den jungen Wirth im Garten zusammen sprechen. Irgendwie hatte ich das Gefühl, dass er sich überstürzt von ihr verabschiedete, als er mich sah. Aber vielleicht bilde ich mir das auch nur ein. Möglicherweise ist der Junge durch den Tod seiner Großmutter ein wenig aus der Bahn geworfen. Sie standen sich ja wohl sehr nahe." Widahn und sie waren für den Rest des Tages getrennte Wege gegangen. Er war nach Stralsund in die Direktion gefahren, sie hatte zunächst noch einmal erfolglos den Bungalow besichtigt in der Hoffnung, vielleicht doch noch etwas Wichtiges zu entdecken, was sie bisher übersehen hatte, dann hatte sie sich mit der Auswertung der Zeugenbefragung und den Versteilen beschäftigt. Anschließend war sie zur Entspannung am Südstrand entlang gelaufen, der von seiner Struktur her sehr abwechslungsreich war. Mal ragten kleinere schroffe Felsen aus dem Wasser oder wuchsen dichte Laubbäume direkt am Strand, dann wieder fand sie Sandstrand und Dünengras, soweit das Auge reichte. Nun schaute sie aus einem der kleinen Butzenscheiben im Esszimmerfenster. Sie wartete auf Sebastian Bach, Dr. Majonika und Vohwinkel, den Leiter der Spurensicherung, Luise hatte beide zum Essen eingeladen. Die kleine, zierliche Frau über deren schwarze Haare Katja sich immer noch genauso wunderte wie über ihren kugelrunden Bauch, hatte sie nach ihrer Rückkehr gebeten, ihr zu helfen und den Tisch zu decken. Katja wollte der alten Dame den Wunsch nicht abschlagen, obwohl sie lieber nach oben in ihr Zimmer gegangen wäre.

„Naja, vielleicht hast du Recht. Aber ich sage dir, Hilde Tietz hat das nicht erfunden, Sven! Sie kann sich eben nur nicht mehr so exakt ausdrücken. Er war wieder da, er hat sie besucht, heute morgen, und er hat ihr Brombeeren mitgebracht."

„Seltsam nur, dass niemand etwas von seinem Besuch bei Frau Tietz mitbekommen hat. Katja, weißt du, ich glaube auch, dass sie irgendetwas oder irgendjemanden gesehen hat." Widahn formte silberfarbene Papierservietten mit blauen Schiffen, Möwen und einem Leuchtturm zu kleinen Kegeln und stellte sie auf die Teller. „Aber ich glaube nicht, dass du je erfahren wirst, was sie genau gesehen hat. Ich habe heute Mittag noch mit Frau Sassmann gesprochen, Frau Tietz bekommt Haldol. Kennst du das Medikament?"

„Ja", Gott sei Dank war Kai jetzt nicht hier. Er würde sich über das Medikament erkundigen, und spätestens dann wäre für ihn Frau Tietz als Zeugin unbrauchbar gewesen.

„Ich bin auf der Rückfahrt von Stralsund in der Apotheke gewesen", er zog einen Zettel aus der Jeans. „Haloperidol, Hauptbestandteil von Haldol, Anwendungsgebiete: Psychomotorische Erregungszustände, Psychosen mit Wahnvorstellungen, Halluzinationen." Er sah sie bedeutungsvoll an. „Wahnvorstellungen! Halluzinationen! Katja!"

Männer waren doch alle gleich! Sie winkte ab, ordnete die Gläser auf dem Tisch an. „Und die Nebenwirkungen sind Krampfanfälle, paradoxe Reaktionen, vorwiegend bei älteren Menschen und Hypotonie mit Synkopen, ja ja, weiß ich alles."

„Oh Gott noch", Luise stellte eine weiße Suppenterrine auf eine Wärmeplatte. „Was seid ihr? Mediziner oder Kriminalisten?" Sie schüttelte den Kopf, ging in die angrenzende Küche. „Hypotonie mit Synkopen ..."

„Heißt niedriger Blutdruck mit Ohnmachtsanfällen, Luischen," rief Widahn ihr hinterher und lächelte Katja zu. „Früher oder später hätte sie bestimmt gefragt."

„Ja, hätte ich auch." Mit einer großen Glasschale Fruchtbowle beladen kam Luise aus der Küche. „Kinder, welchen Nachtisch wollt ihr, Schokoladenpudding oder bei der Hitze lieber Eis?"

„Vielleicht solltest du die Frage lieber Loreena stellen." Sven Widahn schaute auf die Uhr an der Wand zwischen den beiden Fenstern. „Wo stecken sie und Anke Liv überhaupt?"

Luise zuckte mit den Schultern. „Anke Liv hat nur gesagt, dass sie und die Kleine erst spät nach Hause kommen. Können Sie mir kurz in der Küche helfen, Katja?"

Katja nickte höflich. Eigentlich wollte sie mit Sven noch weiter diskutieren. Sie folgte der alten Frau in die Küche.

„Können Sie bitte hier in dem Häcksler Zwiebeln schneiden? Ich bin allergisch gegen den Saft, normalerweise machen das Inga oder Anke Liv, aber Inga ist wer weiß wo, und Anke Liv, na ja." Luise griff nach Katjas Arm und sah bedeutungsvoll zur Tür in Richtung Esszimmer. Sie flüsterte: „Ich konnte ihm doch nicht sagen, dass er schon wieder da war."

Katja drückte kurz auf den Deckel des Häckslers, die Messer surrten blitzschnell. „Wer?"

Luise verzog die Mundwinkel. „Ich kenne ihn nicht, ein fremder Mann eben, Lederjacke, schwarze Haare, rotes Auto mit offenem Verdeck, er war am frühen Nachmittag hier und hat nach *Ann-Lee* gefragt. Zunächst konnte ich damit nichts anfangen, dann aber kam Anke Liv die Treppe herunter. *Schon gut, Oma,* sagte sie. *Das ist für mich.* Sie hat mit ihm geschimpft, weil er hierher gekommen ist."

Katja dachte an Sven und verspürte einen Stich. Barbie wurde ihr immer unsympathischer. „Sie sagten aber gerade *schon wieder,* also ist er bereits hier gewesen?"

Luise nickte. „Vor ein paar Tagen habe ich mit einer Bekannten an der Ecke gestanden und mich unterhalten. Als ich mich umdrehte und aufs Haus schaute, sah ich das rote Auto, ist ja auffallend genug. Erst habe ich mir nichts dabei gedacht, aber als ich den Wagen dann heute wiedersah ... Sven tut mir so Leid."

*Mir auch,* dachte Katja und schüttete die Zwiebelstückchen in ein Schüsselchen. Luise kippte sie in eine heiße Pfanne. „Und Sie sind ganz sicher, dass es derselbe Wagen war?"

„Na, so oft gibt es die hier nicht, und es war auch derselbe Kerl, der in das Auto stieg. Damals hab ich ihn nur nicht aus unserem Haus kommen sehen."

Katjas Magen zog sich zusammen. Der Duft von den Zwiebeln in der Pfanne stieg ihr in die Nase. „Und nun glauben Sie, dass Anke Liv einen anderen liebt."

Luise winkte ab. „Ach, was weiß ich? Vielleicht versucht sie nur, Vorteile aus dieser Bekanntschaft zu ziehen, für Loreenas Karriere. Sie ist geradezu besessen von der Idee, dass sie eine große Modelkarriere machen wird. Dafür würde sie alles tun. Und sie selbst würde auch ganz gerne ... Es ist halt nicht immer ganz einfach mit dieser Familie, aber das haben Sie ja sicherlich schon bemerkt. Anke Liv hat viel von ihrem Vater. Der wollte früher auch immer eigene, unsinnige Wege gehen. Immer musste ich auf ihn Acht geben. Bis er endlich dazu bereit war, zur Polizei zu gehen." Luise hob abwinkend die Hand. „Na, ich kann Ihnen sagen ..."

Sie gab Rindergehacktes zu den Zwiebeln in die Pfanne. Das Loch in Katjas Magen wurde größer. Sie hatte mittags nur ein Käsebrötchen gegessen, das allerdings zugegebenermaßen reichlich belegt gewesen war, und dazu ein Mineralwasser getrunken.

Luise nickte, sie öffnete einen Topf, und der Duft von Tomaten, Paprika und Basilikum durchflutete den Raum. „Hmm, italienische Gemüsesuppe, wird die Vorspeise." Sie rief ins Esszimmer: „Stellst du schon mal die Spaghettiteller auf den Beistelltisch, Sven?"

Katja hörte Sven im Esszimmer mit Tellern klappern, dabei pfiff er ein Lied. „Und der Typ mit dem roten Cabriolet könnte ihr dabei helfen?"

„Das hofft sie sicherlich." Luise legte die Kelle weg und sah Katja besorgt an. „Ich habe Angst, dass er nur die Situation ausnützt. Wissen Sie, Katja, wir haben auf Rügen eine hohe Arbeitslosigkeit. Im Sommer beträgt sie etwa 18, im Winter fast 25 Prozent. Hier kann man nicht viel machen, außer eben irgendetwas im Tourismusbereich, vielleicht noch im Handwerk. Aber das ist auch nicht gerade mit Aufträgen gesegnet. Wenn hier mal von irgendwoher ein Baufritze kommt und etwas Neues baut, dann hat der schon so manches Mal eine komplette Kolonne mit Elektrikern, Malern, Maurern und so weiter dabei, die Rüganer bleiben oft auf der Strecke." Luise Bach stellte sich ans Fenster, schaute hinaus auf den großen Garten mit dem satten Grün der Wiese und den wild wuchernden Rosen. Katja setzte sich auf einen Küchenstuhl und ließ sie sprechen. Dass sie vom Thema abgekommen war, schien Luise gar nicht zu bemerken. „Früher war doch alles ein wenig anders. Mag sein, dass in der DDR so manches großer Mist war, aber eines hatten wir euch doch voraus."

Katja ahnte schon, was jetzt kam.

„Wir waren füreinander da. Wenn einer ein Haus bauen wollte, halfen wir uns gegenseitig. Der eine hatte die Ziegel, der andere den Mörtel, der dritte die Fenster und Türen, verstehen Sie, was ich meine?"

Ja, Katja wusste genau, was sie meinte. Und wehe dem, der nichts zu tauschen hatte oder der keinen kannte, der helfen oder „organisieren" konnte.

„Heute gehen die Leute einfach in Baumärkte, wenn sie etwas brauchen. Aber ich sag Ihnen was, wenn unsere Regierung nicht bald ihre Politik ändert und der Wirtschaft so wie den vielen Arbeitslosen auf die Beine hilft, dann werden die Menschen wieder näher zusammenrücken müssen. Was im Übrigen nicht das Allerschlechteste wäre. Wir hier im Osten können das bestimmt ganz gut, haben ja lange genug geübt. Aber bei euch, ob das da auch so klappen wird?"

„Was heißt bei euch? Ich dachte, wir sind ein Volk?"

Luise Bach lachte. „Ach hören Sie doch auf, Sie glauben doch nicht, dass in zehn oder fünfzehn Jahren etwas nahtlos zusammenwachsen kann, was zuvor vierzig Jahre lang getrennt war? Die meisten, die hier auf die Insel kommen, sehen nur den Strand, die Ostsee, da macht sich niemand so trübe Gedanken. Sie suchen Erholung, vielleicht Spaß und Abwechslung. Kann ich ja auch irgendwie verstehen. Ich war erst vor einem Jahr zur Kur in den Alpen, da ging es mir genauso, es war einfach phantastisch, das Panorama ... Aber die haben da bestimmt auch so ihre täglichen Nöte und Sorgen. Davon bekommen die Touristen gar nichts mit. Das ist hier ja nicht anders."

Katja hörte weiter zu, Luise fand zu ihrem Thema zurück: „Anke Liv war bei der Wende gerade zwölf Jahre alt. Ein ungünstiges Alter für ein Kind, diesen Umbruch zu erleben. Niemand hatte Zeit für sie, auf einmal mussten alle schauen, wo sie blieben. Sebastian lernte Tag und Nacht jede Menge neue Gesetze und Regeln, und Inga und ich versuchten, die Pension auf Trab zu bekommen. Anke Liv ging dabei völlig unter. Sie war still, man bemerkte sie kaum. Sie machte zwar die mittlere Reife, zeigte Talent für Sprachen, machte erst eine Ausbildung im Reisebüro, paukte weiter Englisch und wollte Stewardess werden, aber danach fragte ja keiner. So blieb sie im Reisebüro. Ihr Traum von Überseeflügen war bald ausgeträumt, spätestens, als sie mit einundzwanzig Jahren von dem Chef des Reisebüros Loreena bekam. Die Beziehung zerbrach, und Anke Liv ist heute sechsundzwanzig, hat keine Lust, mal die Pension zu übernehmen und ist immer noch auf der Suche nach dem ganz großen Los, was angeblich irgendwo da draußen auf sie wartet. Und ich denke, jetzt glaubt sie, der Kerl mit dem roten Wagen wird ihr den Hauptgewinn bringen."

„Und was ist mit Sven?" Katja klaute sich eine Viertel Tomate von einem Teller. „Sven? Er tut mir Leid, ist ein feiner Kerl. Er ist ihr sicherer Fels in der Brandung, ihr Ruhepol, und er ist ein Dummkopf. Immerhin ist er ein ganzes Stück älter als Anke Liv – und lässt sich so von ihr gängeln. Na ja, Männer eben!"

Katja überlegte, wie groß der Altersunterschied zwischen den beiden wohl sein mochte, aber Luise ließ ihr keine Zeit, zu einer Antwort zu gelangen.

„Er liebt sie und hungert nach ihr. An guten Tagen kommt er satt und gut gelaunt herunter, Sie verstehen, was ich meine? An anderen geht man ihm besser einfach nur aus dem Weg. Außerdem haben die beiden viel zu wenig Privatleben, entweder schleicht ständig einer von uns um sie herum, oder das Kind ist da. Ich weiß gar nicht mehr, wie wir das früher gemacht haben, ist schon so lange her. Aber da hat das doch auch geklappt."

Katja streute etwas Salz und Pfeffer auf das Tomatenstückchen. Die Sache war doch eigentlich sonnenklar. Anke Liv hatte gestern selbst gesagt, Loreena sei wegen einer Zahnpastawerbung in einem roten Cabrio gefahren, die Kleine hatte ebenfalls von solch einem Auto erzählt. Aber was war daran noch ein Geheimnis, wenn auch Luise es bereits gesehen hatte, weil es direkt vor der Pension stand?

„Und warum sagen Sie Sven nicht Bescheid?"

„Hab ich einmal versucht, mit dem Ergebnis, dass er am Ende böse auf mich war. Aber wir sind ja nicht die einzigen mit einer Enkeltochter, die Flausen im Kopf hat. Viele Inselbewohner sind weggezogen in der Hoffnung, anderswo ein paar Euros mehr verdienen zu können."

„Luise, hast du wieder jemanden gefunden, bei dem du dein Herz ausschütten kannst?" Sven setzte sich neben Katja, die froh war, dass er nicht alles von dem Gespräch mitbekommen hatte. Er griff in die Schüssel mit den frisch gewaschenen Tomaten. „Wenn sie richtig in Fahrt kommt, dann schimpft sie über die Politik wie ein alter Kölner Bierkutscher. Verschwinde, Benjamin!" Er verscheuchte die Katze, die von den guten Düften in die Küche gelockt worden war.

„Ja, ja, mach dich ruhig lustig über mich. Aber du wirst noch sehen, in spätestens zehn oder fünfzehn Jahren sind wir eine Zweiklassengesellschaft, es wird nur noch Reiche oder Arme geben. Der Neid und die Eifersucht unter den Menschen werden wachsen, und es wird zu noch mehr Ausschreitungen kommen. Und jetzt macht euch raus aus meiner Küche, das Essen ist gleich fertig."

Sven lachte. „Im Mittelalter wärst du auf dem Scheiterhaufen gelandet. Nichts für ungut, Luise, du hast eine gute Seele. Komm, Katja, wer weiß, was sie da so alles in ihren Töpfen zusammenbraut."

Luise hielt die Kelle hoch. „Sei still, sonst kriegt einer der Pensionsgäste deine Portion."

Sie schaute hinter ihnen her. „Die beiden gäben ein schönes Paar ab", murmelte sie.

## 21

„Haben Sie eigentlich mit dem Gedicht etwas anfangen können, Frau Sommer?" Sebastian Bach griff nach seinem Glas. Es schien Katja, als zittere seine Hand ein wenig.

„Ich bin mir nicht ganz sicher. Es sind nur Versteile, ich habe versucht, ihren Sinn für uns zu erfassen. In einem Vers kommen die Worte Anklage und Trauer vor. Ich denke, unser Mörder ist über irgendetwas sehr enttäuscht und will das anklagen. So könnte man es verstehen. Auf jeden Fall gehören die Verse nicht unmittelbar zusammen. Der eine stammt aus dem vierzehnten und der andere aus dem fünfzehnten Gedicht der *Sonette aus dem Portugiesischen* von Elizabeth Barrett Browning."

Widahn schaute sie an. „Ich weiß nicht, ob wir in dieser Lyrik wirklich eine weiter gehende Bedeutung für unseren Fall sehen sollen. In einem anderen Versteil geht es doch um Nahrung und

Trennung, was soll das heißen? Dass sie sich ein halbes Hähnchen teilen? Ich denke, der Mörder hat keine Ahnung von Gedichten, genauso wenig wie sein Opfer, das er einfach ein wenig beeindrucken wollte. Stellt euch vor, Sekt, Blumen und ein Gedicht, da wird doch jede Frau weich, oder?"

Bach sah zwischen Katja und Sven hin und her. „Was gibt's noch?"

„Katja will sich länger mit Frau Tietz unterhalten. Sie glaubt immer noch, dass das Sinn macht." Widahn reichte Bach die Schüssel mit den Spaghetti.

„Sie hat etwas gesehen. So lächerlich es auch klingen mag, auf meine Frage, ob ich der Nikolaus sei, antwortete sie, ich sei die Feuerwehr. Ich glaube, sie reduziert Dinge oder Menschen auf ihr auffälligstes Merkmal und verknüpft damit Bedeutungen, auf die wir nicht so ohne weiteres kommen. Bei mir sind es meine roten Haare, wenn sie die sieht, denkt sie eben an die Feuerwehr."

Sie schaute zum Leiter der Spurensicherung, Konrad Vohwinkel. Er hatte eine Glatze und einen weißen Spitzbart und saß ihr gegenüber. Allem Anschein nach war er mit der Aufgabe überfordert, die Spaghetti um die Gabel zu wickeln. Dr. Majonika neben ihm war da wesentlich talentierter. „Frau Sommer hat nicht ganz Unrecht", sagte der Rechtsmediziner. „Ich arbeite zwar meistens mit Toten, aber von einem auf Gerontologie spezialisierten Kollegen weiß ich, dass alte Menschen mit hirnorganischem Psychosyndrom beispielsweise für eine bestimmte Sache einen ganz eigenen Namen haben. Meist etwas aus ihrer Erinnerung heraus. Erschwerend kommt hinzu, dass Frau Tietz katatonisch ist, quasi innerlich erstarrt."

Luise schaute an die Decke. „Hirnorganisch, katatonisch! Herr im Himmel, lass diesen Kelch an mir vorüberziehen." Sie nahm sich einen Löffel Parmesankäse und hielt Inga das Glasschüsselchen fragend entgegen. Diese lehnte stumm dankend ab.

„Wer weiß, was Hilde Tietz gesehen hat." Katja ließ sich durch Luises Reaktion nicht von weiteren Überlegungen abhalten. „Wenn sie von Nikolaus und Knecht Ruprecht spricht, meint sie dann zwei Männer mit Jutesäcken, davon einer vielleicht mit einer Rute? Wohl kaum, was kann sie also noch an die beiden Gestalten erinnern?"

Sebastian legte sein Besteck auf den Teller, stützte sein Kinn auf die gefalteten Hände und sah sie ernst an. Kleine Schweißperlen bildeten sich auf seiner Stirn, und Katja fragte sich, ob sie durch die Hitze verursacht wurden oder ob es ihm wieder schlechter ging und er nur nichts sagen wollte. „Gut", sagte er. „Meinetwegen, machen Sie da weiter. Aber erste Priorität sind die Zeugen, die noch klar bei Verstand sind, davon verspreche *ich* mir etwas. Wir haben hier ein wenig zu viel Hirngespinste, Lyriker, Weihnachtsmär und Gedichte. Mal ganz konkret jetzt: Was ist mit dem Ehepaar Beckmann, Sven?"

„Die anderen Gäste ihrer Pension halten sie für ein wenig verschroben und pedantisch, alles muss genau nach Plan laufen. Bloß keine Unregelmäßigkeiten, nichts was von der Ordnung abweicht. Gott, was für ein Leben."

„Und der Mann im Bademantel, habt ihr zu dem schon Hinweise?" Bach stocherte in seinen Spaghetti herum.

„Du wirst lachen, ja. Auch andere morgendliche Besucher haben einen Mann im Bademantel gesehen und eine genauere Beschreibung abgegeben. Es scheint kein Bewohner von Hiddensee zu sein, sondern ein Gast. Wir suchen ihn über die Vermieter. Und wenn er noch nicht abgereist ist, werden wir ihn bald haben, ansonsten bekommen wir seine Heimatadresse und lassen ihn von den Kollegen vor Ort vernehmen."

„Und die Familie Wirth?"

„Hier haben wir keine ernsthaften Verdachtsmomente. Der älteste Sohn hat ausgesagt, er habe noch am Freitagmorgen mit der Großmutter telefoniert. Sie habe ihm anvertraut, dass sie einen jüngeren Mann kennen gelernt und ihn abends zu sich in den Bungalow eingeladen habe."

Katja winkte ab. Sie tupfte sich den Mund ab und hoffte, dass ihr Magen nicht wieder verrückt spielte. „So wie es aussieht, hat sie sich in ihren Mörder verliebt." Sie schaute angriffslustig in die Runde. „Und zwar in einen leidenschaftlichen Poeten!"

„Leidenschaftlich? Das würde auch zu dem Szenario in dem Bungalow passen. Da muss es wild hergegangen sein." Vohwinkel schob den Teller beiseite.

Ein Krachen unterbrach ihre Gedanken. Sebastian hatte Inga die Soßenterrine gereicht, aber sie war ihr aus der Hand gefallen und auf dem weißen Tischtuch gelandet. Die Scherben lagen auf dem Tisch verstreut, während die Soße wie ein zähflüssiger Brei langsam in Richtung Tischende lief.

„Schöner Mist. Entschuldigt bitte. Soll ich dir ein frisches Hemd holen, Sebastian?" Luise sah Inga grimmig an. „Wer von uns beiden ist eigentlich schon in dem Alter für eine Brille?"

„So etwas kann jedem Mal passieren, Mutter." Inga war so blass geworden, dass sie Katja Leid tat. Sie beobachtete die Frau mit dem ausdruckslosen Gesicht, den grauen Haaren und dem etwas verkniffenen Mund. Viel Selbstbewusstsein schien sie ja nicht zu haben. Bach winkte ab. Er warf die Serviette auf den Tisch. „Alles nicht schlimm. Machen wir im Arbeitszimmer weiter."

Na endlich, Katja war gespannt, was Dr. Majonika mitzuteilen hatte. Luise rief hinter ihnen her: „Gute Idee, wir bringen euch den Nachtisch und den Kaffee dorthin."

Sebastian Bach bot Katja den Platz in dem Clubsessel an und schloss die Tür hinter ihnen. „Wer fängt an?"

„Nach Möglichkeit ich." Der Rechtsmediziner holte Unterlagen aus seiner Aktentasche. „Erstens haben wir einen direkten Hinweis auf den Mörder gefunden, zwischen Mittel- und Zeigefinger der Toten fanden wir ein Haar, das nicht von ihr stammte, wir haben es bereits zum BKA und deren DNA-Täterdatei geschickt. Zweitens, das Opfer hatte vor seinem Tod Geschlechtsverkehr. Da keine Abwehrspuren vorhanden sind, schließe ich Vergewaltigung aus. Und nun zur Todesursache. Herzversagen."

„Was?" Katja sah Sven verblüfft an. „Aber da war doch überall das Blut an ihrem Körper."

„Das ist richtig!" Er steckte ein Bild, auf dem man den Brustkorb und den oberen Bauchbereich sowie mehrere rote Stichverletzungen sehen konnte, an die Pinnwand. „Ich bin auch davon überzeugt, dass sie gewaltsam sterben sollte, aber der natürliche

Tod, wenn man davon in diesem Zusammenhang überhaupt noch sprechen kann, ist dem Vorhaben des Mörders zuvorgekommen."

„Soll heißen, wir suchen gar keinen Mörder?"

„Abwarten", Sebastian war aschfahl, „wie der Staatsanwalt das sieht. Erst müssen wir den Verrückten finden."

„Verrückter?" Sven sah Bach fragend an.

„Hör weiter zu."

„Also, wie ich schon am Samstagmorgen vermutete, Fundort und Tatort sind nicht identisch. Der Tod trat in der Nacht von Freitag auf Samstag zwischen zwei Uhr und drei Uhr dreißig morgens ein. Wir fanden Reste von Salzwasser sowie Algenspuren an ihrer Körpervorderseite, allerdings gab es keine Anzeichen von Ertrinken beziehungsweise Ersticken durch das Einatmen von Wasser. Wir haben in ihrem Gesicht vier Abrinnspuren von Tränenflüssigkeit gefunden."

„Wieso die vielen Tränen?" Katja tippte sich mit einem Kuli gegen die Nase.

„Ihre Augen wurden mit 33%iger Salzsäure verätzt. Sie war zum Zeitpunkt ihres Todes blind wie ein Maulwurf."

Es wurde immer rätselhafter.

„Wir sind aber auf noch mehr gestoßen, zum einen auf Spuren von Isofluran und dem Schmerzmittel Tramal in ihrem Blut, zum anderen auf Reste von einem Stoff, den das Labor noch nicht identifizieren konnte. Wir fanden ihn an ihren Schulterblättern sowie an Wirbelsäule und Gesäß."

„Sag mal, Isofluran, ist das nicht ein Narkosemittel?" Sven setzte sich mit einem Bein auf die Rückenlehne von Katjas Sessel.

Dr. Majonika nickte und kratzte sich am Hinterkopf. „Ja, und eines der wichtigsten Inhalationsanästhetika. Es gelangt über die Lunge direkt in den Blutkreislauf und von dort aus in das zentrale Nervensystem. Außerdem fanden wir in ihrer Nase und im Mund neben Spuren von Zellstoff und Watte etwas Sand, eine tote Stechmücke und im Rachen einen Halm vom Dünengras."

„Aber wieso dann das Tramal? Das passt doch nicht zusammen."

Dr. Majonika sah Katja bedauernd an. „Das ist in der Tat eine schwierige Frage, die Ihnen sicher nur der Täter selbst beantworten kann."

Katja verstand überhaupt nichts mehr. „Okay, denken wir später darüber nach. Noch mal zurück zu dem Meerwasser. Ist es möglich, dass sie vor ihrer Betäubung noch baden gegangen ist?"

„Das halte ich für ausgeschlossen", mischte sich Vohwinkel ein. „Wir fanden sowohl Spuren desselben Betäubungsmittels als auch Wattereste, im Übrigen ein handelsübliches Produkt, auf ihrem Kopfkissen."

„Das hieße ja, sie hat ihr Zimmer nicht freiwillig verlassen. Und da um die späte Uhrzeit weder eine Fähre noch ein Wassertaxi nach Hiddensee übersetzt, muss man sich doch fragen, wie sie auf die Insel gekommen ist. Hat sie jemand in der Nacht mit einem privaten Boot an den Strand von Vitte gebracht?"

Bach schaute aus dem Fenster und wischte sich dabei mit einem Taschentuch über die Stirn. „Davon müssen wir ausgehen."

Katja stand auf, Svens Nähe lenkte sie ab, und stellte sich neben Bach an das Fenster. Er sah wirklich schlecht aus, warum zum Henker ging er nicht zum Arzt? „Na, das ist doch schon mal eine Erkenntnis, die uns in den Ermittlungen weiterhelfen kann. Der Mörder muss demnach in der Seniorenanlage gewesen sein. Es ist also anzunehmen, dass es die gleiche Person ist, mit der sie auch den Sekt getrunken hat. Von welcher Marke war der eigentlich? Darauf habe ich gar nicht geachtet." Fragend sah sie Vohwinkel an.

Seiner Antwort kam Bach zuvor: „Mal nicht so voreilig, Frau Kollegin!" Katja sah ihn erstaunt an. Er hatte plötzlich sehr laut gesprochen. „Es spricht nicht für gute kriminalistische Arbeit, seinen Täterkreis zu schnell einzugrenzen. Das machen Sie in Köln doch ganz gewiss auch nicht", fügte er beschwichtigend hinzu.

Majonika half die Atmosphäre zu entgiften, indem er schnell zum Thema Sekt zurückfand. „Es handelt sich bei dem Sekt um die Marke Rotkäppchen, halbtrocken. Ein gutes Tröpfchen aus unserem Osten."

„Gut, sie tranken also Rotkäppchen-Sekt ..." Sie schnippte mit den Fingern in Richtung Dr. Majonika in der Hoffnung, dass dieser ihr weiterhalf.

„Ihr Magen war so gut wie leer."

„Hm", Katja kam um den schweren Schreibtisch herum und setzte sich auf dessen Kante. Sie bemerkte, dass Sven sie beobachtete. „Soll das jetzt heißen, dass sie nichts gegessen hat? Es gab keine Speisereste? Sie ist immerhin auf dem Tanztee gewesen, dort wird sie doch etwas getrunken oder gegessen haben."

Dr. Majonika zuckte mit den Schultern. „In ihrem Blut war noch ein Restalkohol von 0,2 Promille. Der Körper baut jede Stunde 0,1 Promille ab, der Sekt hat 10,5 %. Unter der Annahme, dass sie nicht an regelmäßigen Alkoholkonsum gewöhnt war und dass sie etwa die Hälfte der Flasche ausgetrunken hat, und unter Berücksichtigung ihres zierlichen Körperbaus und geringen Gewichts können wir davon ausgehen, dass sie gegen 21 Uhr das Letzte zu sich genommen hat und mit vielleicht 0,9 Promille gut angesäuselt zu Bett gegangen ist. Natürlich wäre es möglich, dass sie noch etwas gegessen hat, aber dann waren es Kohlenhydrate, bei fetter Kost hätten wir davon noch Spuren im Magen finden müssen, die braucht ja länger, bis sie verdaut ist. Aber Flüssigkeit oder ein trockenes Brötchen, davon bleibt schon nach einer Stunde nichts mehr im Magen übrig. Allerdings haben wir die Untersuchung ihres Darminhalts noch nicht abgeschlossen."

Widahn schüttelte den Kopf. „Wer isst bei seinem Date schon trockene Brötchen?"

„War ja nur ein Beispiel."

Vohwinkel ging zum Bord und hängte einige Fotografien dazu. „Wir haben natürlich auch ihren Kühlschrank sowie ihren Müll untersucht. Wir fanden viel Milch- und Joghurtprodukte, Trauben, die meines Erachtens um diese Jahreszeit recht teuer sind, dazu ein paar Äpfel von der Sorte Granny Smith und echte Chiquita-Bananen, nach den Aufklebern zu urteilen. Fleisch, Wurst sowie Käse oder Brot waren nicht vorhanden."

Bach, der sich hinter seinen Schreibtisch gesetzt und mit dem Zeigefinger Kringel auf ein imaginäres Blatt Papier gemalt hatte, horchte auf. „Wahrscheinlich hat sie selten gekocht und ist lieber zum Essen gegangen."

„Bestimmt", Widahn nickte zustimmend. „Die Bewohner aus den Bungalows können, gegen Bezahlung natürlich, mit den anderen zusammen ihre Mahlzeiten im Speisesaal einnehmen. Die meisten nutzen das Angebot. Wir werden aber noch einmal nachfragen."

„Gut, was hast du sonst noch für uns, Ulrich?"

Dr. Majonika zeigte auf das Bild mit der Verletzung. „Sehr merkwürdige Einstiche. So etwas habe ich noch nie gesehen." Er schaltete die Schreibtischlampe an, drehte das Licht genau auf die Verletzung und nahm einen Kugelschreiber zur Hilfe. „Wir haben hier genau elf Einstichkanäle, seht ihr?" Der Rechtsmediziner sah zu Katja hoch, diese nickte zustimmend. „Gut, dabei zeigen sich immer im Wechsel ein größerer und ein kleinerer Einstichkanal. Bei der Stichkanalsondierung haben wir folgendes festgestellt." Er nahm einen Bericht aus seiner Tasche. „Die Verletzungen sind symmetrisch aufgebaut und es gibt eine parallele Ausrichtung der Einstiche bei exakt gleicher Stichkanalrichtung."

„Heißt das, es handelt sich hierbei um einen einzigen Stich mit einem Instrument, das 11 Klingen hat?"

Dr. Majonika nickte. „Und wäre das Opfer nicht vorher an einem Herzanfall gestorben, wäre der Stich bestimmt tödlich gewesen. Der Mörder ist Rechtshänder, und die Stichführung ist etwas seltsam, von unten nach oben, etwa so." Er nahm einen Kuli und vollführte mit dem rechten Arm eine Bewegung, die entfernt an einen Topspin im Tennis erinnerte.

Widahn überlegte. „Angenommen, das Opfer kommt, aus welchem Grund auch immer, auf seinen Mörder zu. Dieser will zustechen, will sie tödlich verletzen, aber in dem Moment stirbt das Opfer und fällt, für den Täter völlig unerwartet, in seine Arme. Dadurch die etwas verdrehte Stichführung."

„Genau das haben wir im Obduktionsraum durchgespielt und sind ebenfalls zu diesem Ergebnis gekommen."

„Ich fasse zusammen." Bach hatte offensichtlich trotz seines angeschlagenen Gesundheitszustandes keine Konzentrationsschwierigkeiten. „Wilhelmine Wirth ist in dem Moment, in dem der Mörder sie umbringen wollte, bedingt durch einen Herzinfarkt nach vorne in das Mordwerkzeug gefallen. Bevor sie an den Verletzungen verbluten konnte, versagte ihr Herz."

Dr. Majonika nickte.

„Hat jemand eine Idee, was das für ein mörderisches Instrument sein könnte." Schulterzucken und Kopfschütteln waren die einzigen Antworten auf Bachs Frage.

Der Pathologe nahm seinen Bericht wieder auf. „An den Wundrändern fanden wir noch Faserspuren von Hanfseil."

Katja sah in die Runde. „Wer benutzt Hanfseile?"

„Da kommen wohl einige in Frage. Ich denke zum Beispiel an Handwerker, Fischer, vielleicht Verpackungsfirmen, eventuell noch an Sportler."

„Und da ist noch das einzelne Haar in der Hand der Toten, das nicht von ihr stammte." Dr. Majonika steckte die Hände in die Hosentasche.

„Ich gehe jede Wette ein, wenn wir den Halbnackten im Bademantel gefunden haben, dann werden wir feststellen, das Haar wuchs einst auf seinem Kopf."

Vohwinkel tippte sich an die Stirn, zeigte auf ein Blatt Papier in seiner Hand. „Hab noch was vergessen. Im Müll lag eine Postkarte, adressiert an ihre Familie in Hamburg, datiert vom letzten Dienstag, sie schrieb, sie sei von der Fotogruppe aus der Seniorenresidenz hergestellt, und sie habe direkt ein paar gekauft. Außerdem habe Hilde Tietz sie wieder einmal spät abends besucht und sie aus dem Bett geklopft. Warum sie die Karte nie abgeschickt hat, weiß ich allerdings nicht. Der andere Müll war weniger interessant, eine ausgetrocknete Packung Spinat aus dem Tiefkühlfach und eine leere Tüte Vitaminbonbons. Im Biomüll fanden wir Kartoffelschalen, Brombeeren und die unteren Teile von den Baccararosenstielen."

„Brombeeren?" Katja stoppte ihren Rundgang.

Widahn schaute zur Decke. „Komm, Katja, nicht wieder die Hilde-Tietz-Story. Frau Wirth kann sich die Brombeeren auch durchaus hier im Supermarkt gekauft haben, oder, Konrad? Weist irgendetwas darauf hin, dass der Mörder die Brombeeren mitgebracht hat? Vielleicht ein Zettel mit einer Nachricht Hallo Wilhelmine, hier die Brombeeren für dich, dein Michael?"

Vohwinkel grinste. „Leider nein. Aber ich schätze, das Opfer hat von diesen Früchten ganz zum Schluss gegessen."

„Wieso?"

„Die verdorbenen Früchte lagen zuoberst im Müll."

„Trotzdem schließt das immer noch nicht aus, dass sie die Brombeeren selbst gekauft haben kann und gegessen hat, unmittelbar bevor der Mörder gekommen ist."

Inga kam mit einem vollen Tablett zu ihnen. „Von Luise, für alle Cassattaeis, außer für dich, Sebastian, ich weiß ja, dass du kein Eisfreund bist, hab dir extra Mousse au chocolat gemacht."

Sie ging zu ihrem Mann, reichte ihm das Glasschälchen. Der verzog das Gesicht. „Inga, ich habe sowieso schon solche Magenschmerzen, jetzt noch die Schokocreme."

„Ach, nun komm! Ist doch nur ein Klecks, mit Liebe gemacht."

Katja war versucht, mit der Fußspitze auf den Boden zu tippen, sie wollte sich nicht dauernd unterbrechen lassen. So wie alle freudig nach dem Eis griffen, würde es schwierig sein, weiter ihre Aufmerksamkeit auf sich zu ziehen. Selbst Sebastian machte Miene, seine Mousse zu essen – bis Inga den Raum verließ.

„Können wir weitermachen?" Sie musste zugeben, das Eis mit den kandierten Früchten schien sie anzulachen, aber wenn sie nicht Acht gab, würde sie sich kugeln können, bevor sich auch nur der allerkleinste Schwangerschaftsbauch gebildet hatte.

„Okay, Katja, fassen wir noch einmal zusammen. Wilhelmine Wirth und ihr Besucher haben also Sekt getrunken, vielleicht Gedichte gelesen", Widahn grinste, während er die kandierten Stückchen aus dem Eis herauspuhlte. „Dann hat er sie betäubt und nach Hiddensee verfrachtet."

„Hmm, Sebastian, deine Mutter ist wirklich einzigartig. Erst das leckere Essen und jetzt das Eis. Ich lasse die komplette Rechtsmedizin von Greifswald nach Rügen verlegen." Dr. Majonika schob mit Begeisterung das gefrorene in dem bereits geschmolzenen Eis hin und her wie ein Kind sein Plastikboot in der Badewanne.

„Sven, du hast etwas vergessen oder ausgelassen. Sie hat irgendwann an dem Abend Geschlechtsverkehr gehabt. Wir fanden tief in der Vagina und am Gebärmutterhals Spermaspuren und unter ihren Fingernägeln Hautschuppen, die nicht von ihr stammen, sowie einen Holzsplitter. Außerdem hatte sie unterhalb der Brust und im Schambereich Hämatome, wie man sie von den altbekannten Knutschflecken her kennt."

Bach verzog das Gesicht, beugte sich etwas nach vorne. „Na, wir werden ja sehen, was die DNA-Analyse erbringen wird. Ich mache mir da keine großen Hoffnungen. Nicht gerade alltäglich, eine alte Frau und ein jüngerer Mann ..." Er öffnete das Fenster, ein Windhauch fegte die auf dem Schreibtisch liegenden Papiere herunter. „Gott, ist mir schlecht."

„Kann ich dir irgendwie helfen?" Dr. Majonika griff an Bachs Handgelenk und sah ihn stirnrunzelnd an. „Dein Puls rast, und du hast kalten Schweiß auf der Stirn. Wir sollten einen Kollegen kommen lassen."

„Nein, nein danke, Ulrich. Ich will nicht zum Arzt, ich brauche nur etwas frische Luft. Wo waren wir stehen geblieben?"

Sven sah Dr. Majonika bedeutsam an. „Du willst wissen, warum Sebastian nicht zum Arzt geht?"

„Halt dich da raus", stöhnte es vom Fenster her.

Unbeirrt sprach Widahn weiter. „Weil er ein Feigling ist. Sein Vater ist an Bauchspeicheldrüsenkrebs gestorben, und nun hat er Angst, dasselbe zu haben."

Bach holte tief Luft. Er schien sich wieder zu erholen. „Mein Vater ist nicht gestorben, mein Vater ist jämmerlich verreckt. Und alles wäre humaner verlaufen, wenn die Ärzte ihn nicht auch noch als Versuchskaninchen missbraucht hätten."

Dr. Majonika sah ihn wütend an. „So? Glaubst du? Ich möchte es uns allen jetzt und hier ersparen, dir zu erklären, wie dein Vater gestorben wäre, wenn ihm niemand geholfen hätte. Schade, dass du darüber nie mit mir gesprochen hast, ich dachte wir wären Freunde. Wir sollten das nachholen. Nur soviel: Ich weiß zwar nicht, was du hast, aber ich glaube nicht, dass es sich hierbei um Bauchspeicheldrüsenkrebs handelt, die Anzeichen sehen etwas anders aus."

„Okay, Ulrich, sobald der Fall geklärt ist, besprechen wir das. Können wir nun weitermachen? Konrad, was hast du für uns?"

Vohwinkel legte einen dicken Schmöker, den er sich gegriffen hatte, wieder zurück ins Regal. „Also, wenn ich die Informationen unseres Doktors und meine Ergebnisse kombiniere, ergibt sich eher ein Bild von einer wilden Liebesnacht."

„Wieso?"

„Weil wir Spermaspuren auf einem der Sofakissen, am Bett und an dem weißen Pyjama auf dem Boden gefunden haben, dieser war im Übrigen oben an der Jacke eingerissen."

Dr. Majonika schaute bekümmert auf seinen nun leeren Glasteller, kratzte die letzten Cassatastückchen zusammen. „Ich stelle mir das so vor: Sie sind wie wild durch die Matratzen getobt, dann hat er sie betäubt und ihre Augen mit einer winzigen Menge 33%iger Salzsäurelösung beträufelt. Es reichte aus, sie erblinden zu lassen."

„Was sollte das denn?" Widahn rutschte von der Armlehne in den Sessel.

„Du fragst doch nicht mich, oder?"

„Und das Tramal war gegen die Schmerzen?"

„Wogegen sonst?"

„Keine Ahnung, ich frage mich halt nach dem Sinn, wenn jemand betäubt wird, ihm dann noch Tramal zu geben. Und warum wollte der Täter, dass sie vor ihrem Tod noch erblindet oder ihre Augen weggeätzt werden?"

*Eine sehr, sehr gute Frage.* Katja stellte sich an das geöffnete Fenster und schaute gegen die Abendsonne in den Garten, auf saftiges Grün, bunte Blumen und einen kleinen Nutzgarten in der hinteren linken Ecke. Irgendwo nicht weit dahinter lag das Meer. Der warme Sommerwind fuhr durch ihr kurzes Haar. „Kommt ihr Kaffee trinken?" Sie lächelte Luise abwesend an und sah zu, wie die anderen den Raum verließen.

„Ich komme gleich nach, einen Moment noch." Sie bekam Sodbrennen, und sie dachte kurz an den Vater des Ungeborenen, der in Köln auf ihren heranwachsenden Sohn aufpasste, während sie hier feuchte Hände bekam, wenn sie an seinen besten Freund dachte.

Sie fuhr sich über das Haar, es war, als wollte sie die belastenden persönlichen Gedanken wegwischen. Hier wartete ein unaufgeklärter Mord auf sie, und sie kamen nur in ganz kleinen Schritten weiter. *Wilhelmine Wirth, warum hast du dich mit deinem Mörder eingelassen? Womit hat er dich verführt? Mit seinem Charme, seinem Hang zur Lyrik oder Romantik? Oder war es einfach nur Lust? War es das, was dir in deinem Leben gefehlt hat? Jemand, bei dem du höchste Lüste finden konntest? Du hast Liebe gesucht und den Tod gefunden.*

## 22

„Ich bin bei dir, Georg."

„Ich habe wieder wach gelegen, konnte einfach nicht schlafen."

„Wo bist du gerade?"

„Am Nordstrand, ich sitze in einem aufgebrochenen Strandkorb."

„Warum machst du das? Ich höre im Hintergrund ein Gewitter, das ist doch gefährlich."

„Hast du nicht gelesen, dass man Wilhelmines Leiche in einem Strandkorb gefunden hat?"

„Doch, das habe ich."

„Na, und ich bin eben hier, um ihr nahe zu sein."

„Aber das ist doch verrückt, bei dem Wetter."

„Vielleicht sollten wir besser ein anderes Mal miteinander sprechen. Es ist ja auch schon wieder mitten in der Nacht. Ich will dich nicht weiter stören."

„Nein, nein, Georg, schon gut. Lass uns jetzt miteinander reden. Wie hast du heute deinen Tag verbracht?"

„Ich habe gearbeitet."

„Den ganzen Tag?"

„Heute Morgen, in aller Frühe, da war ich am Südstrand. Ich habe Hilde getroffen, sie war ganz alleine am Strand."

„Was? Sie war ganz alleine?"

„Ja, als ich sie so dastehen sah, so verloren ..."

„Ja, was, Georg?"

„Da glaubte ich, nein, ich war mir sicher, sie dachte an Wilhelmine. Ich ging zu ihr, in der Hoffnung, irgendwo einen Funken Realität zu erhaschen und zu erfahren, was sie über den Tod ihrer Freundin wusste und mitbekommen hatte."

„Du wolltest deine Trauer mit ihr teilen?"

„Ja, irgendwie schon. Aber Hilde war wie immer in ihrer eigenen Welt versunken. Ich hatte ein paar selbst gepflückte Brombeeren dabei, die gab ich ihr. Ohne eine Regung in ihrem Gesicht, verzehrte sie die Früchte. Es gab einfach keinen Raum mehr für mich oder für letzten Freitag."

„Letzten Freitag? Was war letzten Freitag?"

„Da habe ich Wilhelmine zum letzten Mal gesehen. Weißt du, nie im Leben hätte ich gedacht, mich mit einer Frau wie Hilde zu unterhalten, die nicht mehr alle Tassen im Schrank hat. Aber bei ihr ist es genau wie bei Wilhelmine, sie ist mir nicht fremd, sie ist mir nahe. Verrückt, nicht wahr?"

„Verrückt? Nein, das ist offensichtlich das Vermächtnis von Wilhelmine an dich. Du sollst dich um Hilde kümmern."

„Wenn ich an Engel glauben würde, dann würde ich auch an deine Worte glauben, aber so ist das alles glatter Unsinn für mich. Andererseits, für Wilhelmine würde ich sogar den Bären im Zoo die Nägel schneiden."

„Du bist manchmal richtig lustig, weißt du das? Ich stelle mir vor, wie du todesmutig in das Bärengehege trittst."

„Nein, mutig bin ich gerade nicht, aber ich kann kämpfen, wenn es nicht anders geht. Das ist meine Stärke, Harald. Sonst hätte ich das Leben so nicht gemeistert, wie es im Augenblick ist. Weißt du, was ich gerade in den Händen halte?"

„Sag es mir."

„Den Joshua Baum."

„Aha, der Prospekt, dein Symbol des Lebens."

„Er war schon ganz vergilbt, ich habe ihn in Folie einschweißen lassen."

„Gute Idee, so kann er sich nicht abnutzen."

„Oben steht in dicken schwarzen Lettern: *Kommen Sie und staunen Sie!* und darunter: *Joshua Tree, National Park, California.* Dann das Bild vom Joshua Baum. Einsam und verwachsen sieht er aus. Die Blätter an seinen Ästen wirken wie dicke Stacheln eines Kaktus. Für mich sehen sie aber eher aus wie stachelige und geballte Fäuste."

„Somit wird er auch ein Symbol für die Stärke jedes Einzelnen? Oder ist er der Hilfeschrei eines geschwächten Einzelgängers? Was meinst du, Georg?"

„Ich finde ihn einfach nur schön, ich mag mir nicht so viele Gedanken darum machen. Der Baum gehört zu den Liliengewächsen, und dieser hier auf dem Bild erreichte eine Höhe von stolzen 18 Metern und ist fast 900 Jahre alt. Er steht an einem Granithang, hinter ihm riesige Quarzfelsen in der Sonne. Sie verleihen dem Bild etwas Unnatürliches, ja, fast schon Unheimliches."

„So unheimlich wie deine Beziehung zu Wilhelmine Wirth?"

„Das war nicht unheimlich, es war einfach nur schön und intensiv. Alles war genau wie damals im Sommer."

„Richtig, die Vollmondnacht im August. Aber ich weiß immer noch nicht, wie ihr euch kennen gelernt habt."

„Sie kam in der Nacht zu mir an den Strand, in ihrer Hand hatte sie eine Flasche Wodka. *Auch einen Schluck?*, fragte sie. Sie ließ sich einfach neben mich in den Sand fallen. Es war mir peinlich, ich wäre am liebsten aufgesprungen und abgehauen, aber das gehörte sich ja wohl nicht."

„Außerdem warst du dafür zu feige, stimmt's? Mal ganz davon abgesehen, dass sie dich faszinierte."

„Ja, so wird es wohl gewesen sein. Mein Herz raste, mein Puls flog nur so. Sie merkte es natürlich sofort. *Komm Schätzchen*, sagte sie, *bleib locker*. Sie drückte mir eine amerikanische Zigarette in die Hand und hielt mir die Flasche an die Lippen. Ich nahm einen Schluck und wurde ganz trunken – bei dem Gedanken, dass vorher ihre Lippen den Flaschenhals umschlossen hatten. Sie lächelte und starrte auf meinen Mund."

„Und? Weiter?"

„Sie drückte mich langsam runter in den Sand und zeigte mir, dass ich keine Angst vor dem Küssen haben musste. Langsam wurde ich mutiger und wollte gerade meinen Arm um sie legen, da stand sie auf.“

„Sie stand auf?“

„Ja, sie stand auf. *Schätzchen, ich muss fort, sie werden mich suchen. Aber ich werde wiederkommen.* Dann drückte sie mir den Prospekt in die Hand. *Bewahre ihn gut auf. Er ist ein Pfand, damit du weißt, dass ich zu dir zurückkehre, im nächsten Jahr, am 17. Juli. Genau hierhin werde ich kommen, in der Nacht.* Dann lief sie fort.“

„Das gibt's doch nicht!“

„Doch, genauso war es, ich stand da, schaute ihr hinterher und verstand die Welt nicht mehr. Mein Körper glühte wie Lava. Ich war aufgewühlt, verstand nichts, doch ich fühlte mich gut, so gut wie noch nie. Und das hielt an. Der Joshua Baum auf dem Prospekt war und blieb Verheißung.“

„Und? Kam sie wieder?“

„Ja, sie kam wieder. Am 17. Juli 1971.“

**23**

Draußen dämmert es und mir wird mulmig zumute. Ich habe wirklich lange überlegt, aber der Gedanke an Hilde Tietz lässt mir keine Ruhe. Sie verfolgt mich, gewiss, es steckt keinerlei Absicht dahinter, und wenn sie wüsste, wer ich bin, ich meine WIRKLICH bin, wer weiß. Aber sie kann es ja nicht wissen, ihr Verstand hat sich irgendwann in Nichts aufgelöst. Ihre Welt besteht nur aus Emotionen, Metaphern und Symbolen. Aber, sie kann noch reden, viel zu viel reden. Und sie kann kluge Polizisten in meine Richtung lenken. Dabei habe ich noch viel vor.

So viel ich auch nachdenke, ich sehe keine andere Möglichkeit. Ein Donnergrollen macht sich in der Ferne bemerkbar. *Wehr dich!*, scheint mir der Himmel zurufen zu wollen. Leider nicht so weit entfernt wie das schlechte Wetter, höre ich hinter mir ihre Stimme. Sie quatscht mit einer Nachbarin am Zaun über das Gesprächsthema Nummer eins. Wilhelmine Wirth, die Arme, die Tote, die armen Angehörigen, wie entsetzlich, wer macht denn so etwas? Das hat es ja bei uns noch nie gegeben. Ich stelle mich neben die beiden Frauen und nicke fleißig, mache ein betroffenes Gesicht. Ja ja, diese verrohte Welt, und irgendwann trifft es eben auch zum ersten Mal unsere Inseln. Ich wende mich ab, hebe die Hand zum Gruß.

Ob es uns wohl ein zweites Mal treffen wird? Wer weiß, vielleicht bekommt Hilde Tietz heute Nacht Besuch, von Knecht Ruprecht.

## 24

Hilde Tietz sah durch ihr Zimmerfenster auf die Straße. Direkt vor ihr lag der Parkplatz, der von den hohen Laternen beleuchtet wurde. Nur wenige Fahrzeuge warteten auf die Rückkehr ihrer Besitzer. Sie lächelte und zählte mit den Fingern die Autos, die in dem diffusen Licht für sie wie bunte Steine mit verschiedenen, teils abstrakten Formen waren.

„Vier schöne Steine", murmelte sie. Hinter ihr hörte sie das laute Schnarchen ihrer Bettnachbarin.

Hilde Tietz war ihr Leben lang eine unselbstständige Person gewesen, immer hatten andere ihr alles abgenommen, erst ihre Eltern, dann ihr Mann Andreas, später ihr Sohn Helmut. Sie drehte sich zu ihrer Mitbewohnerin um. Die schlief tief und fest, die Decke war bis zur Hüfte heruntergerutscht.

Hilde schüttelte den Kopf. Dass Helmut aber auch immer so unruhig schlief. Sie wollte gerade die Decke über seine Schultern ziehen, als das melodische Klingeln einer Standuhr draußen vom Flur zu hören war und sie ablenkte. Für Hilde Tietz spielten verschiedene Uhrzeiten keine Rolle mehr, ihr war auch egal, ob es hell oder dunkel war. Aber bei dem Klang der Uhr wusste sie, dass es Zeit für sie wurde. Sie öffnete die Schublade des Nachtschränkchens.

„Helmut, schau mal." Sie öffnete den Deckel einer Pappdose, die mit kleinen spanischen Tänzerinnen verziert war. Lauter bunte Knöpfe lagen darin. Ein Blitz erhellte für einen Moment den dunklen Raum.

*Das ist aber wirklich viel Geld, Mama.*

„Es ist Zeit, wir müssen jetzt einkaufen, mein Junge. Wenn Papa nach Hause kommt, muss Mama für ihn gekocht haben. Dann essen wir alle zusammen zu Mittag, und du kannst am Strand etwas spielen."

*Baut Papa mit mir eine Sandburg?*

„Aber ja, Schatz, Papa hat doch Ferien." Sie wippte in ihrem weißen langen Nachthemd auf dem Bett vor und zurück, winkte zwei weiß gekleideten Gestalten nach, die im Türrahmen auftauchten und wieder verschwanden.

Hilde Tietz lächelte ihnen freundlich hinterher. „Wir gehen in die Kirche, beten."

*Mama, die sahen aus wie Engel!*

„Ich weiß, mein Junge. Freust du dich? Heute ist deine Kommunion, wir ziehen dir den feinen Anzug an, Papa ist sehr stolz auf dich." Sie öffnete ihren Schrank, nahm den braunen Sonntagshut aus Kamelhaar, sah auf ihr weißes Nachthemd hinunter. Sollte sie sich für solch einen feinen Anlass nicht besser umziehen?

*Du siehst wunderschön aus, Hilde. Und der Hut steht dir richtig gut.*

„Ach Andreas, du alter Charmeur." Sie nahm achtlos ein paar Kleidungsstücke, rollte sie zusammen, legte sie unter ihre Bettdecke, streichelte liebevoll darüber. „Schlaf gut, Helmut, mein Schatz, Mami kommt gleich wieder."

*Du bist festlich gekleidet in deinem weißen langen Kleid und wunderschön. Nimm noch die Krokotasche, die ich dir letztes Jahr zu Weihnachten geschenkt habe, dann können wir gehen.*

„Ja, mein weißes langes Kleid. Und du willst mich wirklich heiraten, Andreas? Ich habe so lange auf diesen Tag gewartet."

Sie wollte auf den Flur treten, dort wo Andreas auf sie wartete, als ihr plötzlich ein dunkler Schatten, wie aus dem Nichts erschienen, den Weg durch die Tür versperrte. „Wer bist du?"

Hilde Tietz überlegte, wer konnte das sein? Helmut? Sie schaute nach draußen, es war dunkel. Helmut kam sie nie nachts besuchen.

„Du plapperst, plapperst, plapperst", flüsterte die dunkle Gestalt und setzte sich auf das freie Bett hinter der Tür. „Dein Mundwerk steht nie still. Wo du auch bist, du quatschst. In der Anlage, am Strand, in der Stadt. Und irgendwann verplapperst du dich mal. Was mache ich nur mit dir?"

„Knecht Ruprecht?"

„Siehst du, du sagst immer im falschen Moment die falschen Worte. Aber ich bin dir nicht böse, ich hasse dich auch nicht. Eigentlich tust du mir nur Leid.

*Knie, versagtet ihr nicht schon,*
*kaum wissend wie dies schwere Herz hier tragen?*
*Dieses Leben, das für sein Singen Gipfel träumte,*
*wo kein Vogel singt,*
*genügt nun eben*
*um eine Nachtigall im Tale*
*so traurig zu übertönen."*

Hilde Tietz überlegte immer noch, wer das sein konnte. Warum saß die Gestalt im Dunkeln, und warum sprach sie so seltsam? Wollte sie, dass sie Angst bekam? „Gleich kommt Helmut, mein Sohn, wir gehen essen."

„Aha", flüsterte die Gestalt, lachte fast lautlos. „Darum hast du dich fein gemacht, trägst das schöne weiße Nachthemd."

„Das ist mein Brautkleid."

Aus dem Nachbarbett kam ein leichter Seufzer, der sogleich wieder von ruhigem, flachem Atmen abgelöst wurde.

„Psst, nicht so laut! Und auf deinem Kopf hast du einen Schleier?"

„Andreas und ich heiraten heute. Ich habe so lange darauf gewartet." Hilde zog die Augen zu schmalen Schlitzen zusammen. Die Gestalt ihr gegenüber war völlig schwarz gekleidet, nur oben am Hals schaute etwas Helles heraus. „Bist du der Pfarrer?"

„Richtig. Und ich bin gekommen, um dich zu holen, wir gehen zusammen in die Kirche."

„Au fein, da wird Andreas aber Augen machen." Sie legte die Hand auf den Arm der dunklen Gestalt.

„Aber du musst ganz leise sein, Hilde. Es soll für alle eine Überraschung werden."

Hilde lächelte glücklich, sie liebte Überraschungen, und sie liebte es, wenn sich jemand um sie kümmerte. Sie ging mit dem Pfarrer über den Flur. Entlang den Wänden und auf den Treppen standen fein gekleidete Menschen, die ihr auf dem Weg in die Kirche viel Glück wünschten und die strahlend schöne Braut bewunderten.

„Feiern wir auch ein großes Fest?" Sie trat in den dunklen Garten, versuchte tief durchzuatmen. Die schwüle Nachtluft drückte ihr auf die Bronchien. Sie schaute nach oben, der leicht abnehmende Mond schien hell und war zum Greifen nah. „Ein silberner Blumenstrauß, danke!"

„Psst, du sollst doch nicht so laut sein. Es soll eine Überraschung für Andreas und Helmut werden."

Hilde Tietz überlegte, während sie am Arm des Pfarrers auf den Strand zuging. *Helmut?* Wer war Helmut?

## 25

Katja wälzte sich auf ihrem Bett hin und her. Sie schaute auf die Uhr, ein Uhr fünfunddreißig. Am Abend hatte Kai angerufen, sie hatte ihm vorgemacht, es ginge ihr phantastisch. Wieder hatte sie nicht den Mut gehabt, von ihrer Schwangerschaft zu erzählen. Und tröstete sich mit dem Gedanken, dass man eine solche Neuigkeit auch nicht am Telefon verkünden solle. Wenn Sven sich nur nicht mal verplapperte. Sven ...

Kai erzählte von der Arbeit, von Martin Borg und seinen Heiratsplänen. Martin war ein guter Freund von ihr, und nachdem er beim letzten Karneval Roswitha kennen gelernt hatte, war er wie ausgewechselt. Sie freute sich für ihn, bei ihm ging alles so leicht.

Natürlich hatte sie auch mit Patrick gesprochen. Sie wurde das Gefühl nicht los, dass die Reise nach Rügen und der Abstand zu ihrem Sohn ihrer Beziehung nicht unbedingt förderlich war. Es wollte ihr einfach nicht gelingen, eine vernünftige Schlafposition zu finden, sie drehte sich nach links und knautschte ihr Kissen zusammen. Patrick war ziemlich einsilbig am Telefon gewesen, und sie hatte ungehalten reagiert. Viel zu schnell hatte Patrick den Hörer an Kai weitergereicht, aber Katja hatte keine Lust mehr auf belanglose Konversation, und dass Kai ihr versicherte, wie sehr sie beide sie vermissen würden, konnte ihre Laune auch nicht verbessern.

Sie drehte sich wieder nach rechts, ihre Haare im Nacken waren feucht, das kurze, seidige Nachthemd klebte an ihrem Körper. Sie hatte bereits beide Fenster aufgerissen, aber die Luft schien zu stehen. Wenn es nicht bald gewitterte, dann würde sie sich auflösen und durch die Gitterroste ihres Bettes wegfließen. Sie griff im Dunkeln nach der Flasche Wasser auf dem Nachttisch.

„Mist!"

Leer. Ob sie sich eine Flasche Wasser aus der Küche holen durfte? Katja hatte am Abend noch einen vollen Kasten neben der Spüle stehen sehen. Sie horchte, kein Laut war zu hören. Sie schaute an sich herunter, das weiße kurze Seidenhemdchen ging gerade bis zum Schritt. Egal. Licht würde sie keines brauchen, der Mond schien nach wie vor hell und spendete fast dem ganzen Haus sein kaltes Licht. Sie schlüpfte auf nackten Füßen zur Tür hinaus und lief flink die Treppe hinunter in die Küche.

„Oh, nächtlicher Besuch?"

Katja erschrak. Sven stand am offenen Küchenfenster. „Sorry, ich wollte nur eine Flasche Wasser holen." Sie spürte seinen Blick auf ihrem Körper wie kleine Stromschläge und verfluchte sich dafür, dass sie ohne Bademantel die Treppe heruntergekommen war.

„Kannst du nicht schlafen?" Sven reichte ihr eine volle Flasche aus dem Kasten.

„Schlecht." Katja öffnete sie mit einem Zischen, setzte die Flasche an ihre trockenen Lippen. Beides tat ihr sehr gut, das kühle Nass und die Nähe von Sven, der mit nacktem Oberkörper und offenen Haaren vor ihr stand. Um seinen Hals hing ein Lederband mit einem großen Amulett.

„Mir geht es genauso."

„Macht wahrscheinlich der ganze Stress." Was erzählte sie da für einen Schwachsinn?

„Deiner oder meiner?"

„Ich dachte dabei an unseren Fall. Anke Liv schläft?"

„Keine Ahnung." Sven nahm sich ebenfalls eine Flasche aus dem Kasten, lehnte sich gegen die Spüle und trank einen großen Schluck.

„Wieso keine Ahnung? Ist sie nicht nach Hause gekommen?" Katja lehnte sich an den Tischrand.

„Doch, aber sie schläft bei Loreena. Sie schläft schon seit ein paar Wochen bei Loreena."

Katjas Herz fing an zu rasen. Sie fühlte, dass sie davontrieb. Sie musste sich räuspern, bevor sie sprechen konnte. „Was ist mit Loreena, ist sie krank? Oder hat sie Albträume?"

Sven lachte bitter auf. „Weder noch. Angeblich kann sie besser schlafen, wenn die Mutter bei ihr ist. Aber das ist Blödsinn, Loreena selbst hat mir gesagt, wie eng es in ihrem Bett ist, seit Mama mit drinliegt. Warum lügt mich Anke Liv nur an? Wie mit dem roten Cabrio. Die Kleine hat doch selbst erzählt, die Mama habe auch mit in dem tollen Auto gesessen. Was soll das Affentheater, hält sie mich für so blöd?" Er fuhr sich mit der Hand durch das lange blonde Haar, schlug es über die Stirn zur Seite.

„Und was ist dein persönlicher Stress? Kai und du, ihr versteht euch doch gut, oder?"

Einen Augenblick lang sah sie Kai vor sich stehen, groß, schlacksig, mit diesem reizenden Grübchen im Kinn, aber um seine Mundwinkel ständig diesen verächtlichen Zug, der ihn irgendwie arrogant erscheinen ließ, was aber gar nicht seinem Charakter

138

entsprach. Und seine blauen Augen, in die man so wunderbar abtauchen konnte. Sie seufzte.

„Hey", Svens Stimme bekam einen zärtlichen Klang. „Du hast ihm immer noch nichts von deiner Schwangerschaft erzählt, stimmt's?"

Katja schüttelte stumm den Kopf, das war genau das Thema, über das sie jetzt bestimmt nicht sprechen wollte.

„Weißt du, ich glaube, du schaltest zu wenig ab, Katja. Ständig geht dir etwas durch den Kopf, sei es nun privat oder beruflich, nie lässt du los. Du bist wahrscheinlich schon völlig verkrampft. Schließ doch einfach mal die Augen und träum dich fort. – Komm mach", er nahm noch einen Schluck Wasser aus der Flasche, „schließ die Augen!"

Katja zögerte, was sollte das werden? „Nie loslassen stimmt", ja, ihre Gedanken kreisten ständig, das hatte er richtig erkannt. „Aber verkrampft?" Sie beugte sich leicht zurück auf dem Tisch, stützte sich mit ihren Händen hinter ihrem Körper ab, und schloss endlich die Augen.

„Und was siehst du?", hörte sie ihn leise fragen.

„Keine Ahnung, würde sagen, helle Kreise, bunte Punkte."

„Konzentriere dich auf etwas, das nichts mit dir zu tun hat, etwas völlig Unverfängliches, etwas Schönes, Leichtes."

Katja hörte die Uhr im Esszimmer zwei Uhr schlagen, hörte, wie Sven sich bewegte und spürte, wie ein Schweißtropfen sich einen Weg von ihrem Hals zu der Mulde zwischen ihren Brüsten suchte.

„Und, was siehst du?"

„Rügen! Ich sehe die Insel." Vor ihren Augen wurde die Nacht zu einem schönen sonnigen Tag.

„Wusstest du eigentlich, dass ich hier geboren bin?"

Katja sah ihn verblüfft an. „Nein! Erzähl mal."

„Doch, ich komme aus Kasnevitz. Die Sommer verbrachten wir oft hier im Mönchsgut."

„Und wann, ich meine, wann bist du rüber in den Westen?"

„Anfang der siebziger Jahre. Meine Eltern hatten wohl schon länger so etwas geplant."

„Ja, und wie habt ihr das angestellt?"

„Wir sind nach Berlin, von da aus ging die Fahrt über die Transitstrecke los. Irgendwann musste ich in einen speziell präparierten Koffer mit winzigen Luftlöchern, wo meine Eltern blieben, wusste ich nicht, in meinem ganzen Leben hatte ich nie wieder solch eine Angst. Ich war nur froh, als sie mich hinter der Grenze wieder rausgeholt haben. Aber weißt du, was komisch war? Richtig große Freude kam in dem Moment gar nicht auf. Wir tanzten nicht auf der Straße, umarmten keine wildfremden Leute, oder was man sich sonst so vorstellen könnte. Wir sind einfach weiter nach Köln, dort hatten wir Verwandte. Ach, das war in einem anderen Leben. Jetzt bin ich wieder hier auf Rügen, bei dir. Komm, schließ die Augen, konzentriere dich, lass uns weiter über die Insel ziehen, ohne Kai, ohne Schwangerschaft, ohne den Mord, ohne Probleme. Lass uns nur Schönes suchen."

Sie nahm den Hugo Boss-Duft wahr, er war näher an sie herangetreten, und es fiel ihr schwer, sich auf die Insel zu konzentrieren. „Ich sehe weiße Häuser in Bäderarchitektur, sehe Straßen, Baumalleen, Menschen auf Fahrrädern, Busse, die über die Landstraßen und die Alleenstraßen fahren, weiße Fährschiffe, das Meer, mal türkis, mal königsblau schimmernd, und Wiesen, viele Wiesen. An ihren Rändern wachsen rote Mohnblumen. Ich rieche frisch gemähtes Gras, dann Wälder, Laubwälder und Tannenwälder. Ich laufe über den wunderbar weißen Sandstrand, in der Ferne ragen Felsen auf, hohe Felsen, die nach unten bis an die Ostsee reichen, Klippen. – Es ist so schön hier." Gott, Sven hatte Recht, es tat so gut, einmal abzuschalten, einmal alles vergessen. Sie baumelte mit ihren Beinen, berührte mit ihrem Fuß sein Bein.

„Ja. Rügen ist wunderschön, aber kein Vergleich mit der Frau, die hier vor mir auf dem Tisch sitzt." Katja vergaß zu atmen, ihr Herz begann wieder zu rasen. Dann spürte sie einen Finger, der sanft ihren Hals entlang hinunter bis ihrem Brustansatz strich. Sie zuckte nicht zusammen, sie hatte darauf gewartet.

Katja öffnete die Augen, sah die im Mondlicht schimmernde Haut seines nackten Oberkörpers ganz nah vor sich. Sie schaute auf das Amulett auf seiner Brust. „Was ist das?" Herr im Himmel, sie war so heiser, als habe sie eine vierstündige Rede hinter sich.

„Das", er zeigte auf ein Netz aus Leder und Sehnen, an dessen unterem Rand drei Lederbänder mit jeweils einem Türkis und einer Feder herabhingen, „ist ein Traumfänger." Er griff hinter sie, nahm ihre rechte Hand, dann den Zeigefinger, führte ihn zu dem Amulett. „Die Ojibwe-Indianer glauben, dass Visionen, Weisheit und Wissen uns durch unsere Träume erreichen."

Ein Beben ging durch ihren Körper, als sie durch die Maschen hindurch seine heiße, leicht feuchte Haut berührte. Seine Hand musste ihren Finger nicht mehr führen, um das Netz auf seiner Brust nachzuzeichnen. „Es gibt gute und schlechte Träume, darum der Traumfänger. Die Indianer sagen, die guten schlüpfen durch das Netz, die schlechten verfangen sich in ihm. Die Sehnen, die Türkise und die Feder verbinden unsere guten Träume mit dem Tier- und Steinreich."

Katja interessierte es nicht, ob der Traum, den sie gerade lebte, gut oder schlecht war, er war einmalig. Ihr Finger schien wie verzaubert, und sie kam sich vor wie ein kleines Mädchen, das heimlich an Mutters Keksdose naschte. Was, wenn sie erwischt wurde? Was, wenn jetzt jemand zur Tür hereinspazierte?

Svens Kopf neigte sich nach unten, sein Blick verfolgte ihren Finger, der immer noch wie von selbst über das Netz strich. „Weißt du, welchen Traum ich jetzt habe?"

„Den gleichen wie ich?" Sie spreizte ihre Beine, ließ ihn noch näher an sie herantreten. Seine Hände berührten ihr Haar, ihre Wangen. Sie beugte sich wieder zurück, genoss seine verbotene Berührung, schob ihren Oberkörper etwas vor, spürte das Rasen ihres Herzens.

„Katja, ich ..."

„Pssst!!!" Sie schaute ihn kurz an, sah das Verlangen in seinem Gesicht, sah seinen kräftigen, im Mondlicht bronzefarbenen Oberkörper, das lange Haar, das ihm bis zum Brustansatz fiel, beobachtete, wie sich seine Lippen langsam öffneten, etwas von seinen weißen Zähnen zeigten. Highlander, Gott, war der Kerl schön. Er beugte seinen Kopf noch näher zu ihr. „Wir dürfen das nicht tun,

Katja." Und seine Hände schoben sich unter den Rand ihres Nachthemdes, zogen an dem Slip, bis er zu Boden fiel.

Ihr Atem wurde schwerer, weit entfernt hörte sie ein Donnern, das ersehnte Gewitter kam auf sie zu. Wie lange noch, bis das ganze Haus wach wurde? Einmal nur, ein einziges Mal, sollte dieser Mann ganz ihr gehören. Sie wollte ihn spüren, ganz nah. „Nicht mehr reden, Sven, bitte." Sie setzte sich hoch, fühlte seinen Atem an ihrem Hals. Seine Lippen zogen sanft und spielerisch an ihrer Unterlippe. Ihre Fingerspitzen glitten über seine Brust, wanderten weiter nach unten, zum Rand seiner Boxershorts. Sie öffnete die Knöpfe und streifte die kurze Hose über seinen Po, ließ sie zu Boden gleiten, roch seine Haut, das Salz des Meeres, den ständigen leichten Duft seines Parfums. „Ich will dich."

Seine Hände griffen nach dem Seidenhemd, zogen es ihr über den Kopf. Sie spürte seine bewundernden Blicke auf ihrem Körper, empfand sie wie ein Streicheln. Sie wollte nicht an das Morgen denken, nur dieser Augenblick zählte. Der Himmel zuckte im hellen Licht kurz auf, die Schwüle wurde noch drückender, schien ihr die Luft zum Atmen zu nehmen. Ihre Hände griffen in seinen Nacken, verfingen sich in seinem Haar, das von seinen braunen Schultern nach vorne in sein Gesicht fiel. Katja zog die Luft ein. Sie beugte sich wieder nach hinten, stützte sich auf ihre Hände, ließ ihn nicht aus den Augen. Noch nie war sie einem so schönen Mann so nahe gewesen.

Seine Augen hingen an ihren Lippen, er wollte sie küssen. Aber sie beugte sich weiter zurück, fand Halt auf ihren Ellenbogen. *Lass uns spielen, zeig mir, wie sehr du mich willst.* Sanft, wie ein Hauch nur, berührte ihr Unterleib ihn und spürte seine Erregung. Er näherte sich ihr, sein Mund berührte ganz zart ihre Lippen, wurde dann drängender. Wieder beugte sie sich weiter zurück, dabei begann sie, dicht an ihn gedrängt, mit ihrem Unterleib zu kreisen.

„Katja, was machst du mit mir?" Seine Stimme war nur noch ein heiseres Flüstern. Ein Rucken ging durch seinen Körper, nur eine winzig kleine Veränderung.

Katja sah zu ihm hoch, sah, wie seine Gesichtszüge härter wurden, sie leckte sich über ihre trockenen, heißen Lippen. Sein Blick verriet ihr, dass er dieses Spielchen nicht mehr lange mitmachen würde. Er griff nach ihren Füßen, stellte ihre Fersen auf die Tischkante, sie rutschte nach hinten. Katjas Herz raste wie verrückt, Schwindel erfasste sie. Sie spürte seine Hände, die ihr Gesäß wieder nach vorne zu sich an die Tischkante zogen. Ein Blitz ließ die Küche für einen Augenblick taghell werden, dann krachte es um sie beide herum.

Sie spürte, wie er seinen heißen Unterleib an den ihren presste, fühlte seine Hände über ihren nackten, straffen Bauch zu ihren Brüsten wandern. Hatte sie jemals solche Lust gespürt? Sie schaute hoch zu ihm, zu dem bebenden muskulösen Brustkorb, in das schöne Gesicht, das von seinem langen Haar halb verdeckt wurde. Ein plötzlicher, kühler Windhauch erreichte durch das Fenster ihren überhitzten Körper. Sie ließ sich auf die Tischplatte sinken, schloss die Augen. Endlich, endlich habe ich dich!

## 26

Manfred Schuster zog seinen quengelnden kleinen Sohn hinter sich her. Er seufzte, das Gewitter letzte Nacht hatte für die nötige Abkühlung gesorgt, nun schien die Sonne wieder leuchtend und warm. Aber leider waren die Strände noch nicht so trocken, um als verantwortungsbewusster Vater einen zweijährigen Jungen mit nacktem Po in den Sand setzen zu können. Vor ihm lief seine Frau, in ihrem kurzen roten Kleid mit Spaghettiträgern ganz auf Sommer eingestellt, und schob mit einer Hand einen Buggy, mit der anderen schlenkerte sie fröhlich ihre Korbtasche hin und her, dabei summte sie irgendeinen Hit, dessen Titel er vergessen hatte.

„Findest du das richtig, Schatz", rief er ihr zu. „glaubst du wirklich, Samuel hat Lust, ein altes Schiff zu besichtigen?"

Seine Frau hörte mit der Schwenkerei auf, blieb stehen und sah ihnen wartend entgegen. „Ich weiß, dass es Sammy ans Wasser zieht", sie beugte sich zu ihrem Sohn herunter und drückte ihm einen feuchten Schmatz auf die Wange, was dessen Laune nicht unbedingt besserte, „aber es geht nun mal nicht, wir können ihn doch nicht dauernd mahnen, sich bloß nicht hinzusetzen. Ich bin froh, dass wir heute Morgen auch mal etwas anderes machen. Wenn der Sand am Nachmittag wieder schön trocken ist, kann Sammylein", sie strich ihrem bockigen Jungen über das braune, lockige Haar, „wieder in der Ostsee mächtig große Fische mit seinem Schäufelchen fangen."

„Na ja, wenn du meinst", er zog weiter seinen Sohn hinter sich her. Die Sonne brannte schon jetzt, am Vormittag, auf seinen Kopf. Genau wie gestern, aber diesmal war er besser darauf vorbereitet. Er blieb einen Moment stehen, ermahnte seinen Sohn, nicht von seiner Seite zu weichen, nahm ein Tuch aus seiner Gesäßtasche und band es sich wie ein Seeräuber um den kaum behaarten Schädel. Ein Museumsschiff im Ostseebad Göhren? Was konnte das schon sein, ein kleines Ruderboot aus der Nomadenzeit? Aber er wollte nicht lästern, auch nicht in Gedanken. Der kleine Ort war zum Wohlfühlen, nett und ruhig. Viel ruhiger als Binz. Aber er war Marketingmanager, und als er die schicke neue Uferpromenade am Nordstrand gesehen hatte, war ihm sofort klar gewesen, dass es hier mit der Ruhe bald vorbei sein würde.

„Sammy auch so Kopf." Sein Sohn zeigte mit dem kleinen, dicken Zeigefinger auf das bunte Tuch seines Vaters.

Manfred Schuster nahm seinen Sohn mit Schwung Huckepack, was ihm ein freudiges Jauchzen entlockte. „Das geht nicht, Sohnemann, außerdem hast du einen viiieel schöneren Hut als Papa an."

„Sammy Hut." Der Kleine patschte mit einem seiner Händchen auf seinen Kopf, auf dem ein weißes, ums Kinn gebundenes Leinenhütchen saß.

„Sabine, warte doch mal auf uns", er konnte sogar von weitem erkennen, wie seine Frau innerlich aufstöhnte und unwillig über die Verzögerung war, er schmunzelte, sie war eben ein Museumsfreak und konnte es wohl kaum noch erwarten, den baufälligen Klapperkahn zu besichtigen. Am Erholungsheim der Bundeswehr holte er sie schließlich ein. „Aber das ist versprochen, wenn heute Nachmittag das Wetter stabil bleibt, gehen wir an den Strand." Eigentlich ging es ihm um den fetten Schmöker, den er im Hotelzimmer liegen hatte, und Michael Crichton mit seiner Timeline sollte man nicht halb gelesen warten lassen.

Sie gingen weiter die Uferstraße am Südstrand entlang. Lachend verdrehte Sabine Schuster die Augen. „Du bist mir einer. Schickst deinen Sohn in die Arena, nur damit du in Ruhe weiterlesen kannst. Meinst du, ich hätte dich nicht durchschaut?"

„Mama, Sammy Papa Hut." Anscheinend hielt sich seine Begeisterung über das Tuch seines Vaters ebenso wie seine Unzufriedenheit über seine eigene Kopfbedeckung.

„Nein, Sammy hat einen schönen Hut. Schau mal da vorne", sie zeigte vor sich auf das große schwarze Schiff, das hinter einer Kurve aufgetaucht war. „Da geht Sammy jetzt mit Papa und Mama hin."

Der Kleine klatschte in die Hände. „Fische fangen!"

„Sammy kann später Fische fangen, jetzt ist Sammy Kapitän auf einem Schiff." Herr Schuster nahm seinen Sohn wieder von der Schulter herunter, es war effektiv zu warm. Er betrachtete das Schiff, das fest im Boden verankert auf einer Wiese stand. Er musste zugeben, das hatte er nicht erwartet. Auf dem Gelände standen noch ein Kahn und am Rand kleinere Hütten. Seine Frau schien begeistert, sie strahlte ihn an.

„Ich habe heute Morgen nach dem Frühstück mit der Frau an der Rezeption im Meeresblick gesprochen, sie hat mir von dem Museumsschiff hier erzählt. Stell dir vor, das Schiff wird von einem kleinen Förderverein fast ausschließlich durch eigene Spendengelder finanziert. Sie deutete auf eine Frau, die auf einer Treppe eines Kassenhäuschens saß und in einem Buch las. „Dieser Förderverein setzt sich für Kultur und Natur hier auf Rügen ein. Alles, was du hier siehst, haben seine Mitglieder in liebevoller Kleinarbeit zusammengestellt. Und sie sitzen unentgeltlich an den Kassenhäuschen oder veranstalten Führungen."

Während Schuster das Eintrittsgeld heraussuchte, tollte sein Sohn schon auf die Wiese und stellte sich vor den kleineren Kahn und sah staunend zu ihm hoch. Vielleicht war das doch was für seinen Jungen. „Na, Sammy, das ist ein großes Schiff, was?" Er bezahlte bei der Frau am Kassenhäuschen, legte für den Förderverein noch zehn Euro extra hin und schaute nach seinem Sohn, der auf seine Mutter zugerannt kam.

„Schau mal hier, mein Schatz, Mami geht jetzt mit dir auf das ganz große Boot." Sie ging zu einer am Schiffsrumpf befestigten Treppe, stellte den Buggy ab und wartete mit ihrem Sohn auf dem Arm auf ihren Mann. Der las erst mal auf einer Informationstafel die Maße des Schiffes mit dem Namen Luise: „Ganz schön groß, 19,49 Meter lang und 4,83 Meter breit."

„Sammy runter, laufen."

Frau Schuster ließ ihren Sohn los, stellte sich interessiert neben ihren Mann. „Das Schiff ist von einem Fischer und seiner Frau gefahren worden. Wenn wir oben sind, können wir uns alles genau ansehen. Komm, lass uns raufgehen." Sie drehte sich zu ihrem Sohn um. „Sammy?"

Herr Schuster schaute zu der Kassenfrau und auf die Straße. „Samuel! Wo steckst du?"

Frau Schuster schüttelte den Kopf, lächelte gequält und versuchte ihre Sorge zu überspielen. „Sammy, Mamas Schatz, komm, wir gehen auf das Schiff." Sie ging um das Schiff herum. „Oh mein Gott! So schnell kann er doch nicht weggelaufen sein."

„Doch, er kann, siehst du ja!" Herr Schuster wandte sich an die Kassenfrau. „Entschuldigung, haben Sie meinen Sohn gesehen, der Rabauke ist so fix."

„Nein, leider nicht", suchend schweifte ihr Blick über die Anlage. „Oder doch, da ist er ja. Er hat sich hinter der Hütte versteckt." Sie zeigte lachend auf eine der schwarz gestrichenen Hütten auf dem Gelände vor den Büschen.

Herrn Schuster fiel ein Stein vom Herzen. „Gott, Sammy, du sollst doch nicht weglaufen." Der Kleine kam lachend auf seinen Vater zugelaufen, der sich erleichtert hinkniete und die Arme ausbreitete. „Hej, was hast du denn da?"

Der Kleine blieb mitten auf der Wiese stehen, fasste an seinen Kopf. „Sammy Hut!"

Über seinem weißen Leinenhütchen trug er einen braunen Damenhut aus Kamelhaar.

## 27

„Ach, Katja, komm doch mal eben rein und mach die Tür zu, ja?"

Verwirrt blieb Katja auf dem Flur des *Klabautermannes* stehen, die Stimme kam aus Luises geöffnetem Zimmer. Sie zögerte, was wollte die alte Dame von ihr? Der Morgen hatte mit einem schlechten Gewissen begonnen. Sie hatte sich mit dem besten Freund von Kai eingelassen, dem Vater ihres heranwachsenden Kindes. Nicht einmal zwei Tage nach ihrem Zusammentreffen waren sie übereinander hergefallen wie die Tiere. Was in der Küche angefangen hatte, wurde in Katjas Zimmer fortgesetzt, erst im Morgengrauen hatte er, nach einem längeren Gespräch mit ihr, das Zimmer verlassen. Sie fühlte sich wie gerädert.

„Katja?"

„Ja, Frau Bach, was gibt es?" Sie ging über den Flur und betrat das in Pastelltönen und mit hellen Buchemöbeln eingerichtete Zimmer der Hausherrin, die in Jogginghose und T-Shirt mit einem Becher Kaffee am Fenster stand. „Mach die Tür zu. – Es ist mir nicht verborgen geblieben, dass du letzte Nacht mit Sven geschlafen hast. Möchtest du auch Kaffee?"

Katja schloss einen Moment die Augen. Sie war im ersten Augenblick unfähig etwas zu sagen, dann begann sie stammelnd: „Frau Bach", wurde aber sofort unterbrochen.

„Komm, lass jetzt mal das *Sie*. Ich habe dir ja gestern schon gesagt, dass ich nicht verstehe, wieso Sven sich so von Anke Liv behandeln lässt. Sie hat es nicht anders verdient."

Katja wurde abwechselnd rot und blass. Hatte Luise vielleicht vor der Küche gestanden und sie belauscht? Und wer hatte noch davon Wind bekommen?

„Frau Bach, ich ..."

„Luise!"

„Gut, Luise, lass mich bitte erklären."

Luise Bach schenkte ihr eine Tasse Kaffee ein und wies auf den Stuhl ihr gegenüber. „Danke, nicht nötig, das kann ich selbst. Ihr hattet Lust aufeinander und habt's miteinander getrieben, fertig. Als ich dich am Samstagabend zum ersten Mal gesehen habe, wusste ich bereits, dass das passieren würde. Trotzdem habt ihr mich überrascht", Luise Bach kicherte. „Hätte nicht gedacht, dass ihr so schnell aufeinander losgehen würdet."

Katja biss sich auf die Lippe, griff nach der Tasse Kaffee. So wie Luise darüber sprach, klang es kalt und gefühllos. Dabei hatte sie sich noch niemals so sehr von ihren Gefühlen treiben lassen. Es war wie ein Rausch gewesen, der nur langsam verflogen war. Dann aber hatte sie sich mit Sven in der Nacht noch ausgesprochen, und sie waren sich einig darin gewesen, dass diese Nacht einmalig bleiben würde. Beide liebten ihre Partner, waren für einen Augenblick der Faszination des anderen erlegen, aber mehr war auch nicht. „Zärtliche Gefühle werde ich immer für dich haben, Katja. Wer weiß, wenn Kai und Anke Liv nicht wären, würde ich dich wahrscheinlich nicht wieder loslassen. Aber so, ich liebe Anke Liv, auch wenn es sich dabei wahrscheinlich um eine einseitige Liebe handelt." Luises Worte holten sie zurück.

„Weißt du, die meisten älteren Menschen haben einen leichten Schlaf und wachen wegen jeder Kleinigkeit auf, gestern Nacht war es das herannahende Gewitter. Ich wollte nachsehen, ob unten alle Fenster geschlossen waren, und musste feststellen, dass ich mit meinen 78 Jahren fast schon vergessen hatte, wie lautstark junge Menschen ihre Leidenschaft zum Ausdruck bringen können."

Katja war verwirrt, hatte sie sich wirklich soweit gehen lassen? „Und, wirst du uns verraten?" Katjas Hände zitterten ein wenig.

„Nein, von mir erfährt niemand etwas, nicht Inga, nicht Sebastian, und auch Anke Liv nicht. Ihr seid erwachsene Menschen. Ihr müsst wissen und verantworten, was ihr tut. Und meine Enkelin nascht selbst gern von fremden Töpfen, ich weiß es ja. Aber sie wird Sven nicht aufgeben, das musst du wissen." Luise nahm erneut einen Schluck Kaffee, ließ Katja nicht aus den Augen. Diese schaute stumm auf die Straße. Ihr erdbeerfarbener Ford Fiesta stand am Straßenrand, sie würde schnell gepackt haben und in ihr geliebtes Vehikel gestiegen sein. Ein anderer, dunkler Wagen kam angerast, parkte hinter ihrem.

„Und?"

„Und was?" Katja sah, wie Sven aus dem Auto gesprungen und auf den *Klabautermann* zugerannt kam.

„Und, willst du mehr von Sven als diese eine Nacht?"

Katja war versucht, sie anzublaffen. *Was geht dich das an*, aber sie war wohl nicht in der Position, so grob zu Luise zu werden. Deshalb begnügte sie sich mit einem Kopfschütteln.

Während sie noch überlegte, mit welcher Ausrede, sie dieser peinlichen Situation möglichst schnell entkommen konnte, erschien Sven mit abgehetztem Gesicht im Türrahmen. „Katja, du musst mitkommen. Es gibt erneut eine Tote aus der Seniorenresidenz. Die Leiche wurde an den alten Fischerhütten beim Museumsschiff entdeckt. Zwei Altenpflegerinnen haben sie bereits identifiziert. Es handelt sich um Hilde Tietz!"

Das durfte doch nicht wahr sein! Wenn sie darauf bestanden hätte, Hilde Tietz ernst zu nehmen, vielleicht wäre sie dann noch am Leben. Und nun hatte der Mörder ein zweites Mal zugeschlagen, während sie ihrem Vergnügen nachgegangen war.

„Natürlich!" Katja trank rasch ihren Kaffee aus, im Türrahmen drehte sie sich noch einmal zu Luise um. Sie war stocksauer, und bei irgendjemandem musste sie sich Luft machen. „Wenn du so viel mitbekommst, warum verrätst du mir dann nicht den Namen des Doppelmörders?"

Luise reagierte nicht. Sie trank ihren Kaffee, während sie aus dem Fenster beobachtete, wie Katja hinter Sven auf die Straße lief, sich angeregt mit ihm unterhielt und zu ihm ins Auto stieg. „Das kann ich doch nicht"; murmelte Luise Bach. „Das kann ich wirklich nicht."

# 28

„Können Sie mir schon etwas zu der Toten sagen?" Katja blickte auf die Leiche von Hilde Tietz, die mit ihrem Nachthemd bekleidet, den Unterkörper in eine Wolldecke eingewickelt, gegen die Rückwand einer der Fischerhütten beim Museumsschiff in Göhren gelehnt saß. Der Kopf lag auf ihrer Brust, die Gesichtsfarbe war auffällig bläulich, die Hände waren im Schoß gefaltet.

„Sie hat Abschürfungen am linken Knie und Reste von Blut am Nachthemd. Es ist noch ein wenig klamm, letzte Nacht hat es ja gewittert. Ihre Verletzungen sind aber nicht am Auffindeort entstanden. Wahrscheinlich ist sie unterwegs gestürzt. Außerdem hat sie erbrochen. Den Leichenflecken nach vermute ich den Zeitpunkt des Todes gegen vier Uhr heute Morgen." Dr. Majonika hockte sich neben Katja.

„Das wäre vor etwa sieben Stunden gewesen."

Die Sonne kam hinter den Büschen hervor, und ihr Licht ließ das abstehende Haar von Hilde Tietz silbern schimmern. Der Fotograf war fertig, und Dr. Majonika betrachtete die Tote genauer. „Ansonsten keinerlei äußere Gewaltanwendung sichtbar." Er tastete Hals und Nacken ab. „Genickbruch ausgeschlossen." Er hob das Gesicht, Katja sah Frau Tietz an und ihr war, als lächelte sie glücklich. Vielleicht war sie das ja auch, vielleicht hatte sie das erreicht, was ihr verwirrter Geist tief in ihrem Inneren gewollt hatte. Vielleicht hatte er für sie ein Zuhause geschaffen, und genau da war sie nun, bei ihrem Mann und ihrem Sohn.

Dr. Majonika öffnete die Lider der Toten. „Ihre Augen sind in Ordnung."

„Was ist mit Suizid?"

Dr. Majonika legte den Kopf schief, überlegte. „Das Opfer war katatonisch und stark dement. Würde jemand mit diesen Eigenschaften bewusst seinem Leben ein Ende setzen?"

Sie schüttelte den Kopf. Natürlich, er hatte Recht. Sven und Sebastian standen an einem Kassenhäuschen und sprachen mit einem Ehepaar. Der Mann trug ein kleines Kind auf den Schultern.

„Na ja, vielleicht findet ja Konrad hier auf dem Gelände irgendetwas, das uns einen Hinweis auf die Todesursache geben kann. Sind Sie soweit, kann ich die Tote in die Rechtsmedizin bringen lassen?" Katja nickte. Dr. Majonika winkte den Männern des Bestattungsunternehmens zu.

Katja beobachtete ihn, während er sich zusammen mit zwei uniformierten Beamten aus Bergen um den Abtransport der Toten kümmerte. Mit seinem kleinen runden Kopf, der spitzen Nase, den dunklen Knopfaugen und dazu noch dem kurzen, gedrungenen Körper hatte er etwas Mausähnliches. Seine Beine steckten in Jeans, die Grasflecken an den Knien schienen ihn nicht zu stören. Wenn sie dagegen an den stets makellos elegant gekleideten Brettschneider aus Köln dachte, wie unterschiedlich waren die beiden! Und um wie viel einfacher war es, mit Dr. Majonika zu arbeiten, der nicht von sich glaubte, ein Übermensch zu sein. Sie musste unbedingt Oliver Weingarth und Martin Borg von ihm erzählen.

„Ich habe gerade etwas erfahren. Wilhelmine Wirth hat tatsächlich ein Testament bei einem Notar in Rostock hinterlegt. Und jetzt rate mal wer der Hauptnutznießer von ihrem Vermögen ist?" Sven war hinter sie getreten, sie spürte mit Entsetzen, dass er immer noch diese anziehende Wirkung auf sie ausübte. „Karsten Wirth?"

„Ganz genau."

„Aber er war doch zum Zeitpunkt der Ermordung mit seinen Eltern auf einem Segeltörn auf den Kanaren."

„Katja, es gibt Menschen, die tun für Geld alles."

„Du denkst an einen Auftragsmörder? Ich weiß nicht."

Widahn schaute zu der Stelle, wo vor wenigen Sekunden noch die Leiche gesessen hatte. „Und was glaubst du? Haben wir es mit einem Serienmörder zu tun?"

„Nein, das glaube ich nicht, Sven. Serienmörder sind meist Psychopathen, töten nach irgendeinem Ritual, du kannst zwischen den Opfern deutliche Parallelen entdecken, die fehlen hier aber. Zum Beispiel haben wir kein Gedicht gefunden, und die Toten sind in den beiden Fällen doch ganz anders in Szene gesetzt."

Sven schaute sich um, niemand war in ihrer Nähe. „Sehe ich genauso." Er kam ihr ganz nahe. „Zumal wir noch nicht sicher wissen, ob sie tatsächlich ermordet worden ist. Sie war ja ganz schön plemplem. So kann sie ja auch heute Nacht ausgebüxt sein, irgendwo unterwegs Rattengift zu sich genommen und dann hier einen Herzinfarkt bekommen haben."

Katja sah ihn ungläubig an. Wieso sprach er so abfällig von der Toten? „Ganz genau, und zwar, nachdem sie sich hier hingesetzt und sich in eine Decke gehüllt hat." Sie wollte um die Ecke gehen, aber er hielt sie am Handgelenk fest. „He, bleib doch mal stehen." Er drängte sie an das Holz der Hütte, suchte ihren Blick.

„Sven, wir ..."

„Es ist verrückt, ich weiß, und ich dachte heute Morgen, es wäre etwas Kurzes, Explosives zwischen uns, aber ich fürchte, es ist mehr."

„Sven ich möchte hier meine Arbeit machen, und ich möchte sie gut machen. Bitte lass ..." Sie sah zu Bach, der sie mit einem Handzeichen zu sich bat. „Später", murmelte Katja, machte sich frei und ging um die Hütte herum auf die Wiese. Sie wollte sich nicht schon wieder ablenken lassen. Neben Bach standen zwei übernächtigt aussehende Frauen. „Das sind die beiden Nachtschwestern von gestern, sie haben die Tote identifiziert und waren wohl die Letzten, die das Opfer lebend gesehen haben. Frau Weber, Frau Schaff, das sind meine Kollegen Frau Sommer und Herr Widahn."

Katja reichte den beiden die Hand. Die linke, kleinere machte ein betretenes Gesicht. Sie sprach zuerst: „Ich hätte eben doch auf der Station bleiben sollen, dann wäre das wohl nicht passiert."

Katja zog die Augenbrauen hoch. „Sie haben die Station verlassen?"

Widahn legte seine Hand auf ihre Schulter. „Ich gehe rauf ins Heim zu Frau Kaschner, mal sehen, was Miss Schicki-Micki-Kostüm mir heute erzählt. Wir treffen uns später in Stralsund zur Besprechung." Er hob die Hand und entfernte sich.

Katja sah ihm bewusst nicht hinterher, sondern schaute erneut auf die kleinere Frau, die Bach als Frau Weber vorgestellt hatte.

„Wann und warum verließen Sie die Station?"

„Eigentlich sind immer zwei Nachtschwestern auf Station drei im Haupthaus und zwei in der Villa Alpenrose. Gestern war es aber wie verhext. Frau Schaff war im Sterbehaus allein und bei mir hatte sich Frau Ganski kurzfristig krank gemeldet." Frau Weber spielte mit einer Kordel ihres T-Shirts, sie war auffällig nervös. Und sah hilfesuchend ihre Kollegin an.

„Ich hatte sie gebeten, schnell mal zu mir rüberzukommen", fuhr Frau Schaff fort. „Eigentlich wollte Karin, ich meine Frau Weber, gar nicht mitkommen, weil Hildchen ... Frau Tietz wach war und erzählte. Aber sie saß ja ganz friedlich auf ihrem Bett, und normalerweise legte sie sich dann auch irgendwann hin und schlief ein."

„Sie verließ nie nachts die Station?"

„Nein, nie. Hilde Tietz war lieb und friedlich, aber auch sehr ängstlich." Die beiden Frauen sahen sich an und schüttelten zeitgleich den Kopf. „Sie redete und redete, kam von Hölzchen auf Stöckchen, meist sinnloses Zeug, dann wurde sie müde und schlief ein."

Katja sah auf die schwarz geteerte Bretterwand der Fischerhütte, sie dachte an die Aussage der Familie Wirth und an die Postkarte, die Konrad Vohwinkel im Müll gefunden hatte. Entweder wussten die Nachtschwestern wirklich nicht, dass Hilde Tietz sehr wohl ab und zu nachts auf Wanderschaft ging, oder aber, und das war wohl wahrscheinlicher, sie logen aus Angst, wegen letzter Nacht zur Rechenschaft gezogen zu werden, aber das würde sich gewiss nicht verhindern lassen.

„Wann haben Sie denn nun die Station verlassen, um Ihrer Kollegin zu helfen?"

„Das war so gegen halb zwölf, 20 Minuten später war ich aber wieder da. Ich machte meine Runde, und da war alles in Ordnung."

Katja sah sie fragend an. „Heißt das, Frau Tietz war um diese Zeit in ihrem Bett und schlief, oder heißt das, Sie haben geglaubt, sie habe in ihrem Bett gelegen und geschlafen?"

Frau Weber schüttelte energisch den Kopf. „Nein, nein. Ich habe natürlich meine Kontrollen vorgenommen, aber da weder Frau

Tietz noch ihre Bettnachbarin während der Nacht Medikamente benötigen, störe ich sie auch nicht unnötig."

„Was wiederum heißen soll, dass Sie nicht in dem Zimmer waren."

„Ich war an der Tür und habe hineingeschaut, wenn ich Licht gemacht hätte, wäre die Zimmergenossin von Frau Tietz wach geworden, und mit der ist meist nicht gut Kirschen essen. Außerdem lag sie ja in ihrem Bett, zumindest sah das so aus."

„Wie?" Was hatte das denn zu bedeuten?

Frau Weber schaute betreten zu Boden. „Frau Tietz hatte Kleidung aus ihrem Schrank genommen, sie zu einer Wurst gedreht und unter die Bettdecke gelegt, erst heute Morgen, so gegen sechs Uhr, als ich die beiden wecken wollte, da sah ich das ... das Malheur. Wir haben daraufhin alles abgesucht und sie nicht gefunden. Bis Frau Kaschner ... Gott, die Ärmste." Frau Weber kämpfte mit den Tränen, und Katja überlegte, wen sie mit *Ärmste* meinte, die Tote oder ihre Chefin.

„Hat sie so etwas schon einmal gemacht?"

Frau Schaff schüttelte den Kopf. „Nicht in dieser Weise. Sie holte sich manchmal Kleidungsstücke ins Bett. Das war nicht ungewöhnlich, aber meist legte sie sich dazu. Wir vermuteten, dass sie Kleidungsstücke für ihr Kind hielt. Wir haben sie gelassen, aber ich schwöre, das war das erste Mal, dass Frau Tietz morgens früh nicht in ihrem Bett lag."

*Und das letzte Mal*, dachte Katja, *wie oft du sie in den Nächten schon hast suchen müssen, erzählst du nicht.*

Bach hatte sich die ganze Zeit im Hintergrund gehalten, nun schaltete er sich ein. „Vohwinkel hat schon zwei seiner Leute auf die Station geschickt." Er wandte sich an die beiden Krankenschwestern. „Kommen Sie, ich begleite Sie zu einem meiner uniformierten Kollegen, er wird Sie nach Bergen fahren, dort können Sie Ihre Aussage zu Protokoll geben."

Sie ging zurück zu der Hütte, Dr. Majonika beugte sich gerade nach unten zu der Stelle, wo die Tote gesessen hatte, und nahm Erdproben. „Im Übrigen habe ich heute Morgen noch Ergebnisse aus dem Labor bekommen. Ich bin noch gar nicht dazu gekommen, Sebastian oder Sven zu informieren. Würden Sie das für mich erledigen? Durch den neuen Todesfall hier kann ich nicht zu der Besprechung kommen."

„Klar, worum geht es denn?"

„Um den Ort, an dem Wilhelmine Wirth gestorben ist. Ich glaube, dank der Laboranalysen kann ich Sie wieder ein Stück weiterbringen. Ich sprach doch davon, dass auf ihren Schulterblättern, an ihrem Gesäß sowie an ihrer Wirbelsäule zunächst noch unbekannte Substanzen hafteten. Wir wissen nun, dass es sich dabei um Algen, Moos und Fischöl handelte, außerdem fanden wir polierte Holzfasern mit Lackspuren. Den Splitter unter ihrem Fingernagel haben wir auch analysieren lassen, dasselbe Holz und dieselbe Politur, die Lackspuren sind von Schiffslack und einem Antifouling. Alles Spuren von einem Boot."

**29**

Katja ging ganz nahe am Wasser den Südstrand in Richtung Middelhagen entlang. Vereinzelt lagen Menschen auf dem immer noch leicht feuchten Sandboden und ließen sich nahtlos bräunen. Eine Frau kam mit ihrem großen Setter im Dauerlauf vorbei, der Hund rannte durch das Wasser, spritzte Katja nass, sie bemerkte es nicht. Den Kopf gesenkt, in ihrer Hand die Sandalen, ging sie barfuß durch den nassen Sand.

*Ich muss einen Punkt nach dem anderen abarbeiten.*

Sie blieb stehen, schaute sich um, niemand war in ihrer Nähe, die Sonnenbadenden lagen schon weit zurück, ein ganzes Stück vor ihr machte sie die Joggerin mit ihrem braunen Hund aus.

Katja nahm sich einen Stock und zeichnete *WW* in den Sand. Wilhelmine Wirth. Du warst befreundet mit *HT*, Hilde Tietz. Sie zeichnete einen Verbindungsstrich zwischen die beiden. Frau Wirth hatte Familie: Sohn, Schwiegertochter, zwei Enkel, sie malte eine

Abgabelung und machte vier Sterne. Hilde Tietz hatte Ehemann und Sohn, beide tot, wieder eine Abgabelung und zwei Kreuze.

Katja schaute auf ihre Sandskizze: zwei Namen zwei Tote, was hatten sie gemeinsam? War Hilde Tietz vom selben Mörder umgebracht worden wie Wilhelmine Wirth? Sie malte ein großes Fragezeichen in der Mitte über den beiden Namen und setzte einen Kreis darum. Wenn Wilhelmine, wie sie ihrem Enkel gesagt hatte, ihrem Liebhaber am Strand begegnet war, und Hilde Tietz oft zusammen mit *Wille-Wille* an den Strand ging, dann hatten beide den Mörder gekannt.

*Nikolaus.* Sie fügte ein Ausrufezeichen hinzu. Warum Nikolaus, was machte diese weihnachtliche Gestalt aus? Weiße lange Haare, langer Bart, rote Kleidung, rote Mütze, schwarze Stiefel, dicke Gestalt – gutmütiges Äußeres, Sack voller Geschenke.

Ein Stück weiter schrieb sie *Knecht Ruprecht!* Schwarz gekleidet, Nikolaus' Diener, Jutesack, Reiser oder Prügelstock, Bestrafung.

Katja sah wieder auf, die Sonne stieg höher und höher, sie verspürte erste Anzeichen von Hunger, außer dem Kaffee und der allmorgendlichen trockenen *Ich-werd-mich-nicht-übergeben-Scheibe* Brot hatte sie ihrem Körper heute noch nichts Gutes getan. Ein Ehepaar ging schlendernd an ihr vorbei, schmunzelte über ihre abstrakten Zeichnungen, wahrscheinlich hielten sie sie für eine durchgeknallte Künstlerin. Ihr war im Moment alles egal. Breitbeinig stand sie über den beiden Namen, *Nikolaus* und *Knecht Ruprecht*. „Du und Hilde", Katja ging zu den beiden Frauennamen, die weggespült zu werden drohten, „ihr habt einen lieben, freundlichen Mann kennen gelernt, eventuell mit langen blonden oder weißen Haaren", murmelte Katja, dabei fuhr sie sich mit gespreizten Fingern durchs Haar. „Du hast dich mit ihm für Freitagabend verabredet, brachte er die Blumen, den Sekt, vielleicht sogar die Brombeeren mit?", sie gab dem Fragezeichen den Namen *Nikolaus*. „Ihr habt euch prächtig amüsiert, und du bist aufgeblüht, vielleicht durch die ungewohnte Menge Alkohol hast du nur auf deine Sinne gehört und dich von deiner Lust treiben lassen." An dieser Stelle drohten ihre Gedanken abzuschweifen zu der letzten Nacht.

Sie verdrängte ihre Erinnerungen. „Was ihr nicht wusstet, draußen stand Hilde", sie schnippte mit den Fingern, natürlich, Hilde, die mal wieder ausgebüxt war, was sie ja angeblich nie tat. „Sie wartete geduldig und schaute euch zu. Sie sah, dass der Fremde dir Geschenke mitgebracht hatte, sie sah, wie ihr euch liebtet, trotz ihrer fortgeschrittenen Demenz spürte sie, dass er dir gut tat, dass alles in Ordnung war. Und dann? Wieso wurde aus Nikolaus der Knecht Ruprecht?"

Katja schaute hinter sich, sah zu, wie Stranddisteln und Dünengras sich im Wind bogen. Eine Möwe umkreiste sie, schrie, wartete geduldig und hoffnungsvoll, dass Katja sich doch noch dazu entschließen würde, etwas zum Essen hervorzuholen und ein paar Brotkrumen fallen zu lassen. Noch weit entfernt sah sie Sven auf sich zukommen.

„Nikolaus und Knecht Ruprecht ...? Wart ihr zu zweit? ... Vielleicht wusstet ihr ja gar nicht von einander? ... Ja! Versuchen wir das mal! Nikolaus, der Geschenke und Liebe gebracht hatte, verließ dich, ahnte gar nicht, dass Knecht Ruprecht in der Nähe war. Vielleicht wollte Hilde gerade zu dir, mit dir reden, als noch jemand erschien. Jemand mit finsterer Miene, jemand der Böses und Hass ausstrahlte." Hilde spürte das, alte Kinderängste kamen in ihr hoch. Katja malte einen Querstrich durch die Linie, die Nikolaus und Knecht Ruprecht verband. „Dieser jemand überwältigte dich, hielt dir mit einem Wattebausch Isofluran auf Nase und Mund, tropfte dir Salzsäure in die Augen und verpasste dir Tramal. Dann nahm er dich mit, nackt und hilflos, wie du warst. Lieblos wie einen Sack trug er dich über der Schulter, vielleicht eingehüllt in etwas, das wie ein Sack aussah? Er verschwand mit dir in die Nacht, hier herunter zum Südstrand, wo irgendwo draußen sein Schiff auf dich und ihn wartete. Und Hilde hat alles mit angesehen." Ja, so konnte es gewesen sein.

Kleine Wellen unterspülten die Namen von Hilde Tietz und Wilhelmine Wirth. Drei Fragen beschäftigten Katja nun. *Erstens, wozu gab man einer betäubten Frau Tramal? Zweitens, warum hatte der Mörder gewollt, dass sie erblindete, wenn er sie sowieso töten wollte? Und drittens, wieso hatte Hilde, die einzige Zeugin, zugelassen, dass der*

*Mörder Wilhelmine Wirth mitnahm, ohne einen Ton von sich zu geben?
Hatte sie die Gefahr nicht erkannt? Hatte sie Angst?*

Katja suchte in ihrer Jeans nach einem Stift und Papier, als die Suche jedoch erfolglos blieb, schrieb sie die Notizen in ihr Handy. Dann schaute sie wieder nachdenklich auf das Meer und darüber hinaus in eine unerreichbare Ferne. Ich muss mich mehr mit dem Mörder beschäftigen, die Opfer sind voller Fragen, die Antworten liegen in den Taten. „Du bist nicht verrückt und nicht psychopathisch", murmelte sie, auf das im Sand Geschriebene starrend, das langsam verwehte. „Du hast sie betäubt, damit du sie besser abtransportieren konntest. Die Salzsäure, sie sollte erblinden, nicht wahr?" Katja schnippte mit dem Finger. „Aber warum? Hatte sie etwas gesehen? – Das Tramal, das Tramal? Hast du damit gerechnet, dass sie irgendwann aus dem Rausch erwachte, in den du sie versetzt hast? Wolltest du es sogar? Aber sie hätte vor Schmerzen in den Augen wie verrückt geschrien, hättest du ihr nicht dieses starke Schmerzmittel gegeben."

Und dann war da noch eine vierte Frage, die sie beschäftigte. *Warum hatte Hilde Tietz sterben müssen?* Sie sah Widahn entgegen, der im Dauerlauf auf sie zukam. Sein langes blondes Haar wippte im Wind rhythmisch hin und her. *Hatte nicht nur Hilde den Mörder gesehen, sondern auch der Mörder Hilde? Glaubte er, dass sie ihm gefährlich werden konnte? Aber jeder, der Hilde Tietz kennen gelernt hatte, wusste doch, dass sie eine verwirrte Persönlichkeit war. Warum hätte er Angst vor ihr haben sollen? Es sei denn … ? Und wenn der Mörder nun mitbekommen hatte, dass sie davon überzeugt war, Hilde Tietz könne der Polizei trotz aller Demenz den Weg zum Mörder weisen?*

Sven hatte sie erreicht, er stützte die Hände auf die Knie und verschnaufte.

*Und das*, dachte sie noch, *würde die Suche nach dem Mörder stark eingrenzen.* Ihr Herz begann zu rasen.

## 30

„Schön dass du anrufst, Georg."

„Ich habe nicht viel Zeit, und es geht mir auch nicht gut, aber ich muss mit dir reden. Ich bin so traurig."

„Wo bist du gerade?"

„In meinem Büro, aber ich werde nicht mehr lange allein sein."

„Was macht dich traurig? Ist etwas passiert?"

„Ja, Hildchen ist tot."

„Was? Ist sie auch ...?"

„Wenn ich es nur wüsste!"

„Vor mir liegt übrigens die Ostseezeitung, hast du sie heute schon gelesen?"

„Nein, ich hatte noch keine Zeit, was steht drin?"

„Sie berichten immer noch über den mysteriösen Mord an der 74jährigen Wilhelmine Wirth. Unter der fetten Überschrift kannst du lesen: *Die Mordkommission aus Stralsund hat weibliche Verstärkung aus Köln bekommen. Wird Kommissarin Katja Sommer, die auch Erfahrung im Profiling hat, helfen können, diesen Fall aufzuklären?*"

„Vielleicht kaufe ich mir die Zeitung noch."

„Hier ist ein Foto von ihr. Sie ist hübsch, und ihre Gesichtszüge verraten Energie und Intelligenz."

„Und ich glaube trotzdem nicht, dass sie eine Spur zu mir legen wird. Nein, ich bin unschuldig und fühle mich trotzdem schuldig. Ich habe sie geliebt, das ist meine Schuld. Warte einen Augenblick. Vor meiner Tür sind Stimmen. Lieber Gott, lasst mich noch einen Augenblick alleine."

„Und? Sind sie weg? Können wir weitersprechen?"

„Ja, es ist, als hätten sie mich gehört."

„Wer weiß, welche Signale du ausstrahlst."

„Ich möchte jetzt niemanden sehen, jetzt noch weniger, als sonst sowieso schon. Am liebsten würde ich in das nächste Flugzeug steigen, nach Amerika fliegen, in den großen Nationalpark, zu meinem Joshua Baum."

„Hast du wieder den Prospekt in der Hand?"

„Richtig. *Kommen Sie und staunen Sie!* Die Mormonen waren auf dem Weg nach Westen, als sie den ungewöhnlichen Baum, der eigentlich ein Liliengewächs ist, entdeckten. Sie gaben ihm den Namen Joshua, nach dem alttestamentarischen Propheten. Ja, sie waren auf dem Weg nach Westen. Nach Westen! Was hatte das damals für eine Bedeutung! Du kannst dir vorstellen, wie sorgfältig ich das blöde Papier versteckt habe. Ich habe so gehofft, dass sie am 17. Juli 1971 in der Nacht zu mir an den Südstrand käme, obwohl ich mir selbst immer wieder gesagt habe, wie unwahrscheinlich das wäre. Und dann habe ich wieder gebetet, dass es in dieser Nacht nicht regnen möge. Jeden Abend nahm ich mir den Joshua Baum, sah ihn an, wie er einsam gegen alle Naturgewalten 900 Jahre ausgeharrt hatte, und dann begann ich zu träumen. Ich träumte mich glücklich, und ich träumte mich stark. Es ging mir immer besser, ich kam mit vielem besser klar."

„Und ist der Joshua Baum dein Seelentröster und Rettungsanker in allen Lebenslagen geblieben?"

„Irgendwie, ja."

„Aber wie war es denn nun am 17. Juli 1971?"

„Der Himmel hatte mich erhört, das Wetter spielte mit. Aber ich hatte Angst, unendliche Angst, ich hatte so lange auf diesen Tag gewartet, bis jetzt konnte ich hoffen. Aber ich riskierte die Gewissheit, dass mein Hoffen völlig verrückt gewesen war. Trotzdem nahm ich spätabends den Prospekt, ging an den Strand und wartete und wartete und wartete. Ich konnte einfach nicht aufgeben. Ich hätte bis zum Morgen gewartet. Ich glaube es war so gegen zwei Uhr morgens, da sah ich sie auf mich zukommen, oder besser gesagt, schwanken."

„Sie ist tatsächlich gekommen?!"

„Sie kam auf mich zu und kicherte, in der einen Hand hielt sie die Flasche Rotkäppchen-Sekt, in der anderen trug sie ihre Handtasche und ihre Sandalen. Ihr Kleid war kurz und ließ viel von ihren schlanken Beinen sehen. Und sie hatte noch das gleiche Parfum wie im Jahr zuvor, eines das ich noch nie zuvor und auch seitdem nicht mehr gerochen hatte."

„Also kein Parfüm aus dem Osten."

„Nein ganz bestimmt nicht, Harald. Eher ein echt französisches.
Sie kicherte immer noch und konnte es gar nicht fassen, dass ich
tatsächlich auf sie gewartet habe. Ich sagte ihr, wie wunderschön
sie sei. Da hörte sie endlich auf zu kichern, sah mich an und sagte: *Ich glaub, du meinst das tatsächlich ernst.* Und dann küsste sie
mich, es war genauso berauschend wie im Jahr zuvor."

„Und dann habt ihr miteinander geschlafen?"

„Zunächst haben wir uns nur angesehen und kein Wort geredet. Sie war so traumhaft schön mit ihren glänzenden großen Augen, den vollen Lippen und den hohen Wangenknochen in dem
feinen Gesicht. Und sie war zu mir gekommen, sie hatte es nicht
vergessen. Sie gab mir einen Schluck von dem prickelnden Sekt.
Und ich zeigte ihr den Prospekt. Sie lachte: *Der Joshua Baum, du
hast ihn tatsächlich behalten? Da will man hin, nicht wahr?* Sie zün-
dete uns zwei amerikanische Marlboros an und steckte mir eine
zwischen die Lippen. Wir legten uns in den Sand, tranken ab und
an einen Schluck Rotkäppchen-Sekt und rauchten amerikanische
Zigaretten. Sie erzählte mir, wie es ist, in den Schluchten zwischen
den riesigen Wolkenkratzern herumzulaufen."

„Also war sie schon einmal dort. Mein Gott, Georg, mit wem
hast du dich da eingelassen?"

„Ich habe sie gefragt, ob sie schon einmal in den USA gewesen
sei, und sie hat einfach nur *Ja* geantwortet und an ihrer Zigarette
gezogen. Als ob es das Selbstverständlichste von der Welt gewesen sei! Ich verstand überhaupt nichts. Dann hat sie wieder aus
der Sektflasche getrunken und gemeint, dass ich wohl nicht viel
Ahnung von Politik habe."

„Und, hattest du?"

„Ne, das Einzige, was mir dazu einfiel war ... *so von Leninschem
Geist, wächst, von Stalin geschweißt, die Partei – die Partei – die Partei!*"

„Ach, das hatte ich beinah schon wieder vergessen."

„Ja, man vergisst schnell, was man gerne vergessen möchte.
Aber das war ja damals das Wichtigste, was wir in der Schule lernen mussten."

„Unbestritten!"

„Ich kam immer mehr ins Staunen über das, was sie mir erzählte. Im Jahr zuvor hatte sie früher von hier abreisen müssen wegen der wichtigen Ereignisse. Zwei Tage nachdem wir uns am Strand getroffen hatten, haben Brandt und Scheel sowie Kossygin und Gromykow den Moskauer Vertrag unterzeichnet. *Die da drüben hoffen doch bloß, die Beziehung zur Sowjetunion zu entkrampfen, damit sie sich mit uns wiedervereinigen können, da glauben die immer noch dran!, sagte sie verächtlich. Gott, sind das Idioten, sollen sich doch um ihren eigenen Kram kümmern, haben genug mit ihren innenpolitischen Unruhen zu tun. Ich sage nur Andreas Baader und Ulrike Meinhof. Erst vorgestern haben Polizisten bei einer Straßensperre Petra Schelm erschossen, weil sie sich einer Verhaftung widersetzte. Die wissen noch gar nicht, was da alles auf sie zukommt. Die werden ihnen die Hölle heiß machen, diesen Kapitalisten in Bonn mit ihren fetten Bäuchen.*"

„Sie kannte sich aber gut aus, was? Du hattest also jemand mit Rang und Namen neben dir liegen, mein lieber Mann, das war nicht ganz ungefährlich."

„Stimmt, aber irgendwie war ich noch vollkommen naiv. Ich erwiderte, Leonid Breschnew sei ja auch nicht gerade der Dünnste."

„Und sie? Was sagte sie daraufhin?"

„Sie hatte nur schallend gelacht. Aber als mir klar wurde, dass sie oder zumindest jemand hinter ihr ein hohes Tier sein musste, erklärte ich schnell, dass ich viel lieber mal nach Moskau reisen möchte statt in die USA. Wer weiß, vielleicht wollte sie mich prüfen? Aber sie lachte schon wieder, streichelte durch mein Haar und gab mir erneut die Flasche Sekt. *Eines Tages wird auch für dich der Weg nach Amerika frei sein.*"

„Sie war ja wohl der Überzeugung, dass Deutschland nicht mehr vereint würde, was also meinte sie dann mit ihrer Äußerung?"

„Ich habe keine Ahnung. Darüber hat sie nicht mit mir gesprochen. Obwohl sie mir sonst einiges anvertraut hat. So wusste ich vor manch anderen, dass Margot Honecker westdeutsche HB rauchte. Wir haben so viel geredet. Irgendwann wollte sie wissen, ob ich schon einmal mit einer Frau geschlafen habe?"

„Blöde Situation, wie hast du darauf reagiert?"

„Ich habe herumgedruckst. Was sollte sie denn von mir denken? Die beiden Male, die ich es versucht hatte, waren ein Fiasko gewesen, das erste Mal war ich zu betrunken, weil ich mir ja unbedingt Mut antrinken musste, und beim zweiten Mal hielt ich eine Meckerziege im Arm. Mal war es zu heiß, dann zu kalt, dann lag sie schief, dann ich, dann quetschte ich ihre Brust und küsste doof. Ich hab mich wohl selten dämlich angestellt ..."

„Und dann hast du dich nicht mehr getraut?"

„Genauso war es. Und nun saß die Angst zu versagen tief."

„Okay, erzähle weiter."

„Na ja, sie schien meine Ängste nicht zu bemerken oder sie überging sie wortlos. Jedenfalls fing sie an, mit ihren langen, roten Fingernägeln ganz leicht an meinem Bein hoch in Richtung Oberschenkel zu kratzen. Dann sagte sie nichts mehr und zog mich mit sich an den Rand des Waldes. Und dort hat sie mir dann gezeigt, wie schön das sein kann, worauf ich so große Lust hatte, aber was ich mich mit diesen jungen Zicken ..., Harald, ich muss aufhören, ich höre Kollegen kommen, sie werden gleich hier sein."

## 31

Meine Erinnerung an vergangene DDR-Tage kehrt zurück. Die Sommer im Mönchsgut waren schön. Schön, aber einsam. Manchmal gab es Tage, da fragte ich mich, ob mich überhaupt jemand zur Kenntnis nahm. Und heute? Hat sich diesbezüglich etwas geändert? Wenn ich ehrlich bin, nein. Ich genieße meinen morgendlichen Kaffee, und in meinem Kopf nehmen die Bilder Gestalt an. Ich sehe meine Mutter in ihrem Sommerkleid auf der Wiese Blumen pflücken, sie lacht meinen Vater an. Abends am Strand trafen wir uns zum Essen mit Bekannten. Jeder brachte etwas mit. Wir grillten selbstgefangenen Fisch, und Mutters Kartoffelsalat galt als echte Delikatesse.

Ich stelle meine Kaffeetasse auf den Tisch und höre zu. Ich tue unbeteiligt. Sie suchen nach Nikolaus und Knecht Ruprecht. Meine Gedanken schweifen ab, lösen sich, wandern zurück. Es war letzten Freitag ... Seitdem verschieben sich bis dato unklare Bilder zu einem Muster, zu einer Einheit. Aber das Bild, das in meiner Seele entstanden ist, macht mich wahnsinnig. Ruhe finde ich nur in der Poesie. Ein kleines Schmunzeln huscht über meine Lippen. Wenn ihr wüsstet, was ich weiß ... Mein goldener Ring blitzt auf, und mein Blick schweift weiter über den Tisch hinweg, zum angrenzenden Raum. Da ist sie, ich höre sie lachen, schwatzen. Eigentlich alles wie immer. Nur eines hat sich verändert. Mein Herz, es ist erfroren.

## 32

„Und dann frage ich sie, wieso die Station denn nachts geöffnet sei, und die Kaschner antwortet, weil es eben eine offene Station sei. Das musst du dir mal vorstellen, sag mal, hörst du mir überhaupt zu?"

Katja trank einen Schluck Cola und rutschte auf dem unbequemen roten Plastikstuhl herum. Neben ihr saß Sven Widahn, der sie prüfend anschaute.

„Warum hat sie nicht geschrien?" Sie schaute sich um. Offensichtlich war die Kantine erst kürzlich renoviert worden, alles glänzte, der weiße Steinboden, die modernen, wenn auch äußerst unbequemen roten Schalenstühle, die weißen Tische, die freundlichen hellen Wände, an denen rot gerahmte Drucke von Claude Monet hingen. Der Raum wirkte etwas unterkühlt, aber ihr gefiel er.

„Warum *was*?"

Der Wirt unterbrach ihr Gespräch, er brachte das Essen. Sie hatte eine Portion Kartoffelsalat bestellt, dazu eine von Widahns so hochgelobten Frikadellen mit viel Senf, in letzter Zeit konnte es gar nicht würzig genug sein. Sven Widahn freute sich über Leber mit Apfel und Röstzwiebeln, für sie aber war der Geruch schwer zu ertragen.

„Sag mal August", sprach Widahn, dabei grinste er den dicken Wirt an „was hast du denn in der *Abendsonne* verloren? Soweit bist du doch noch gar nicht? Oder sollen dich deine Frikadellen dabei unterstützen, das Herz einer der betuchten Damen aus dem Heim zu erobern?"

Bei dem Kantinenwirt schien Widahns Humor nicht anzukommen. Er wienerte mit einem Lederlappen über den Nachbartisch und winkte ab. „Schon mal was von Catering gehört? Andere wissen eben mein gutes Essen zu schätzen." Er schüttelte entrüstet den Kopf und ging zurück zu seiner Theke, seine mächtige Gestalt schwankte dabei hin und her. „Alte Weiber betören, du hast sie ja nicht mehr alle. Ich wünsche Ihnen einen guten Appetit, Frau Kommissarin. Mit alten Weibern ..., wer macht denn sowas, also wirklich."

„Mensch August", rief Widahn ihm hinterher, „war doch nur ein Spaß." Er drehte sich wieder zu Katja. „So, was hast du eben gesagt?"

„Ich habe gefragt, wieso sie nicht geschrien hat?"

Immer noch sah Sven sie an, als käme sie von einem anderen Stern. „Von wem sprichst du, ich habe dir gerade von dem Gespräch mit der Kaschner erzählt."

„Ich bin der Überzeugung, dass Hilde Tietz am Freitagabend am Fliederbusch war und alles mit angesehen hat. Also, erkläre mir, wieso sie nicht geschrien hat." Sie tunkte ihre Frikadelle in den Senf.

Widahn wollte gerade ein Stück Leber in den Mund schieben, legte die Gabel aber zurück. „Sie war dement, verwirrt, überhaupt, wieso glaubst du, dass sie am Bungalow gewesen ist und alles mitbekommen hat?"

„Weil sie von zwei Personen sprach, von Nikolaus und Knecht Ruprecht."

„Fängst du schon wieder damit an?"

Katja spürte eine gewisse Aggression in sich aufkeimen. „Hmm, ich kann dich auch fragen, wieso hat Hilde Tietz sterben müssen?"

Der Mann hinter der Theke hatte sich anscheinend wieder beruhigt und machte sich bemerkbar: „Und, wie schmeckt es euch?"

Sven lachte gezwungen. „Danke, gut." Dann wandte er sich wieder Katja zu. „Also, was war das gerade?"

Katja sah ihn aufmerksam an. Er war ein guter Polizist, er spürte sofort, wenn etwas im Busch war. „Weißt du, ich habe nachgedacht. Es kann nur jemand Hilde Tietz ermordet haben, der sie für gefährlich hielt. Jemand der mitbekommen hat, als ich sagte, dass Hilde Tietz den Mörder von Wilhelmine Wirth gesehen haben muss. Und da ich mich darüber nur im Beisein von Kollegen geäußert habe ..."

Widahn fing schallend an zu lachen und legte dabei den Kopf in den Nacken.

„He, geht das auch ein bisschen leiser?" Ein uniformierter Kollege vom Nachbartisch schaute hoch. „Andere wollen in ihrer Mittagspause lieber lesen."

„Ja, sorry." Widahn setzte sich wieder gerade hin und flüsterte beinahe: „Das ist doch jetzt wohl nicht dein Ernst. Du glaubst wirklich es war einer ... einer von uns?" Er stockte.

Katja sah ihn nur an, sagte kein Wort.

„Doch, du meinst es völlig ernst." Er schaute auf seinen Teller, wurde erst blass, dann knallrot. Stumm schüttelte er den Kopf.

Katja schluckte, die Frikadelle und den Rest Kartoffelsalat schmeckten ihr nicht mehr. War sie zu weit gegangen? Sie war manchmal so voreilig. Dabei hatte ihre Großmutter ihr beigebracht: erst denken, dann Mundwerk aktivieren. Vielleicht war das alles nur eine direkt den Schwangerschaftshormonen entsprungene, völlig unsinnige Idee. Sie beobachtete ihn, seine Kiefer und die Gesichtsmuskeln arbeiteten. *Wie würde ich reagieren, wenn jemand einen meiner Kölner Kollegen fälschlicherweise beschuldigte? Ich wäre verletzt.*

„Hör zu", sagte sie sanft und berührte seinen Arm. Sie spürte, wie er sich bei der Berührung verkrampfte, und zuckte zurück, als habe sie ein heißes Eisen angefasst.

„Niemand von den Kollegen hier ist ein Mörder, garantiert nicht. Wie kannst du so etwas nur glauben?"

„Hör mir doch erstmal zu. Ich bin davon überzeugt, dass ihr Liebhaber nicht der Mörder war. Schließlich gibt es keinerlei Hinweis, dass sie zum Geschlechtsverkehr gezwungen wurde. Vielmehr steht wohl fest, dass sie sich ihm freiwillig hingegeben hat. Warum sollte er sie also anschließend umbringen und sie in solch demütigender Weise zur Schau stellen? Aber ich glaube, es gab zwei Zuschauer: Hilde Tietz und ... Knecht Ruprecht."

Widahn verzog nicht einmal mehr das Gesicht bei der Erwähnung dieser Namen, er war zu schockiert.

„Vielleicht wusste der Mörder gar nichts von Hilde Tietz und hat erst durch mich davon erfahren. Und weil ich sie noch weiter verhören wollte, hat er sie ..."

„Katja, weißt du eigentlich, was du da sagst?" Er sah ihr ins Gesicht, sie erkannte deutlich die Wand, die sich zwischen ihnen hochzog, und die Enttäuschung in seinen Augen. „Also deiner Meinung nach ist einer von uns an dem Mord beteiligt. Hältst du uns für Jekyll und Hyde? Das sind nicht nur Kollegen für mich, Katja, das sind meine Freunde. Ich fasse es einfach nicht." Er warf seine Serviette auf den Tisch, als sein Handy klingelte.

„Ja bitte?" Seine Stimme klang barsch.

Katja überlegte, ob sie nicht über ihr Ziel hinausgeschossen war, als sein abschätzender Blick sie traf. Anscheinend war das Gespräch privater Natur.

Widahn schaute sie erneut an und lächelte kühl. „Junge, du ahnst nicht, was ich für eine Wahnsinnsnacht hinter mir habe. Ob du es glaubst oder nicht, ich spüre jeden Knochen einzeln im Leib."

## 33

Katja fuhr über den Rügendamm, der Regionalzug rollte an ihr vorbei. Eigentlich hatte sie sich ja bei Sven entschuldigen wollen. Aber nachdem dieser ..., dieser Mistkerl irgendeinem Freund am Telefon von ihrer gemeinsamen Nacht erzählt hatte, da war es für sie, als habe er ihr ins Gesicht geschlagen. Es hätte nicht schmerzhafter sein können. Was fiel ihm ein? Und wie er sie dabei angesehen hatte? Am liebsten wäre sie aufgestanden, in ihren Wagen gestiegen und nach Köln zurückgefahren. Doch die Genugtuung gönnte sie ihm nicht. Sie schluckte ihren Ärger herunter, aber in ihr brannte die pure Wut.

Zu allem Überdruss hatte sie dann auch noch Bach in sein Büro zitiert. Und wer hatte ihm gegenüber am Schreibtisch gesessen? Sven Widahn, der nichts Besseres zu tun gehabt hatte, als schnurstracks zu seinem Chef zu laufen und ihm von ihrem Verdacht zu berichten. Sebastian hatte sie distanziert angesehen. Er war also bereits informiert. Sie hatte ihnen noch einmal ihre Überlegungen dargelegt, und sie hatten ihr zu verstehen gegeben, dass sie den potenziellen Täterkreis ausweiten müsse. Zwar hatte sie mit dem Personal der Seniorenresidenz nicht über ihre Vermutung gesprochen, dass Hilde Tietz den Mörder gesehen habe, aber sie hatte es im Beisein der Familie Wirth erwähnt. Also hatte es wohl auch Karsten Wirth gehört, der eigentliche Nutznießer des Testaments. Und außerdem, wenn sie schon die Polizei verdächtige, könne man, so hatte Bach argumentiert, doch eigentlich auch sie, Katja, nicht außer Acht lassen. Katja nickte, gar nicht so dumm, hatte sie gedacht und sich gefühlt, als habe man sie mit ihren eigenen Waffen k.o. geschlagen.

„Die Küstenwache weiß Bescheid und hilft uns bei den Ermittlungen", hatte Bach gemahnt. „Aber bis jetzt haben sie nichts Außergewöhnliches in der Nacht von Freitag auf Samstag feststellen können. Die üblichen Fischerboote in der Küstennähe und ein Tanker weiter draußen aus Russland. Außerdem überprüfen wir die finanziellen Verhältnisse jedes einzelnen Familienmitglieds, besonders Karsten Wirth nehmen wir genauer unter die Lupe. So und nun Schluss. Wir verlieren nur unsere Zeit, und wir haben genug zu tun. Die meisten der Kollegen klappern in der näheren und weiteren Umgebung alle Krankenhäuser und Tierarztpraxen ab, vielleicht fehlt ja irgendwo Isofluran, und es hat nur noch niemand bemerkt. Zwei der Kollegen sind immer noch auf Hiddensee und suchen nach dem Mann im Bademantel. Wir bekommen aber bald Verstärkung, Katja. Fahren Sie doch bitte zu Luise in den *Klabautermann*, sie hat Besuch von Thekla Freydberg bekommen, die ebenfalls mit Wilhelmine ab und an in Kontakt stand, vielleicht kann man durch sie noch etwas herausbekommen." Katja versprach sich nicht viel davon, aber ein Versuch konnte ja nicht schaden. Bach wollte persönlich bei der Obduktion von Hilde Tietz dabei sein. Beim Rausgehen hatte sie in Svens Augen geschaut und dabei wieder die Wand gesehen, die es nun zwischen ihnen gab.

„Das hätte Kai nie mit mir gemacht", murmelte sie, setzte den Blinker und bog von der E22 auf die deutsche Alleenstraße. Erstens käme es ihm nicht in den Sinn, mit jemandem über ihr gemeinsames Liebesleben zu sprechen, und zweitens hätte er sie nie bei Walter Hansen verraten. Er hätte mit ihr geredet, hätte versucht, sie zu verstehen, aber nie, nie hätte er sie verraten. Aber du ihn, sagte ihr eine Stimme. Ja, sie hatte genau das getan. Sie war ihm untreu gewesen, hatte einfach alles vergessen und genau das gemacht, wofür sie nie Verständnis hatte. Untreue und Betrug hatten ihrer Meinung nach in einer Beziehung nichts verloren.

Sie kam am Schlosspark vorbei, fuhr weiter. Sie hatte alles aufs Spiel gesetzt für einen kurzen Augenblick der Lust. Und doch bereute sie es nicht. Und auch wenn Kai es nicht verstehen würde, es hatte mit ihm nichts zu tun gehabt. Früher hatte sie gedacht, wenn jemand so etwas sagte, sei es eine lahme Entschuldigung, seit letzter Nacht wusste sie, dass es so etwas tatsächlich gab. Sie hatte einfach mal alles vergessen, für drei oder vier Stunden. Und nun war es vorbei, auch der letzte Funke, den man als schwärmerische Verliebtheit hätte auslegen können, war seit dem Besuch in Bachs Büro vorbei.

Trotzdem fühlte sie, dass sie endlich einen klaren Kopf bekommen hatte. Sie war entschlossen, ihr Kind auszutragen und sich auf dieses kleine Wesen zu freuen, das da gerade in ihrem Bauch heranwuchs. Sie wusste nun, wo sie hingehörte und was sie wollte. Kai durfte und brauchte auch nie etwas von der letzten Nacht zu erfahren, wenn sie ehrlich war, spürte sie augenblicklich noch nicht einmal Schuldgefühle für ihren Betrug. Sie bog in die Friedrichstraße, lenkte ihren alten Fiesta über die Pflastersteine und hatte Glück. Sie fand einen Parkplatz direkt vor dem Haus. Aber sie würde Kai erst von der Schwangerschaft erzählen, wenn sie wieder in Köln war. *Wir fangen ganz neu an, und dann zu viert.*

## 34

„Katja?"

Kaum hatte sie die Tür geöffnet, hörte sie Luises Stimme aus dem Wohnzimmer. Hatte die Frau irgendwelche Sensoren am Kopf, die ihr alles meldeten, was sie wissen wollte?

„Ach, da bist du ja." Luise strahlte sie an, als wäre nie etwas geschehen. „Komm mit in den Garten. Ich stelle dir Thekla Freydberg vor, sie wohnt auch in der Seniorenanlage. Sebastian hat dir ja bereits von ihr erzählt. Sie hat ihre Nase und Ohren überall."

Katja sah sie skeptisch an, in ihr keimte der Verdacht, dass es sich bei diesem Phänomen um eine Seuche handelte.

„Thekla? Hier das ist die reizende Polizistin aus Köln, von der ich dir erzählt habe, Katja Sommer."

Katja reichte Luises Freundin die Hand und setzte sich auf die freie Hollywoodschaukel. „Sie haben Frau Wirth gekannt?"

Inga kam hinzu, brachte Kaffee und nickte Katja freundlich zu.

„Na ja, kennen ist wohl zuviel gesagt. Wir sind ..., wir waren beide in derselben Freizeitgruppe." Thekla hatte die Beine übereinander geschlagen, die Hände über das Knie gefaltet und schaute Katja aus grauen Augen aufmerksam an. Sie war dezent geschminkt, trug einen eleganten beigen Hosenanzug und mehrere Goldringe. Katja vermutete, dass sie ein recht sorgenfreies Leben geführt hatte.

„Darf ich unhöflich sein, Frau Freydberg? Verraten Sie mir Ihr Alter?"

Thekla lachte, zeigte ein helles Gebiss. „Du hattest recht, Luise. Sie ist ein aufgewecktes und patentes Mädchen. Sie gefällt mir. Ich bin zweiundsiebzig."

Katja hatte Mühe, sich ihre Verblüffung nicht anmerken zu lassen. Wie konnte man nur mit zweiundsiebzig noch so fit aussehen? Das Leben war nicht immer gerecht. Sie nahm sich einen Butterkeks, tunkte ihn kurz in ihren Milchkaffee. *Du hattest wahrscheinlich immer genug Zeit und Geld, um dich zu pflegen.* Ihr fielen die Rentner ein, die jeden Monat jeden Cent herumdrehen mussten, um im Alter gerade mal ihr Überleben zu sichern.

„Schmecken Ihnen die Kekse, Katja? Ich habe sie selbst gebacken. Das Rezept habe ich von meiner Mutter, es ist ein schwedisches Rezept, meine Mutter war Schwedin."

Inga hatte neben ihr Platz genommen und sah sie mit müden Augen an. Sie hatte ihre graublonden Haare zu einem Bubischnitt abschneiden lassen, was sich unvorteilhaft auf ihr fliehendes Kinn und die hellen, leicht trüben Augen auswirkte. Benjamin setzte sich mit einem eleganten Sprung zwischen sie beide. Katja streichelte sein seidiges Fell.

„Wirklich? Sie schmecken einfach umwerfend." Zum ersten Mal sah Katja kleine geplatzte Äderchen und erste Anzeichen von winzigen Blutschwämmchen in dem blassen Gesicht mit dem zusammengekniffenen Mund, der sich nach dem Lob zu einem kleinen Lächeln verzog. Die stille, von der Natur benachteiligte Inga tat ihr Leid, nein, das Leben war wirklich nicht gerecht. „Sie scheinen ja ein wahres Naturtalent zu sein." Sie musste ihr jetzt einfach etwas Nettes sagen. „Sie leiten die Pension, kümmern sich aufopfernd rührend um Ihre Lieben, darf ich fragen, welchen Beruf Sie haben?"

Ingas Gesichtsfarbe verdunkelte sich. Sie lächelte verlegen, schaute zu Boden und knetete ihre fleischigen Hände. „Ich habe Germanistik studiert." Ingas Blick fiel auf ihre Schwiegermutter, das Lächeln erstarb. „Aber das war in einem anderen, früheren Leben."

Katja war erstaunt, wollte sie weiter in ein Gespräch verwickeln, aber der Signalton ihres Handys unterbrach sie. Sie hatte eine SMS erhalten, von Widahn: *Neues von Karsten Wirth, er ist hochverschuldet. Spielschulden.* Sieh mal einer an, Katja klappte ihr Handy wieder zu. „Aber Sie sind hier aufgewachsen, oder?"

„Ja, meinem Vater gehörte eine Apotheke, hier auf der Insel in Dreschvitz. Er ist vor drei Monaten gestorben."

„Sebastian hat mir am Telefon gesagt, du wolltest Thekla interviewen, also bitte, walte deines Amtes."

Katja schmunzelte, irgendwie würde sie Luises direkte Art und ihr freches Mundwerk vermissen, wenn sie wieder in Köln war. „Sie sagten, sie waren in der gleichen Freizeitgruppe?"

„Ja, bei den Ornithologen, insbesondere interessieren wir uns für die heimischen Seevögel an der Ostsee, wie zum Beispiel die Küstenseeschwalbe, Sandregenpfeifer oder die Silbermöwe."

„Aber näher kannten Sie sich nicht?"

Thekla Freydberg schüttelte den Kopf. „Nein, Wilhelmine war meist mit dieser Verrückten zusammen. Ich meine die, die heute verschwunden ist, wie heißt sie noch gleich?"

„Hilde Tietz? Sie ist nicht verschwunden. Man hat sie heute Vormittag tot in der Nähe des Museumsschiffs *Luise* aufgefunden."

Thekla riss die Augen auf, stellte die Tasse hart auf den Untersetzer. „Wie bitte? Wurde sie auch … ich meine …"

„Ermordet? Genaueres wissen wir noch nicht. Aber wir vermuten es."

„Beim Museumsschiff *Luise*! Gott, was ist denn los auf Rügen? Hat da jemand etwas gegen alte Menschen?"

„Kannten Sie eigentlich Hilde Tietz? Haben Sie schon einmal mit ihr gesprochen?"

„Um Gottes willen, nein. Meine soziale Ader ist nicht so stark ausgeprägt, und ich hoffe, dass ich nie in die Lage versetzt werde, einmal auf Station zwei zu landen."

Katja beobachtete wie ein Zitronenfalter die Rosen umflog. „Ist Ihnen denn in letzter Zeit irgendetwas aufgefallen. Vielleicht auf dem Tanztee oder hinterher?"

Thekla schaute auf ihre rosa lackierten Fingernägel. „Nein, nichts. Glauben Sie, der Mörder war auf dem Fest? Was für ein schrecklicher Gedanke. Vielleicht habe ich ja sogar mit ihm getanzt. Obwohl ..., der Gedanke ist absurd. Ich in den Armen eines Mörders." Sie lachte leise. Es klang verunsichert.

„Können wir nicht einmal über etwas anderes reden als immer nur über Mord und Totschlag", beschwerte sich Inga. „Seit Tagen hört man nur noch die tollsten Gerüchte."

Luise zog spöttisch die Augenbrauen hoch. „Ein Wunder, dass du überhaupt irgendetwas mitbekommst."

Katja befürchtete einen Streit zwischen den beiden Frauen und wechselte das Thema. „Apropos Museumsschiff. War die Luise einst euer Schiff? Habt ihr es der Insel zur Verfügung gestellt?"

Luise schüttelte den Kopf, sie sah immer noch kampflustig zu Inga hinüber. „Nein, das ist Zufall. Und wir haben unser Boot ja auch noch."

„Und wo ist es jetzt?"

Luise zuckte mit den Schultern. „Bis vor zwei Jahren hatten wir es an einen Fischer aus der Gegend vermietet, der hat sich dann aber ein eigenes und vor allen Dingen moderneres Schiff gekauft. Seit der Zeit hat sich Inga um das Boot gekümmert. Sie schippert meistens mit dem alten Kahn durch die Gegend."

„Es liegt schon seit Wochen auf dem Trockendock in Thiessow. Es sind wichtige Reparaturen zu machen."

„Verschrotten sollte man das verdammte, stinkende Ding."

Inga verschränkte die Arme vor die Brust. „Das Deck ist fast komplett restauriert. Ich hoffe, im nächsten Jahr soweit zu sein, dass ich unseren Gästen Rundfahrten oder nette Abendfahrten anbieten kann."

Katja sah Inga fragend an. „Aha, braucht man dafür nicht einen Führerschein?"

„Ja, den Sportbootführerschein See, den haben wir alle in der Familie."

Luise lachte spöttisch. „Fast alle. Ich hab ihn nicht. Und dann Sportboot, das sportlichste an dem Teil ist noch der Anker. Der hält sich noch von alleine in Bewegung und kracht immer dann runter, wenn er nicht soll. Sportboot, so ein Unfug."

„Oh, sag das nicht, Luise, ich habe jemanden kennen gelernt, der hat auch so ein Schiff und hat es zu einem Sportboot umgemeldet." Theklas Augen blitzten auf.

Luise drehte sich überrascht zu ihr hin. „Du hast einen Mann kennen gelernt und erzählst mir nichts davon?"

Katja schmunzelte. Thekla hatte sichtlich Freude an Luises verdutztem Gesicht, und sie selbst auch. Endlich mal etwas, was Luise noch nicht wusste. „Es kommt noch schlimmer, stell dir vor, ich habe sogar zwei Männer kennen gelernt."

Katja musste lachen."Also, damit du es genau weißt, du gibst ja sonst doch keine Ruhe, der eine ist ein jüngerer Mann, und der andere ist so in meinem Alter."

Katja horchte auf. „Wo haben Sie den jüngeren Mann kennen gelernt?"

Thekla Freydberg sah sie augenzwinkernd an. „Keine Chance, Frau Sommer, den gebe ich nicht her. Zumindest solange nicht, bis ich mich für einen der beiden entschieden habe."

Katja winkte ab. „Vergessen Sie nicht, dass wir einen Mord aufzuklären haben. Wir wissen mittlerweile, dass ein jüngerer Mann im Spiel war."

„Das mag ja stimmen, aber glauben Sie mir, der Mann, den ich kenne, ist mit Sicherheit nicht der Mörder von Wilhelmine Wirth, ganz sicher nicht."

„Ich muss Ihnen noch etwas sagen, Frau Freydberg. Hilde Tietz sprach von zwei Männern, die sie gesehen habe, und ehrlich gesagt, glaube ich ihr. Wilhelmine Wirth und auch Hilde Tietz sind tot. Nun haben Sie zwei Männer kennen gelernt. Sagen Sie mir bitte, wo Sie ihnen begegnet sind."

Thekla Freydberg lehnte sich vor. „Nein, Frau Sommer. Ich bin alt genug und weiß, was ich tue. Diese beiden Herren haben definitiv nichts mit der Sache zu tun. Ich werde Ihnen weder sagen, wer sie sind, noch wo ich sie kennen gelernt habe. Am Ende vernehmen Sie die beiden noch. Stell dir mal vor, Luise, wie peinlich. Wo die beiden doch gar nichts voneinander wissen."

Katja schloss für einen Moment die Augen, sie überlegte. Waren die Verdachtsmomente gegen die beiden Unbekannten groß genug, um die alte Dame vorzuladen und sie unter Androhung von Strafe zu einer Aussage zu veranlassen? Das war wohl doch übertrieben. Aber vielleicht würden Theklas Bekanntschaften noch einmal zu einer heißen Spur.

Inga setzte sich wieder neben sie. „Seid ihr schon wieder bei diesem abscheulichen Thema?" Sie stand gleich wieder auf, in der Diele hatte das Telefon geklingelt.

Thekla schaute ihr nach. „Sie ist aber sehr empfindlich, Luise."

Luise winkte verächtlich ab. „Ich habe bis heute nicht verstanden, wieso unser Sebastian sich ausgerechnet die zur Frau genommen hat. Ihre Tochter, also meine Enkelin, ist noch schlimmer. Von ihren Eltern verhätschelt, ohne Maßen egoistisch, aber hübsch, verdammt hübsch, hat sie von mir."

Katja verschluckte sich beinahe an ihrem Kaffee und sah zu Luise. Sie schien ihre letzte Bemerkung völlig ernst zu meinen. Ja, wenn man sie genauer betrachtete, die Nase, der Mund, umringt von tausend kleinen Fältchen, das herzförmige Kinn, keck hervorgestreckt, Luise hatte Recht. Anke Liv kam äußerlich auf ihre Großmutter.

Thekla lachte. „Ach, du bist mir eine, meine Liebe." Sie stand auf, reichte Katja die Hand, die nun überrascht fetsstellte, dass sie fast noch größer als sie selbst und knabenhaft schlank war. „Ich muss weg, ich erwarte gleich noch einen wichtigen Anruf."

„Von wem?" Luise war ebenfalls aufgestanden, drückte ihre Freundin kurz an sich.

Thekla zwinkerte. „Wird nicht verraten." Bevor sie Katja die Hand reichen konnte, kam Inga zurück.

„Frau Sommer, am Telefon wartet mein Mann. Es scheint dringend zu sein."

Katja eilte in den Flur. „Ja, bitte?"

„Wie schnell können Sie hier sein?"

„Ich setze mich ins Auto und komme sofort."

„Na, dann mal los. Ich möchte Sie hier haben zu einer Vernehmung, der Mann im Bademantel, Sie wissen schon, den Frau Beckmann gesehen haben will. Und er hat so einiges zu erklären, denke ich."

## 35

„Hallo, Georg. Gibt es etwas Neues?"

„Ich bin völlig durcheinander. Es fällt mir ungeheuer schwer, mich auf die Arbeit zu konzentrieren."

„Weshalb? Wegen Hilde Tietz? Ich habe soeben im Radio davon gehört."

„Es ist, als würde mich ein wildes Tier verfolgen. Zuerst Wilhelmine, nun Hilde."

„Ja, du hast beide gekannt ..."

„Gestern Morgen war ich doch noch bei Hildchen am Strand, erinnerst du dich? Ich habe dir von der Begegnung erzählt."

„Natürlich erinnere ich mich. Du wolltest gemeinsam mit ihr um Wilhelmine trauern, aber Hilde war völlig in ihrer Welt eingekapselt."

„Oh ja. Ich hatte Brombeeren dabei, ich esse gerne bei meinen einsamen Strandspaziergängen Brombeeren. Sie nahm sich drei der Beeren, und steckte sie in ihre Hosentasche, was für ein Gematsche. *Für Helmut*, sagte sie."

„Helmut? Wer ist Helmut?"

„Ihr verstorbener Sohn, nach seinem Tod kam sie ins Altersheim."

„Und ab da hat sich dann Wilhelmine um sie gekümmert."

„Ganz genau. Ich habe dir viel erzählt, und mittlerweile weißt du eine ganze Menge über mich."

„Ich freue mich, dass du so viel Vertrauen zu mir hast."

„Kannst du mir helfen herauszufinden, warum ich so bin?"

176

„Warum du *wie* bist?"

„Na ja halt so ... verkorkst! Ich habe mich zweimal verliebt in meinem Leben, beide Male waren es ältere Frauen. Ich habe kaum Freunde, mag eigentlich sonst keine anderen Menschen so richtig."

„Magst du keine andere Menschen oder fürchtest du dich vor ihnen?"

„Ja, vielleicht habe ich tatsächlich immer ein wenig Angst vor ihnen."

„Oder fühlst du dich im Umgang mit anderen Menschen einfach unwohl, unbeholfen."

„Ich denke immer, ich mache etwas falsch. Wieso bin ich nur so?"

„Du würdest dich wundern, wie vielen Leuten es so geht, wie dir. Die Fachleute sprechen von einer sozialen Phobie."

„Eine was, bitte? Klingt nach einer echten Macke, davon habe ich aber auch in unseren Psycho-Fortbildungen noch nie gehört."

„Diese Art von Phobie ist wohl auch erst seit kurzem bekannt. Sie soll aber in allen Schichten und in allen Berufen vorkommen."

„Müsste man das den Leuten denn nicht anmerken?"

„Merkt man es dir denn an? Die meisten haben wie du gelernt, das geschickt zu verbergen, was sie aber eine enorme Kraft und Anstrengung kostet."

„Ja, das kannst du wohl sagen. Deshalb war ich so glücklich mit Wilhelmine – bei ihr war ich so gelöst. Ich weiß nicht warum. Nichts fiel mir schwer, es war wie das Auffinden einer Seite in mir, die ich verschüttet glaubte, seitdem damals der Mann uns gefunden hat und sie mir wegnahm."

„Du meinst die andere, 1971 am Strand?

„Ja, Ich denke, es war ihr Mann. Er hatte sie die ganze Nacht gesucht. Er hat sie geschlagen. Und ich habe nichts, gar nichts getan, um ihr zu helfen. Er war so stark und bullig. Er hat sie einfach weggezerrt."

„Hast du sie wiedergesehen?"

„Nein ..., oder doch, schon. Jahre später, auf einer Parteiveranstaltung, aber sie hat mich nicht einmal mehr angeschaut. Ich habe nicht versucht, ihre Nähe zu suchen. Ihr Mann, dieser bullige Kerl, der hat mich erkannt und mir einen langen Blick aus zusammengekniffenen Augen zugeworfen. Das hat mir genügt. Er war ein hohes Tier in der Partei. Was hätte ich machen können, in diesem System? – Und jetzt habe ich wieder die Frau verloren, die ich liebte. Du bist der einzige, der davon weiß."

„Weiß ich alles?"

„Ja."

„Georg, ich muss dich das fragen. Bist du der Mörder der beiden Frauen?"

„Wenn ich die Frage verneine, glaubst du mir dann?"

„Natürlich, du weißt genau, dass du von mir doch nichts zu befürchten hast. Warum also solltest du mich anlügen?"

„Und warum hätte ich Wilhelmine umbringen sollen? Ich habe sie geliebt. Für sie hätte ich alles aufgegeben, ich wäre mit ihr fortgegangen. Ich werde mit ihrem Tod nicht fertig, und niemand darf mir etwas anmerken. Aber ich bin es ja gewohnt, mich zu verstecken. Nur jetzt fällt es mir immer schwerer."

„Wäre Wilhelmine mit dir gekommen, hattest du sie schon gefragt?"

„Nein, aber ich bin fest davon überzeugt."

„Meine Antwort mag hart klingen, aber das wirst du nie herausfinden. Der Mörder ist dir zuvorgekommen."

„Du glaubst mir also?"

„Ja, aber du solltest der Polizei die Wahrheit sagen, wie sollen sie sonst mit ihren Ermittlungen weiterkommen? Aber die ganze Wahrheit, die Zeit ist reif dafür. Ich bin davon überzeugt, dass du auch mir nicht alles erzählt hast."

„Der Polizei ... Vielleicht hast du Recht. Weißt du, der Mörder scheint ein Poet zu sein."

„Wie kommst du darauf?"

„Ich habe ein Gedicht von ihm bekommen."

## 36

Ich drehe den Schlüssel im Schloss um. Hinter der Schranktür lauter winzige Ampullen und Glasbehälter, manche schon verstaubt. Ich bin ein wenig traurig. Meine Gedanken sind bei meiner Poesie, bei meinen Lieblingsgedichten aus der Feder von Elizabeth Barett Browning, geboren 1806 und gestorben im Jahr 1861. Einst sehr krank und fast schon im Sterben liegend, verschwand sie der Liebe wegen bei Nacht und Nebel aus des Vaters Haus. Sie bewies, dass Liebe Bäume versetzen kann. An diese starke Liebe habe ich auch einmal geglaubt. Die Poesie ist die Sprache der Liebe, aber auch des Schmerzes und der Sehnsucht. Ich kann mich mit Gedichten ausdrücken.

In meinen Händen ein braunes Glasfläschchen, es ist nur noch zu einem Viertel voll. Diesmal bekommst du den Rest.

Hier drinnen riecht es muffig, die Luft ist abgestanden und staubig. Ich bin lieber draußen, am liebsten am Meer.

Gestern Nacht war ich mit Hilde Tietz unterwegs. Was für ein braves altes Mädchen. Es ging alles sehr schnell und komplikationslos. Ich habe ihr gegenüber kein schlechtes Gewissen. Es war ganz einfach: Ich hielt ihr das Glas mit dem Gift entgegen und ließ sie selbst entscheiden. *Wenn du das trinkst, dann bist du bald bei Helmut, Andreas und bei Wilhelmine.* Gott, was strahlte sie. Zunächst hielt sie das Glas andächtig zwischen ihren Fingern, kurz darauf trank sie so hastig, dass sie sich fast verschluckte. Ja, Hildchen wollte nach Hause, zu den Menschen, die sie liebte. Und ich glaube, sie war sogar in der Lage, diesen Gedanken klar zu fassen. Der Schleier vor ihren Augen war wie weggewischt. Aber vielleicht habe ich mir das auch nur eingebildet und mir gewünscht, es sei so gewesen.

Auf dem Weg am Museumsschiff vorbei zu den alten Fischerhütten stolperte sie und schlug sich das Knie auf. Aber sie bemerkte es kaum. Sie brabbelte unaufhörlich weiter. Erzählte von Helmut und Andreas. An der Hütte machte ich es ihr gemütlich, so gut es ging. Ich hielt ihre Hände, streichelte über ihren Kopf, während sie ein wenig erbrach und dann starb.

Ich war danach in so friedlicher Stimmung. Und dann hatte ich in der Nacht noch diese unangenehme Begegnung. Plötzlich stand *sie* vor mir. Die Frau die ich von Tag zu Tag mehr hasse und verachte. Luise!


## 37


Katja fuhr mit hoher Geschwindigkeit über die lange Waldstraße, eine Verbindung der beiden Ostseebäder Baabe und Göhren. Hoffentlich brachte der Bademantel-Mann sie weiter. Hatte er etwas gesehen oder war vielleicht sogar selbst in die Geschichte involviert? Ihr Handy klingelte, sie betätigte die Freisprechanlage.

„Hallo, mein Schatz!"

Katja schluckte, Kai. Sie duckte sich innerlich, freute sich aber auch, seine Stimme zu hören. „Hallo Kai. Von wo aus rufst du mich an?"

„Ich bin mit Martin unterwegs nach Mülheim, Massenschlägerei zwischen türkischen und deutschen Jugendlichen. Dabei wurde auch zu verschiedenen Waffen gegriffen, abgebrochene Flaschen, Baseballschläger, Messer und Totschläger. Resultat, zwei Tote und sechs Schwerverletzte. Laut den Kollegen von der Mülheimer Wache sollen wir uns auf einiges gefasst machen. Die müssen wie die Irren aufeinander losgegangen sein."

„Es ist helllichter Tag." Katja sah auf die kleine Uhr in ihrem Armaturenbrett. Es war halb vier Nachmittags.

„Wer nimmt schon Rücksicht, wenn die Emotionen überkochen! Ich bin froh, dass dir dieser Anblick erspart bleibt. Ist Sven bei dir?"

„Nein, er wartet in Stralsund auf mich. Wer arbeitet noch an dem Fall?" Katja sah auf das Waldgebiet um sie herum. Die Sonne ließ durch die Zweige hindurch, die sich im Wind wiegten, helle Flecken auf dem Boden tanzen. Rechts lagen die Schienen des *Rasenden Rolands*. Wie friedlich war hier doch alles.

„Von uns nur Martin und ich. Der Fall ist ja klar, die Beteiligten, die noch vernehmungsfähig sind, haben wir ja schon in polizeilichem Gewahrsam. Die anderen sind auf dem Weg ins Krankenhaus – oder in die Rechtsmedizin. Ansonsten Dr. Brettschneider. Und Oliver Weingarth, die pure Begeisterung in Person. Er fliegt ja morgen mit seinem Freund nach Sri Lanka."

Katja fuhr nun durch Baabe in Richtung Sellin über eine Landstraße, überall Wiesen und Kuhweiden, der silberne Selliner See begleitete sie ein Stück. Alles strahlte Ruhe und Zufriedenheit aus. Ein Ort, von dem man nie wieder fort wollte, und sie dachte an die Menschenmenge um den Kölner Dom, an die Kneipen in der Altstadt, an ihre Wohnung in Köln-Braunsfeld, an den Weiher, den sie direkt unter ihrem Fenster sehen konnte, an die Hektik morgens früh im Berufsverkehr, dachte an die Ecken von Köln, in die niemand gerne fuhr, schon gar nicht nachts, dachte an die Menschen, die ihren Wohnsitz unter die Severins- oder die Hohenzollernbrücke verlegt hatten.

„He, bist du noch da?" Kai schrie die Frage regelrecht. Dann hörte sie ihn zu Borg sagen „Vielleicht ist die Verbindung unterbrochen."

„Doch, ich bin noch da, war nur kurz in Gedanken."

„Geht es um den Mord an der alten Frau?" Kai kannte sie, wenn sie an einem Fall arbeitete, war sie kaum ansprechbar.

„Wir haben eine zweite Tote?"

„Wieder eine alte Frau?"

„Ja, es war eine Freundin des Opfers."

„Dann besteht also eine Beziehung zwischen den beiden Morden und ihr jagt zumindest keinen Serientäter. Habt ihr schon eine Spur?"

Katja überlegte, sollte sie Kai und Martin alles erzählen, auch ihren Verdacht den Beamten gegenüber. „Mir gehen die Gedichte nicht aus dem Kopf, aber ich finde ihren Sinn nicht. Habt ihr noch Zeit zuzuhören?"

„Für dich immer", hörte sie Borg sagen.

Sie erzählte ihnen von den gefundenen Beweisstücken und von ihren Vermutungen, während sie in Süllitz an einem Hof vorbeifuhr, an dem ein Schild auf Kutschfahrten hinwies. Sie sprach von der Familie des ersten Opfers sowie von ihrem Verdacht, den sie zu schnell vor Sven Widahn ausgesprochen hatte. Ein Straßenschild zeigte an, dass es rechts nach Binz und geradeaus nach Bergen ging. Birken, die die Straße säumten, flogen nur so an ihr vorbei. Während sie auf eine Anlage mit Gartenlauben und Obstbäumen schaute, berichtete sie von der Unterhaltung in Bachs Büro.

Kai lachte. „Sven ist wirklich manchmal eine Mimose. Geht direkt zum Chef und heult sich aus. Er meint das nicht so, so schnell er beleidigt ist, so schnell ist bei ihm auch wieder alles vergessen. Na ja, ich bin vielleicht ein wenig voreingenommen, er ist halt ein guter Freund.“

*Der mit der Frau, die du liebst, geschlafen hat.* Bei dem bloßen Gedanken, was sie aufs Spiel gesetzt hatte, wurde sie dunkelrot. Nie, niemals durfte er erfahren, was passiert war. „Trotzdem, Kai, irgendwie werde ich das Gefühl nicht los, dass da etwas nicht stimmt.“

Auf der anderen Seite der Leitung wurde es für einen Augenblick still. Katja durchfuhr einen kleineren Ort, auf dessen Namen sie nicht geachtet hatte, aber es reihten sich Geschäfte für Bernstein oder Fisch, Pensionen, Ferien- und Wohnhäuser aus Backstein und mit Reetdächern aneinander.

„Möchtest du lieber nach Hause kommen? Ich könnte da was arrangieren.“

Katja schmunzelte. Manchmal vergaß sie, dass Kai nicht nur ihr Lebensgefährte, sondern auch ihr direkter Vorgesetzter war. „Nein, lass nur. Ich komme schon zurecht.“

„Gut, wie du meinst. Zwei Dinge noch, dein Sohn hat gestern Abend gefragt, wann du wieder nach Hause kommst. Anscheinend vermisst er seine Mutter.“

„Echt?“ Katjas Herz machte einen Sprung.

„Ja! Und dann hat noch Sally angerufen.“

„Sally Albrecht, aus New York?“

„Ja, richtig.“

„Ich fasse es nicht“, ihre Brieffreundin aus Kindertagen hatte angerufen, noch mehr positive Überraschungen und sie würde dem wartenden Zeugen von Hiddensee pfeifend entgegentreten. „Was wollte sie denn?"

„Hat sie mir nicht verraten. Hab ihr gesagt, du würdest dich direkt nach deiner Heimkehr bei ihr melden."

„Mach ich. Sonst noch Neuigkeiten?"

„Ja", das war wieder Martin. „Roswitha und ich werden heiraten."

„Habe ich schon vernommen."

Im Hintergrund hörte sie ein „Au!" und „Verräter".

Sie fuhr über den Rügendamm, die Verbindung wurde schlechter. „Macht's gut, ihr beiden." Sie war sich nicht sicher, ob sie ihren Abschiedsgruß noch gehört hatten, schaltete das Handy aus und kehrte zurück in ihr Leben und zurück zu ihrem Fall.


## 38


Es war schon seltsam, auf der einen Seite fühlte sie sich einsam nach dem Gespräch mit Kai Grothe und Martin Borg, auf der anderen Seite stellte sie mit Freude fest, dass sie wieder klarer sah, wieder zu der Katja wurde, von der sie geglaubt hatte, sie bei ihrem letzten großen Fall verloren zu haben. Sie hastete die Treppe hoch zu Bachs Büro. Hinter der Tür hörte sie laute Stimmen. Sie klopfte an, trat ein.

„Ich habe Ihnen doch jetzt schon tausendmal gesagt ..."

Ein Mann, mittleren Alters, starrte sie mit wildem und verzweifelten Blick an. Sein schmales Gesicht war von Stress arg gezeichnet.

Widahn reichte ihr einen Zettel. Als sie darauf las, wie die Beamten ihn gefunden hatten, musste sie innerlich lachen. Sie drehte das Blatt um und schaute auf seine Personalien. Er hieß Lars Simion und war dreiundvierzig Jahre alt. Als sie das Protokoll las, entdeckte sie, dass noch etwas fehlte. Sie ging auf ihn zu, reichte ihm die Hand und setzte sich auf den Stuhl, den Sven für sie frei machte. Bach war gar nicht im Raum. „Herr Simion, mein Name ist Sommer. Ich möchte gerne von Ihnen wissen, wie Sie die Nacht von Freitag auf Samstag verbracht haben."

Simion krallte kampflustig die Hände ineinander. „Hab ich doch schon alles erzählt. Erst dem Älteren, dann ihm hier, fragen sie ihn doch. Er weiß alles." Er zeigte auf Widahn, der gerade zur Tür ging und mit seinen Lippen *Kantine* formte. Katja nickte. „Ich möchte es aber von Ihnen hören."

„Ich habe doch nichts getan, ich will hier weg, nach Hause."

„Kann ich verstehen", Katja setzte ein gelangweiltes Gesicht auf und schaute auf ein leeres Blatt Papier, „kann ich sogar gut verstehen. Ich würde bei dem Wetter auch lieber im Biergarten sitzen. Aber eine Frau ist tot aufgefunden worden, und es scheint, als hätten Sie damit etwas zu tun. Und ich muss herausbekommen was."

„Das ist Nötigung. Ich habe schon alles erzählt."

Katja sah ihm direkt ins Gesicht. Er hatte Angst, das war ganz deutlich. Aber wovor? Dass er sich bei seiner Aussage verhaspelte und etwas anderes sagte, als im Protokoll stand? Oder hatte er den Mörder gesehen? Hatte er in dieser Nacht etwas Furchtbares erlebt?

„Der Einzige, der hier genötigt wird, bin ja wohl ich. Muss mich hier mit einem sturen Kindskopf auseinandersetzen, der strafbarerweise versucht, polizeiliche Ermittlungen zu behindern, statt mit der Wahrheit rauszurücken und sich dann gemütlich in den Biergarten zu setzen."

Anscheinend hatte sie die richtigen Worte gefunden. Ergeben sah er sie an. „Kann ich noch ein Glas Wasser bekommen?"

„Aber sicher." Der uniformierte Beamte, der im Hintergrund saß, verstand sofort, ging auf den Flur zum Wasserspender und reichte kurz darauf Simion einen Becher.

„Und jetzt erzählen Sie mal der Reihe nach."

„Danke!" Er nahm einen großen Schluck aus dem Wasserbecher. „Ich bin letzte Woche Freitag nach Hiddensee gekommen. Meine Freundin hatte Schluss mit mir gemacht, und ich wollte alles vergessen."

„Und dafür haben Sie sich diese Insel ausgesucht?"

Er nickte, hielt den Kopf gesenkt. „Ich wollte alleine sein und in Ruhe gelassen werden. Wir sind beide Lehrer und sie hat sich in einen Kollegen verliebt."

„Lehrer, aha!" Katja trat kurz auf den Flur und nahm sich auch einen Becher von dem kühlen Wasser.

„Ja, ich gebe Deutsch, Geschichte und Pädagogik."

„Lieben Sie Gedichte?"

„Sie meinen Goethe, Mörike und so einen Mist? Bloß nicht."

„Aber Sie unterrichten doch Deutsch?"

„Deswegen muss ich ja nicht zwangsläufig eine Vorliebe für Lyrik haben, oder?"

Er räusperte sich kurz, bevor er weitersprach. „Letzten Freitag habe ich mich in den Zug gesetzt und bin nach Hiddensee gekommen. Meine Mutter hat eine Bekannte in Vitte, ihr gehört das Café *Kanne* und die Pension *Lachmöwe*. Dort bekam ich dann auch eine Bleibe." Er stockte, Katja sah ihm an, dass die Erinnerung ihm zu schaffen machte.

„Und dann, was haben Sie auf Hiddensee gemacht?" Alles, was er bisher ausgesagt hatte, wusste sie aus dem Protokoll. Sie wollte von ihm hören, was nicht darin stand.

„Das sage ich lieber nicht, ich möchte nicht noch mehr Ärger bekommen."

Katja lachte, drehte den Ventilator hoch. „Guter Mann, Sie bekommen Ärger, wenn Sie es mir *nicht* erzählen."

„Gut", er schluckte, sah sie von unten herauf an. „Ich hatte Gras dabei, als ich auf Hiddensee ankam."

Katja zog die Augenbrauen hoch. Grundgütiger, war das alles, er machte sich ins Hemd wegen eines popeligen Joints? Er deutete ihre Reaktion falsch, hob abwehrend die Hände. „Nur drei Gramm für den Eigenbedarf, mehr nicht."

„Wann sind Sie denn angekommen?"

„Das war so gegen fünf Uhr nachmittags."

„Und?" Wieso musste sie ihm denn alles aus der Nase ziehen?

„Ich bezog mein Zimmer, ging zum Edeka und besorgte mir Bacardi und Cola. Dann ging ich zum Hafen, eine Kleinigkeit essen, ich ließ mich treiben, und irgendwann ging ich zum Strand."

„Um wie viel Uhr war das?" Sie schaute auf das Protokoll. Er hatte keine Uhrzeit angegeben, nur dass es bereits dunkel gewesen war.

„Keine Ahnung, vielleicht dreiundzwanzig Uhr oder Mitternacht. Genau weiß ich es nicht mehr. Auf jeden Fall war es dunkel, und ich war ganz allein."

„Sie dachten an Ihre Freundin und fragten sich, was sie wohl gerade machte?"

„Ja, woher wissen Sie das?"

Katja antwortete ihm nicht auf die Frage. „Haben Sie erst getrunken oder erst den Joint geraucht?" Wobei sie sich fragte, wie es möglich war, beides zu konsumieren, ohne dabei tot in die Ostsee zu fallen.

„Den Bacardi mit der Cola habe ich auf meinem Zimmer getrunken."

Katja machte sich Notizen. „Die ganze Flasche?" Er musste voll wie ein Eimer gewesen sein.

„Nein, soviel wie reinpasste, und das ziemlich schnell. Dann ging ich auf die Toilette, mich übergeben."

Katja nickte, alles andere hätte sie auch gewundert.

„Ich wollte alles vergessen, Iris, den Streit, einfach alles."

„Gut, und dann, wie ging es weiter? Man hat Sie morgens früh im Bademantel gesehen, als Sie den Strand verließen. Die Zeugin glaubte, Sie seien darunter nackt gewesen." Kam es ihr nur so vor, oder wechselte er tatsächlich die Gesichtsfarbe?

„War ich auch. Nachdem ich den Bacardi getrunken hatte, kam ich auf die verrückte Idee, nackt baden zu gehen. Ich zog mich aus und ging, nur mit dem Bademantel bekleidet, zum Strand. Ich setzte mich erst mal in den Sand und bin dann vielleicht auch für einen kurzen Moment eingeschlafen. Es fällt mir ehrlich gesagt schwer, die folgenden Stunden wiederzugeben."

„Klar, der Alkohol wirkte, auch wenn Sie einen Teil wieder erbrochen hatten. Den Joint hatten Sie zu dem Zeitpunkt noch nicht geraucht, oder?"

Simion schien angestrengt nachzudenken. Er knetete seine dünnen, knochigen Finger und verbog sie so, dass Katja beim bloßen Hinsehen eine Gänsehaut bekam.

„Nein, den Joint rauchte ich erst nach dem Baden."

„Sie hatten getrunken, gingen im Bademantel an den Strand, wissen nicht mehr, ob Sie kurz eingenickt sind, dann sind Sie ins Wasser gegangen. Mann, Sie haben vielleicht Nerven. Das hätte schlimm ausgehen können."

„Ich hatte eben Glück, aber ehrlich gesagt hätte ich in der Nacht ersaufen können, das wäre mir egal gewesen. Ich rauchte den Joint, und keine Ahnung, wie lange es dauerte, aber ich weiß noch, dass ich wie dusselig aufs Wasser stierte und dann ... Blackout. Nichts mehr."

Nach einer Uhrzeit brauchte sie ihn erst gar nicht zu fragen. „Weiter!"

Wieder schluckte er und knetete seine Finger. „Am Morgen dann erwachte ich neben der Toten, ich erschrak und rannte weg, mehr weiß ich nicht, ehrlich."

Katja seufzte, genauso stand es auch im Protokoll. Sie hatte sich Lars Simion gegenüber auf den Schreibtischstuhl von Bach gesetzt, klopfte mit der Spitze des Kugelschreibers auf der Schreibunterlage herum. *Und ob du mehr weißt, du hast es nur verdrängt, aber wir setzen das Puzzle jetzt zusammen.* „Gut. Wo genau sind Sie wach geworden?"

„Wo genau?"

„Ja, am Strand, in den Dünen, auf dem Mond, was weiß ich wo."

„Ach so, nein, ich lehnte gegen den Strandkorb, in dem die Tote lag. Oh Gott, ihre Hand lag auf meinem Kopf."

„Okay", Katja dachte an das einzelne dunkle Haar, das man bei der Toten zwischen den Fingern der linken Hand gefunden hatte. Die Genuntersuchung würde klarstellen, dass es sich um ein Haar von Lars Simion handelte. Sie setzte sich gerade hin, jetzt wurde es langsam spannend. „Gehen wir noch mal kurz zurück. Den Joint, haben Sie den in einem Strandkorb geraucht oder wo genau waren Sie da? Das ist wichtig, Sie müssen sich erinnern."

Lars Simion rieb sich über die hohe Stirn. „Nein, ich saß am Strand direkt vor den Dünen."

„Also im Sand, hinter Ihnen ging es etwas bergauf, da waren die Dünen, ist das so richtig?"

Simion nickte eifrig. „Genauso war es, jetzt wo Sie es sagen, direkt hinter mir war das Gestrüpp, ich weiß noch, dass mich irgendetwas durch den Bademantel in den Rücken stach. Vor mir standen die Strandkörbe. Warum ich mich an den Strandkorb gesetzt habe, weiß ich wirklich nicht. Aber ich schwöre, mit dem Mord habe ich nichts zu tun."

Katja dachte nach. Nie im Leben hatte er sich selbst an den Strandkorb gesetzt. Wenn alles so war, wie er es darstellte, und Katja hatte augenblicklich keine Zweifel an seiner Aussage, dann war er, nachdem das Haschisch sich mit dem Alkohol im Blut vereint hatte, mehr oder weniger sofort umgekippt, und zwar dort, wo er gesessen hatte.

„Der Mörder hat Sie dahin gesetzt."

Simion sprang auf. „Was? Ich war in den Händen eines Mörders? Und der hat mich dann in diese miefige Decke gewickelt? Und ich dachte schon, ich hätte einen Absturz gehabt und allen möglichen Unfug angestellt."

„Decke gewickelt, was für eine Decke?" Katja sah ihn aufmerksam an. Es wurde immer interessanter.

„Ach, irgend so ein nach Fisch und vor allem nach Öl stinkendes Teil. Als ich morgens wach wurde, war ich damit zugedeckt, es war widerlich."

„Welcher Fisch?"

„Was meinen Sie damit?"

Katja fragte sich langsam, ob der Mann vor ihr vielleicht immer noch betrunken war. „Ja, roch die Decke nach frischen oder altem Fisch, vielleicht auch eher nach Muscheln als nach Fisch?"

„Herrgott, ich kann da keinen Unterschied feststellen. Aber dem Gestank nach hatte der Fisch schon lange kein Meerwasser mehr gesehen."

„Okay, jetzt das Öl. Nach welchem Öl roch die Decke? Sonnenöl, Olivenöl."

„Maschinenöl, das war ganz deutlich."

„Wunderbar, und wo ist die nach Maschinenöl und altem Fisch riechende Decke jetzt?"

„Keine Ahnung."

„Was heißt das, keine Ahnung? Was haben Sie denn mit der Decke gemacht?"

„Ich hab sie ins Meer geworfen."

„Mist!" Katja schüttelte den Kopf. „Nun gut. Bitte setzen Sie sich mal auf den Boden und zeigen Sie mir, wie Sie an dem Strandkorb gelehnt wach geworden sind."

„Hier?"

„Wenn Sie wollen, können wir auch nach Hiddensee fahren und da noch mal alles durchexerzieren."

„Nein, schon gut." Er sah sich um und entschied sich für ein Stück freie Wand zwischen Aktenschrank und Birkenbäumchen. Er lehnte sich schräg dagegen, den Kopf nach vorne auf die Brust gelegt, die Beine seitlich angezogen.

„Gut, und die Decke, wie lag die Decke? Waren Sie richtig eingewickelt oder einfach nur zugedeckt?"

„Ich war zugedeckt, bis zum Kinn. Als ich aufwachte, wusste ich erst gar nicht, wo ich war, jeder Knochen tat mir weh, und dann dieser Gestank, er zog direkt in meine Nase."

Katja nickte, machte sich Notizen. „Aber kalt war Ihnen nicht."

Lars Simion schüttelte den Kopf. „Nein, überhaupt nicht. Ich war ja bis zum Gesicht zugedeckt. Dann drang ganz allmählich in mein Bewusstsein, dass ich im Freien und am Strand war. Ich versuchte irgendwie meine Gedanken zusammenzukramen, bemerkte auch zunächst gar nicht die Hand auf meinem Kopf. Erst als ich nach oben griff und die kalte Hand berührte." Simion schlug die Hände vors Gesicht. „Gott, war das schrecklich, die Hand fiel auf meine Schulter. Ich schaute nach rechts, entdeckte ein nacktes Bein und die Hand, diese krallige Hand. Ich sprang auf, und dann sah ich sie, die alte Frau, nackt, voller Blut, breitbeinig, die Arme und Beine gespreizt. Es war einfach nur furchtbar. Ich rannte zum Wasser, musste mich erneut übergeben, dabei warf ich die Decke ins Wasser, hab einfach nicht mehr darauf geachtet, und lief dann, so schnell ich konnte, zurück zur *Lach-möwe*. Aber wer auch immer sie getötet hat, der muss sie gehasst haben."

*Hoppla, mein Freund.* „Wie kommen Sie darauf?"

„Na ja", wieder fing er an, seine Hände zu kneten, Katja schaute schon prophylaktisch in eine andere Richtung, „ich meine nur, so wie sie dalag. Als habe man sie bloßstellen wollen."

Katja schmunzelte, *gar nicht so übel.* „Okay! Ich möchte Sie bitten, uns Ihren Bademantel zur Verfügung zu stellen. Wir können davon ausgehen, dass sich noch Spuren der Decke und ihrer Verschmutzungen an ihm befinden werden. Ansonsten habe ich jetzt wohl alles. Ihre Adresse ist hier auch angegeben, falls wir Sie später noch brauchen sollten."

„Eine Frage, wie haben Sie mich eigentlich gefunden?"

Katja lachte. „Oh, es gibt nicht so viele Touristen auf Hiddensee, die halbnackt am späten Freitagabend im Takt marschieren und dabei *Yellow Submarine* singen. Die erkennt man dann schnell wieder, wenn sie im Bademantel vom Strand kommen."

Diesmal veränderte er seine Gesichtsfarbe ganz eindeutig.

„Nehmen Sie es nicht tragisch, so etwas soll vorkommen. Bevor Sie wieder in Ihre Pension fahren, möchte ich gerne noch ein Bild von Ihnen machen, und zwar möchte ich Sie bitten, sich noch mal so wie vorhin an die Wand zu lehnen, wie Sie auch an dem Strandkorb gelehnt haben." Katja sah sich um und öffnete ein Sideboard, in der Hoffnung, dort einen Fotoapparat zu finden, aber erfolglos. Kai Grothe hatte seine Kamera auch immer im Schreibtisch. Vielleicht sollte sie in der Kantine anrufen, ihn ausrufen lassen? Ach Quatsch, war schließlich sein Dienstschreibtisch, sie würde ihm das später erklären.

Sie öffnete die erste Schublade, nur Papierkram. In der zweiten fand sie ganz obenauf liegend einen bunten Prospekt. Die Farben waren schon ein wenig vergilbt. Die erste Seite zierte ein Bild von einem Gewächs, das aussah wie die Mischung zwischen einem Baum und einem Kaktus, darüber eine Überschrift in dicken, schwarzen Lettern: *Kommen Sie und staunen Sie!*

# 39

„Und, was glaubst du, hat Lars Simion etwas mit der Tat zu tun?" Widahn rührte in seinem Kaffee und sah Katja an, die eine Cola light für sich bestellte und eine Polaroidaufnahme auf den Tisch legte.

„Was denkst du?" Sie versuchte erst gar nicht zu lächeln, das wäre ihr sowieso misslungen. Er sah sie zwar wieder freundlicher an, blieb aber distanziert. „Nein, und er hat uns auch als Zeuge nicht wesentlich weiterhelfen können, so besoffen und bekifft wie er war. Die Löcher im Schweizer Käse sind nichts im Vergleich zu seiner Erinnerung." Er löste seinen Haarzopf. Gestern noch hatte sie diese einfache Bewegung fast um den Verstand gebracht, heute blieb sie völlig unberührt.

„Ja und nein." Sie beobachtete ein Aufleuchten in seinen Augen, ein rein berufliches Interesse.

„Wie meinst du das?"

„Der Mörder hat ihn zugedeckt."

„Wie? Wieso hat er uns das nicht erzählt?"

Vielleicht weil ihr ihn anders angepackt habt? Sie bedankte sich für die Cola, die ihr gebracht worden war, und trank einen kräftigen Schluck. Dann nickte sie Bach zu, der durch die Kantine zu ihnen in die hintere Ecke kam und sich wieder einmal den Bauch hielt. „Ist ihm wahrscheinlich jetzt erst wieder eingefallen. Aber noch etwas ist interessant." Katja zeigte auf die Aufnahme auf dem Tisch.

„Warte auf mich mit der Erklärung, ja? Hab zu viel Kaffee getrunken, bin gleich wieder da."

Katja wandte sich entschuldigend an Bach. „Ich habe vorhin in Ihrem Büro eine Kamera gesucht. Ich hoffe, Sie sind mir nicht böse." Besorgt sah sie in sein eingefallenes Gesicht, bemerkte seinen glasigen Blick. Nahm er am Ende Drogen? War er deshalb immer so seltsam?

„Und? Sind Sie fündig geworden, beim Durchsuchen meines Büros?"

„Nein leider." Katja lächelte verlegen. Wie er das sagte, klang es so, als habe sie ein Verbrechen begangen, und irgendwie fühlte sie sich auch schuldig. „In Ihrem Büro habe ich keine gefunden. Herr Vohwinkel hat mir ausgeholfen. Aber Sie haben einen schönen alten Prospekt vom Joshua Tree National Park in Kalifornien. Wirklich wunderschön. Sind alte Prospekte Ihre Leidenschaft?"

„Meine Leidenschaft?" Er war ganz leise geworden. Katja erschrak, sein Blick war zutiefst verletzt. Er krümmte sich nach vorne, stöhnte leise auf. „Ja, meine Leidenschaft."

Widahn kam zurück, packte seinen Schwiegervater am Arm und sah ihn streng an. „Hör mal, Sebastian, das ist langsam lächerlich, weißt du das? Du musst dich mal ansehen. So kannst du doch nicht weitermachen."

Bach verzog das Gesicht zu einem schmerzhaften Lächeln. Auf seiner breiten Stirn standen Schweißperlen. „Hab bereits mit Ulrich gesprochen. Fahre gleich zu ihm. So schlimm war es aber auch noch nie."

„Schluss jetzt! Ich fahre dich ins Krankenhaus, und keine Widerrede. Du mit deiner Scheißangst vor Krebs. Vielleicht ist es nur der Blinddarm, und du riskierst dafür dein Leben." Widahn sah Katja bittend an. „Wir reden später weiter. Heute um achtzehn Uhr haben wir im Pressezimmer eine Teamsitzung, wenn ich bis dahin nicht zurück sein sollte, musst du mich vertreten."

Katja war ebenfalls aufgestanden. „Ich? Ich kenne doch kaum jemanden."

Widahn winkte ab. „Sebastian hat vorhin, als du mit Simion gesprochen hast, um Verstärkung gebeten. Wir hier und etwa zwanzig Kollegen aus Vorpommern bilden jetzt die *SK Wirth*. Sie sind auf dem Weg hierhin. Ich kenne die meisten auch nicht. Es geht hauptsächlich darum, die neuen mit dem Fall vertraut zu machen, sowie um einen ersten Gedankenaustausch."

Katja nickte und schaute zu Bach, der den Kopf gesenkt hielt. Jemand schien mächtig Druck auf ihn auszuüben, sonst hätte er keine Sonderkommission einberufen. Aber wer, die Presse, der Polizeipräsident, oder beide?

Bach sagte nichts, er stand auf, sein Stuhl fiel um. In der Kantine war es still geworden. Kollegen schauten zu ihnen rüber, während Katja den Stuhl hochhob. Bach suchte ihren Blick. Seine Pupillen hatten eine milchiggelbe Färbung angenommen. Er legte seine feuchtwarme Hand auf ihre Schulter. „Finden Sie ihn, Katja. Bitte! Finden Sie den Mörder." Kraftlos und zittrig versuchte er ihre Schulter zu drücken. Katja atmete tief durch, schaute hinter ihm her, wie er an Widahns Arm, gestützt von einem Kollegen in Uniform, die Kantine verließ. Einige riefen ihrem Chef *Gute Besserung* hinterher, die meisten saßen still auf ihren Stühlen und sahen ihm nach. Katja ging zur Theke. „Ich möchte zahlen."

Der dicke Mann wischte sich die Hände ab. „Alles zusammen?"

Katja nickte bedrückt. Sie musste Luise oder besser noch Inga anrufen. Gott, sie hatte noch nicht einmal eine Rufnummer vom *Klabautermann*. Vohwinkel war im Haus, er würde ihr weiterhelfen können. Sie ging in Richtung Ausgang, langsam die Treppe hoch, zurück in Bachs Büro, und atmete tief durch.

## 40

Thekla Freydberg saß in ihrem Wohnzimmer in der *Hyazinthe* und lackierte sich die Fingernägel. Hinter ihr schlug die verschnörkelte Messingwanduhr sechsmal zur vollen Stunde. Sie lächelte, eigentlich war um achtzehn Uhr Abendessenszeit, aber heute war eben nicht eigentlich. Ihr Telefon klingelte.

„Freydberg."

„Ja, sag mal, wo bleibst du? Ich habe Hunger."

Thekla verdrehte die Augen. „Isabelle, kannst du nicht einmal etwas ohne mich machen? Ich komme heute nicht zum Abendessen." Im Hintergrund hörte sie Stimmengewirr, das Klappern von Geschirr. Im Geiste sah sie ihre Freundin am Wurstbuffet stehen, in der einen Hand einen leeren Teller, in der anderen das Nokia Handy, ihre neueste Errungenschaft und der absolute Garant dafür, überhaupt keine Ruhe mehr vor ihr zu bekommen.

„Wo bist du eigentlich den ganzen Tag gewesen?" Völlig übergangslos wechselte Isabelle das Thema.

„Bei Luise Bach." Thekla schaute sich ihre linke Hand an. Ein Staubfusel drohte, sich in dem noch feuchten Nagellack niederzulassen.

„Ach was, bei dieser kessen, vorlauten Person mit ihrer unmöglichen Schwiegertochter? Mit solchen Leuten gibst du dich ab?"

Thekla überlegte, ob sie ihr den Wind aus den Segeln nehmen sollte, indem sie ihr offenbarte, dass sie Isabelles richtigen Namen kannte: Berta! Erst gestern hatte es ihr die Nachbarin aus der Ahornblüte verraten. „Luise ist in Ordnung."

„Na, du musst ja wissen, mit wem du dir deine Zeit vertreibst. Und nun komm essen. Ich habe Hunger."

Thekla starrte auf den Hörer, typisch Isabelle, legte einfach auf. Mit einer Selbstverständlichkeit sondergleichen ging sie davon aus, dass man sprang, wenn sie rief.

„Na, du wirst noch blöde glotzen, du dumme Kuh." Thekla legte Watte zwischen die Zehen, um die Fußnägel besser lackieren zu können. Etwas Hunger hatte sie schon, wenn sie ehrlich sein sollte, und ob sie heute Abend noch etwas bekam, war fraglich. Sie schüttelte den Kopf, im Kühlschrank war noch ein Joghurt, dessen Verfallsdatum sich bedrohlich näherte, und im Eisfach hatte sie ein Kräuterbaguette zum Aufbacken. Sie schaute auf den Zettel auf dem Tisch, neben ihren halblackierten Zehen. Als sie nach Hause gekommen war, hatte er unter der Tür gelegen. Sicher war einer der beiden Kavaliere, die sich so intensiv um sie bemühten, der Urheber. Aber wer von beiden? Ihr Herz klopfte. Gott, war sie aufgeregt. Hoffentlich würde sie überhaupt noch etwas essen können. Sie schaute erneut auf die Uhr, halb sieben. Hauptsache Isabelle ließ sie in Ruhe. Nie würde sie ihr erzählen, was sie heute Nacht vorhatte, na ja, vielleicht hinterher. Ihre Finger glitten über das kleine blütenweiße Blatt Papier.

*„Ich denk an dich.*
*Wie wilder Wein den Baum sprießend umringt,*
*mit breiten Blättern hängen*
*um dich meine Gedanken,*
*dass man kaum den Stamm noch sieht*
*unter dem grünen Drängen.*
Komm um dreiundzwanzig Uhr zum Thiessower Hafen auf die
*Anna-Greta II.* Dort erwartet dich eine Überraschung."

## 41

„Schön, dann können wir ja anfangen." Katja hatte sich der
Runde vorgestellt, nachdem sie mit Hilfe Konrad Vohwinkels im
*Klabautermann* angerufen und nur Anke Liv angetroffen hatte. Sie
wollte ihrer Mutter eine Nachricht hinterlegen und sich von einem Nachbarn nach Bergen fahren lassen.

Katja stand an der Kopfseite einer Tischreihe in U-Form, hinter
ihr eine große, moderne weiße Magnettafel, auf der man auch
zeichnen und schreiben konnte. Etwa zwanzig Augenpaare sahen
sie teils erwartungsvoll, teils müde an.

„Ich möchte Sie bitten, selbstständig vier Gruppen zu bilden
und mir die Namen der dazugehörenden Mitarbeiter auf Zettel zu
schreiben." Sie drehte sich um, nahm ihr Handy und ging zur Tür.
Hinter sich hörte sie Stühlerücken und Stimmengemurmel. Sie
hoffte, Widahn im Krankenhaus zu erreichen.

„Sven? Was ist mit Sebastian?"

„Keine Ahnung, man hat mich hinausgeschickt. Es geht ihm
aber sehr schlecht. Der Kreislauf ist zusammengebrochen. Und
ich kann Inga und Luise nicht erreichen, aber Anke Liv müsste
gleich hier sein. Wie klappt es bei dir? Kommst du zurecht?"

„Ich denke. Die Verstärkung ist eingetroffen. Ich habe sie in
Gruppen eingeteilt, das ist übersichtlicher."

„Sehr gut. Sobald Anke Liv hier ist, komme ich zurück."

Katja ging zurück, auf ihrem Schreibtisch hatten die neuen Mitarbeiter vier Zettel hingelegt, jeder einzelne der Kollegen hatte vor sich ein Namensschild aufgestellt. Katja war zufrieden, sie dachten mit, und das bedeutete, dass sie eine gute Truppe zusammengetrommelt hatten.

„Sie haben alle Unterlagen vor sich. Wenn Ihnen noch etwas fehlt, sagen Sie Bescheid. Zu den Medikamenten. Wir haben zwar schon einmal unser Glück versucht, bis jetzt aber keinen Erfolg gehabt. In den umliegenden Krankenhäusern, Apotheken und Tierarztpraxen fehlt nichts. Nun konzentriert sich Gruppe A bitte auf das Tramal und das Isofluran. Tramal ist ein starkes Schmerzmittel und natürlich verschreibungspflichtig. Es wird häufig in Altenheimen verwendet, ist aber auch dort unter Verschluss. Fangen Sie hier in der Seniorenresidenz *Abendsonne* an. Ach ja, denken Sie bitte auch an die Nachbarländer, Polen und Schweden sowie an den Schwarzmarkt. Irgendwie muss der Mörder ja an das Zeug gekommen sein. Gruppe B beschäftigt sich noch einmal mit den Heimbewohnern. Gruppe C sucht im Küsten- und Strandgebiet nach der Decke, die Lars Simion ins Meer geworfen hat. Fragen Sie auch Anlieger und Gäste, ob sie vielleicht eine Decke gefunden haben. Gruppe D hakt bitte noch einmal bei der Küstenwache nach, ob es mittlerweile irgendwelche Informationen bezüglich eines privaten Seglers gibt, der in der Nacht oder in den frühen Morgenstunden zwischen Rügen und Hiddensee aufgefallen ist. Denken Sie auch an Befragungen im Yachthafen oder unter Fischern."

Das Telefon klingelte. Unwillig über die Unterbrechung hob sie ab. „Ja bitte?"

„Hier Dr. Majonika, ich bin auf dem Weg ins Sana Krankenhaus nach Bergen. Wollte Ihnen aber noch mitteilen, dass die Untersuchung von Hilde Tietz abgeschlossen ist. Sie bekam in hohen Dosen Rohypnol und Adalat."

Katja nahm Kuli und Papier. „Wie war das?"

„Rohypnol und Adalat, das erste ist ein starkes Schlafmittel, das zweite ein blutdrucksenkendes Mittel. Beides zusammen ... puuh!

Und da man wohl davon ausgehen kann, dass sie nicht selbst an diese Medikamente gekommen ist, wird man Selbstmord wohl ausschließen müssen."

Katja bedankte sich und hängte ein. Sie hielt die achtzehn Männer und zwei Frauen zurück. „Wir sind noch nicht fertig. Schreiben Sie noch folgendes auf: Hilde Tietz bekam Rohypnol und Adalat."

Eine Frau mit dem Namensschild Beate Vogel meldete sich. „Was ist das?"

„Ein Schlafmittel und ein blutdrucksenkendes Mittel."

Einige schrieben mit, andere pfiffen durch die Zähne. „Also wurde sie regelrecht eingeschläfert."

„Ganz genau."

Karl-Heinz Becker, ein kräftiger, älterer Mann mit sächsischem Dialekt, meldete sich zu Wort. „Ich habe noch nie an einem Mordfall mitgearbeitet."

Katja sah ihn aufmunternd an. „Das macht nichts. Wir arbeiten hier im Team, das bedeutet, Sie können sich erst einmal verstärkt an Ihren Kollegen orientieren. Das heißt aber auch", sie stand auf und ging in die Mitte der Gruppe, „ich kaue Ihnen nichts vor, sondern wir teilen uns den Kuchen." Sie schaute um sich, die achtzehn Männer und zwei Frauen sahen sie aufmerksam an. Sie hatte mit Absicht so angefangen, die Stimmung der Mitarbeiter wirkte auf sie immer noch etwas abweisend oder zumindest kühl, was wiederum verständlich war, die wenigsten kannten sich untereinander.

Sie schrieb den Buchstaben *W* dreimal an die Tafel. „Wer glaubt, er bekäme jetzt eine neue Internetadresse, wo man kräftig Geld sparen kann, der hat sich getäuscht." Gelächter. Katja schmunzelte, auf dass es so weiterginge. Sie zeigte auf die Buchstaben. „Ich möchte Sie nur noch einmal an die bekannte Formel erinnern: WAS und WARUM ist gleich WER. In ihr liegt auch die Lösung unserer beiden Mordfälle." Sie machte eine kurze Pause, damit ihnen die Wichtigkeit der drei Worte wieder bewusst wurde.

„Wir gehen wie gewohnt von den Fakten aus, damit wir die in immer neuen Kombinationen zusammensetzen können, so dass sich ein Sinn daraus ergibt. Und, das ist mir ganz wichtig: keine Kombination kann von vornherein ausgeschlossen werden. Deshalb scheuen Sie sich nicht, auch scheinbar absurde Ideen auszusprechen, ohne Angst vor negativen Reaktionen, hier darf niemand ausgelacht werden. Einverstanden?" In ihren Blicken lag Zustimmung, einige nickten.

„Okay, fangen wir an, lassen Sie uns alles zusammentragen, WAS wir über die Morde wissen, dann nutzen wir unsere Erfahrung, puzzeln uns die wahrscheinlichen Gründe dazu, also das WARUM, und zeichnen anhand all dieser Faktoren das Porträt des Mörders. WER. Los geht's."

Uwe Hendriksen, ein junger Mann mit einem sehr aufgeweckten Gesichtsausdruck, meldete sich zu Wort. „Wie steht's damit? Der König ist tot. Es lebe der König!"

Katja sah ihn einen Moment verwirrt an, dann hatte sie seine Frage verstanden. „Sie meinen einen Psychopathen, der auf der Suche nach seinem nächsten Opfer ist? Nein, eher nicht!" Während sie sprach, begann sie schon einmal alle Fotos an der Magnettafel zu befestigen: von Wilhelmine Wirth, von Hilde Tietz, von Lars Simion. Dann verteilte sie Fotokopien, die sie zuvor zusammengeheftet hatte. „Hat jemand von Ihnen schon Erfahrungen mit Psychopathen?"

Niemand meldete sich, alle schauten sich um.

„Sie handeln meist nach bestimmten Mustern. Sie suchen ihre Opfer nach ihren eigenen Bedürfnissen aus, das kann unwillkürlich sein, aber auch willkürlich. Ein Beispiel: Ein Mann macht jeden Abend um die gleiche Zeit einen Spaziergang. Er geht alleine, dreht dieselbe Runde schon seit 'zig Jahren. Eine Runde um den Block, am Eingang einer großen Grünanlage vorbei zurück zu seinem Haus. Nur heute kehrt er nicht zurück. Man findet ihn auf der Wiese der Grünanlage mit durchgeschnittener Kehle. Es wird ein Täterprofil erstellt, man findet den Täter, sein direkter Nachbar von gegenüber. Nun die Frage an Sie, warum hat er ihn umgebracht?"

Katja sah in die Runde, registrierte, dass sie angestrengt überlegten. Karl-Heinz Becker hob die Hand. „Na ja, vielleicht ging ihm der tägliche Spaziergang seines Nachbarn auf die Nerven, jeden Tag um dieselbe Uhrzeit dasselbe Geräusch, dasselbe Gesicht, da ist er Amok gelaufen."

Katja lächelte. „Nicht schlecht, Ihre Theorie, aber leider falsch. Sonst noch jemand einen Vorschlag?" Alle sahen sich gegenseitig an, niemand schien weiter zu wissen. „Okay, er war die Nummer zehn." Sie sah ihnen an, dass sie damit nicht viel anfangen konnten.

„Psychopathen ticken völlig anders. In unserem Beispiel hat sich der Nachbar an diesem Abend in das erste Gebüsch in der Parkanlage versteckt. Dann hat er dort gewartet und gezählt. Er hat sich fest vorgenommen, die Nummer zehn, eine Zahl, die er im Übrigen hasst, zu töten. Neun Passanten kommen an ihm vorbei, bemerken ihn nicht. Für unseren Spaziergänger aber, Mann Nummer zehn, ist der Weg hier zu Ende." Sie sah wieder in die Gesichter, die sie teils mit Ungläubigkeit, teils mit Anerkennung ansahen. „Das, Leute, ist ein Psychopath. Ich will damit sagen, es gibt keinen direkten Bezug zu den Opfern. Dass es sich hier gerade um seinen Nachbarn handelte, war völlig egal. Es hätte auch den Bürgermeister erwischen können, wäre er nur die Nummer zehn gewesen. Selbst wenn ein Psychopath konkret eine ganz bestimmte Person meint, dann hat das nichts mit der Persönlichkeit des Opfers zu tun, sondern vielleicht mit einer zufälligen Handlung, die es völlig unschuldig ausführt, oder mit einem Objekt, das es gerade trägt, und mit einer Phantasie, die der Psychopath damit verbindet, vielleicht das rote Kleid, das Frau XYZ sündigerweise gerade trägt, oder das schwarze Auto, das Herr Weber falsch parkt."

Sie tippte mit dem Fingerknöchel auf die Tafel. „Schauen Sie sich die Bilder an. Was sagen sie Ihnen? Sieht das aus, als wäre hier ein Psychopath am Werk gewesen?"

„Also, die Lagerung von Hilde Tietz und Lars Simion sind schon sehr ähnlich", sagte ein schmaler schmächtiger Mann mit einem hellen Stimmchen. Katja las Mario Welser auf dem Namensschild

„Empfinden das alle so?"

„Nein, ich finde, Wilhelmine Wirth sitzt doch irgendwie, na ja, obszön, würde ich sagen." Vielfältiges, zustimmendes Murmeln zeigte, dass die meisten Markus Steens Einschätzung teilten.

„Noch etwas spricht gegen einen Psychopathen", Beate Vogel lehnte sich zurück, kreuzte die Arme vor der Brust. „Die beiden weiblichen Opfer kannten sich gut, es gab eine direkte Beziehung."

Katja nickte. „Ganz genau", sie schaute zur Tür, Widahn war eingetreten, setzte sich hin und gab ihr ein Zeichen weiterzumachen. „Fangen wir mit dem WAS an. Hier Wilhelmine Wirth, sie wurde verschleppt, nachdem sie einen aufregenden, leidenschaftlichen Freitagabend in männlicher Gesellschaft verbracht hatte. Am Samstagmorgen wacht ein Mann, Lars Simion, immer noch unter Einfluss verschiedener Drogen auf, er sitzt nicht mehr an der Stelle, an die er sich zuletzt erinnern kann, und die Hand der Toten liegt auf seinem Kopf. Er ist mit einer ihm fremden Decke warm eingepackt. Als er merkt, in welch netter Gesellschaft er da sitzt, bekommt er Panik. Seine Gedächtnislücken sind so groß, dass er Angst hat, in seinem Rausch jemanden ermordet zu haben. Er rennt davon, fast in die Arme von Frau Beckmann, die die Tote kurz darauf in dem Strandkorb entdeckt und die Polizei verständigt. Dr. Majonika findet nun heraus, dass das Opfer Wilhelmine Wirth zwar ermordet werden sollte, aber der natürliche Tod dem Mörder zuvorgekommen ist. Die seltsamen Stiche, die Sie hier sehen, wären absolut tödlich gewesen. Allerdings hätte es etwas gedauert, bis das Opfer gestorben wäre. Die inneren Organe waren stark verletzt, bluteten aber nur langsam aus. Alles Nähere über die Stichverletzung finden Sie in den Fotokopien."

Katja ging zu Widahn, gab den anderen einen Augenblick Zeit, in die Unterlagen zu schauen. „Wie geht es deinem Schwiegervater?"

„Unverändert. Sie haben ihn auf die Intensivstation gelegt. Er bekommt jetzt Morphium. Die Schmerzen wurden fast unerträglich, allerdings gab es keinerlei Spannung im Bauchraum, und auch der Ultraschall zeigte keine Anzeichen eines Tumors oder ähnliches, die Ärzte konnten noch keine Diagnose stellen. Warten wir die Magen-Darm-Spiegelung ab. Und es stehen noch weitere Untersuchungen an: von Blut, Gewebeproben, Magen- und Darminhalt, was weiß ich noch alles."

„Was ist mit deiner Schwiegermutter oder Luise?"

„Wir haben sie immer noch nicht erreicht. Vielleicht sind sie zusammen zum Einkaufen gefahren. Sie haben offensichtlich kein Handy dabei. Aber sobald sie nach Hause kommen, werden sie die Nachricht von Anke Liv finden, der Nachbar weiß auch Bescheid. Mach erst mal weiter, du machst das richtig gut, weißt du das?" Er tätschelte ihren nackten Arm. Katja war erleichtert, da war es wieder, sein altes verschmitztes Lächeln. Wenn es auch auf sie jegliche Wirkung verloren hatte, war sie doch froh, wenn sie wieder ganz natürlich miteinander umgehen konnten. Das kleine Geheimnis, diese einmalige Verirrung, würde irgendwann ganz hinten in ihrer Erinnerung verschwunden sein.

„Weiter stellte Dr. Majonika fest, dass der Mörder ihr in winzigen Mengen 33%ige Salzsäure in die Augen geträufelt hat, gerade soviel, dass sie erblindete. Wir wissen, dass das Opfer betäubt worden ist und Tramal bekam. Dann sehen Sie sich die Lage der Toten in dem Strandkorb an. Markus Steen ist ja schon darauf eingegangen. Der Mörder hat sie nicht einfach nur dahin gesetzt, nein, er hat sie regelrecht zur Schau gestellt, er hat ihr mit einem Sandhaufen ein Hohlkreuz gemacht, ihre Beine und Arme ausgestreckt. Und nicht zu vergessen, das Gedicht. Lassen Sie es mich nicht noch einmal aufsagen, schauen Sie in Ihre Unterlagen. Im Vergleich dazu jetzt Hilde Tietz. Durch den Tod ihres Sohnes war die alte Dame in den Zustand katatonischen Stupors verfallen, dieser wiederum bewirkte bei ihr eine vorzeitige Demenz. Heißt übersetzt, sie kehrte der realen Welt den Rücken und lebte in geistiger Umnachtung. Wir wissen mittlerweile, dass Frau Tietz trotz gegenteiliger Behauptung der Nachtschwester nachts immer mal wieder unerlaubterweise ihr Zimmer verließ und Frau Wirth besuchte, und wir vermuten, dass sie in der Nacht von Freitag auf Samstag ebenfalls ihr Zimmer verließ und Frau Wirth durch ihr Fenster beobachtet hat. Ich konnte den Worten von Frau Tietz entnehmen, dass sie in der Nacht zwei Personen beobachtet hat. Sie nannte sie Nikolaus und Knecht Ruprecht." Jemand prustete, doch Katjas scharfer Blick ließ ihn verstummen. „Vor letzterem hatte sie scheinbar Angst." Sie ging um die Tische der Mitarbeiter herum. „Frau Tietz wurde im Gegensatz zu dem brutalen Angriff auf Frau Wirth regelrecht sanft eingeschläfert. Sie bekam Rohypnol, ein starkes Schlafmittel, und Adalattropfen. Ein kleiner Junge fand sie hinter einer Fischerhütte am Museumsschiff *Luise*. Sie saß, die ausgestreckten Beine übereinandergeschlagen, an der Rückwand. Sie war mit einer Decke zugedeckt, genau wie Lars Simion." Sie klopfte auf das Foto von Simion, das sie in Bachs Büro aufgenommen hatte.

Aus der hinteren Ecke rief jemand. „War die Decke von derselben Art?"

Katja ging auf ihn zu. „Das wissen wir nicht. Aber vielleicht haben wir Glück, und sie finden das Beweisstück noch, irgendwo ans Ufer angeschwemmt."

Sie sah zu Widahn, der aufstand und leise mit den Lippen formte: „Gehe Kaffee besorgen."

Sie nickte, das war eine gute Idee, einen Kaffee konnten wohl alle brauchen. „Das wäre unser augenblicklicher Kenntnisstand zum WAS. Nun kommt der schwierigere Teil, das WARUM. Ich brauche einen Freiwilligen." Die zweite Frau in der Gruppe meldete sich. Katja schaute auf das schief angesteckte Namensschild und dann in ihr Gesicht. Sie war sehr hübsch und hatte einen ehrgeizigen Zug um die Mundwinkel. „Bettina Beckmann. Ist das Zufall, dass Sie genau wie unsere Zeugin heißen?"

Die junge Frau lachte. „Ja, reiner Zufall."

Katja lächelte ebenfalls. Sie steckte ihre Hände in die Taschen ihrer weißen Caprihose. „Wir erproben jetzt aneinander unsere Gedanken und Einfälle, bis wir eine plausible Erklärung finden. Die anderen hören bitte genau zu und machen sich Notizen. Fangen wir an. Frau Wirth bekam Isofluran, warum?"

Die junge Frau überlegte kurz, ihre Augen blitzten. „Damit sie stillhielt, wenn der Mörder sie aus dem Bungalow brachte."

„Und warum bekam sie Tramal?"

„Gegen die Schmerzen."

„Warum? Sie war doch betäubt?"

„Vielleicht für den Fall, dass sie wach wurde, damit sie keine Schmerzen hatte."

„Warum sollte sie keine Schmerzen haben dürfen, wenn der Mörder ihr die Augen mit Salzsäure zerstört hatte. Macht das Sinn?"

Die junge Frau überlegte nur eine Sekunde. Ihre Wangen hatten sich leicht verdunkelt, es stand ihr gut. „Wenn sie aber wach geworden wäre, ohne das Tramal, hätte sie vielleicht wie am Spieß geschrien vor Schmerz."

„Und, warum durfte sie nicht schreien?"

„Jemand hätte sie hören können."

Katja schnippte mit dem Finger, ging zur Tafel, fing an zu schreiben. „Somit sind wir den ersten großen Schritt weiter. Wir suchen nach einem intelligenten Täter, der sich seiner Tat völlig bewusst ist, vorausschauend zu handeln versteht und sich mit Medikamenten auskennt. Schreiben Sie bitte auf, was Ihnen dazu einfällt. Frau Beckmann, wir beide machen weiter." Widahn kam mit einem Servierwagen voller Warmhaltekannen und Kaffebecher aus der Kantine herein. Katja sah ihn fragend an.

„Nachher, mach erst mal fertig."

„Wir haben verschiedene Spuren an ihrem Körper gefunden, Holzlack, Antifouling, Algen, Moos und Fischöl. Was sagt das?"

„Sie war auf einem Schiff."

„Genau, wieder sind wir ein Stück weiter. Unser Mörder besitzt einen Fischkutter oder hat einen gemietet. Den gilt es zu finden. Sven, dazu brauchen wir auch deine Ortskenntnisse, z.B. für die Adressen von Bootsvermietern."

Sie sah hinter sich und bemerkte, wie Widahn Bettina Beckmann anstarrte. Er löste sein Haar, ließ es nach vorne fallen, sah Katja leidenschaftslos an und nickte nur.

Bettina Beckmann konnte nur schwer ihren faszinierten Blick von Widahn lösen, Katja dagegen ließ sich nicht beirren. „Gehen wir kurz zurück zu dem Opfer. Frau Beckmann, wie ist der Mörder in den Bungalow gekommen? Die Eingangstür war unversehrt."

„Wilhelmine hat ihm die Tür geöffnet."

„Warum sollte sie das tun? Laut Auskunft ihrer Familie war sie eine sehr vorsichtige Frau."

„Vielleicht hat sie ihn gekannt."

„Das ist natürlich möglich. Aber wie hat der Mörder sie dann in ihr Schlafzimmer bekommen? Nach einem Kampf, der im Schlafzimmer auf dem Bett des Opfers endete, sah es nicht aus."

„Vielleicht konnte der Mörder sich einen Schlüssel besorgen."

Konrad Vohwinkel hob die Hand. „Wir haben Wilhelmines bereits einkassiert, er hing am Schlüsselkasten in ihrem Bungalow. Die Angehörigen haben einen Schlüssel, und an der Pforte gibt es für jeden Bungalow noch einen Ersatzschlüssel, sowie einen Generalschlüssel."

„Das klärt aber immer noch nicht WIE der Mörder in den Bungalow gekommen ist." Sie sah an der linken Seite einen kräftig gebauten Mann, der wie in der Schule den Finger hob und gleichzeitig in seinen Papieren vor ihm etwas zu suchen schien. „Ja, Herr Mertens?"

Manfred Mertens hielt zufrieden einen Zettel hoch. „Ich habe den Portier vernommen. Demnach gab es an dem Abend des Tanztees einen Zwischenfall. Zwei betrunkene Gäste hatten Streit, und es kam zu gewaltsamen Handlungen zwischen den beiden. Der Portier verließ seine Pforte, um sie zu beschwichtigen oder notfalls die Polizei zu alarmieren. Letzteres war wohl nicht notwendig, dem Portier gelang es, Frieden zu stiften. Auf meine Frage hin, wie lange die Pforte unbeaufsichtigt war, meinte er, etwa fünfzehn bis zwanzig Minuten."

Katja spürte das Kribbeln im Nacken, sie kamen der Sache näher. „Scheint so, als würde der Täter sich in dem Heim auskennen oder als sei er zumindest schon mehrmals dort gewesen, was die Vermutung nahe legt, dass er aus der näheren Umgebung stammt. Gut bleiben wir bei Ihrer Theorie, er nimmt sich also den Schlüssel aus der Pforte, um in den Bungalow zu gelangen. Wer kommt bis jetzt in Frage?"

„Das Personal und Angehörige der Bewohner, also Verwandte, Bekannte und Freunde. Sowie etwa hundertzwanzig Besucher die am Abend das Tanzfest besucht haben. Frau Kaschner hat mir erzählt, dass etwa so viele Gäste an den regelmäßig angebotenen Festivitäten in der *Abendsonne* teilnahmen."

Katja sah sie zufrieden an. Sie stützte sich mit den Händen auf dem Tisch vor Bettina Beckmann ab. „Ja, da haben wir den Täterkreis doch schon ein wenig eingegrenzt. Ich möchte, dass Sie überprüfen, wer von den Verwandten und Bekannten der Heimbewohner an dem Abend auf dem Fest waren. Nun noch mal zum WAS. Gehen wir zurück zu dem Freitagabend. Der Mörder tritt an das Bett seines Opfers. Es schläft, er beträufelt einen Wattebausch großzügig mit Isofluran, hält ihn der schlafenden Frau auf Nase und Mund. Sein Opfer ist nun wehrlos und betäubt, er gibt ihm Tramal, ein Schmerzmittel, das häufig bei Tumorpatienten angewendet wird. Nun kommt die 33%ige Salzsäure, nur winzige Tropfen, gerade soviel, dass sie erblindet. Warum, Frau Beckmann? Warum macht er das?"

„Puuh", die blonde junge Frau schüttelte ratlos den Kopf. „Vielleicht, weil sie den Weg nicht sehen soll."

„Sie ist aber doch sowieso nicht bei Bewusstsein." Katja erkannte, dass die junge Kollegin müde wurde. „Ich werde Ihnen sagen, was ich glaube." Katja trat erneut in die Mitte des Hufeisens. Sie schaute zu Widahn, der ständig Blickkontakt mit Bettina Beckmann suchte. „Der Mörder hat das Opfer mit Isofluran betäubt, um sie ohne Schwierigkeiten aus dem Bungalow transportieren zu können, vielleicht hat er dazu eine große Tasche oder einen Koffer benutzt. Wir sollten nicht vergessen, dass Frau Wirth sehr zierlich und klein war, also gar kein Problem, sie in eine große Reisetasche zu packen. Sie fahren auf einem Beiboot zum Fischkutter, niemand sieht oder hört etwas. Auf dem Schiff bringt er sie unter Deck, sie ist nackt, und er wartet, wartet darauf, dass die Narkosewirkung nachlässt. Es wird so sein, wie Frau Beckmann eben vermutet hat. Das Tramal ist dafür, dass sie nicht vor Schmerz aufheult und schreit, falls ein anderes Schiff ihnen nahe kommt. So gegen vier, fünf Uhr morgens kommen sie in Hiddensee an, der Mörder platziert sein Opfer in dem Strandkorb. Sein Blick fällt auf den immer noch völlig weggetretenen Lars Simion.

Er geht zu ihm, schleift ihn an den Korb, legt die Hand der Toten auf dessen Kopf, wir vergessen bitte nicht, unser Mörder ist kein Idiot. Er sorgt sogar dafür, dass ein einzelnes Haar von dem Mann für die spätere Analyse in der Hand der Toten gefunden wird. Und bevor jetzt jemand auf die Idee kommt, doch noch Lars Simion zu verdächtigen, er scheidet mit ziemlicher Sicherheit als Täter aus. Wir haben ja nun festgestellt, dass es sich bei dem Mord um eine Beziehungstat handelt, und Simion stand in keinerlei Beziehung zu dem Opfer." Widahn war aufgestanden und fing an, leise den Kaffee zu verteilen. Bei Bettina Beckmann blieb er länger als nötig stehen und lächelte sie an. „Haben Sie gleich noch einen Moment, ich möchte noch ein zwei Dinge mit Ihnen besprechen, so ein intelligentes Köpfchen wie Sie kann mir bestimmt helfen."

*Also so einer bist du*, Katja konnte es nicht fassen. Alle sprachen davon, Widahn sei so ein armer Kerl, der nur Pech in der Liebe habe. Hatten sie Tomaten auf den Augen, oder wollten sie es nicht sehen?

„Und jetzt sagen Sie mir, Herr Hendricksen, warum hat der Mörder sein Opfer erblinden lassen?"

Der junge Mann legte sein Kinn in seine Hand. „Sie hat etwas gesehen, was sie nicht sehen durfte oder sollte. Vielleicht war es so eine Art Bestrafung?"

„Das halte ich für unwahrscheinlich, denn dann hätte er die Augen von Hilde Tietz auch verätzen müssen, die hatte sicher etwas gesehen, was sie nicht durfte."

„Dann vielleicht umgekehrt."

„Wie meinen Sie das?"

„Vielleicht war das Erblinden ja auch ein symbolischer Racheakt, er wollte vielleicht Gleiches mit Gleichem vergelten: *du sollst blind sein, so wie ich auch*. Nein, er kann ja nicht blind sein, dann hätte er das Boot nicht steuern können, vielleicht ist seine Frau, sein Kind oder sein Hund erblindet, was weiß ich? Oder er hat nur die Augen vor etwas verschlossen?"

Katja schnippte mit den Fingern: „Das könnte es sein! Fragt sich nur, wovor hat der Mörder die Augen verschlossen?"

## 42

Ein gleichmäßig immer wiederkehrendes Zischen ließ ihn erwachen, seine Lippen formten es bereits nach. „Tschiiiiiebumm, tschiiiiiebumm, tschiiiiiebumm." Plötzlich ein zweites Geräusch, ein impertinent lautes und durchdringendes Pfeifen. Dann Schritte, das Rascheln von Stoff, der Geruch von Desinfektionsmitteln, jemand berührte seinen Arm.

Er öffnete die Augen, verschwommen sah er eine dunkelgrüne Gestalt, die sich an einem Infusionsständer zu schaffen machte, seinem Infusionsständer. Das schreckliche Pfeifen war direkt an seinem Ohr. Er wollte die Hand heben, aber etwas störte ihn, sein Zeigefinger steckte in einer Art Wäscheklammer. Vorsichtig schaute er an sich herunter und erkannte eine Vielzahl von Schläuchen. Die Klammer an seinem Zeigefinger leuchtete innen rötlich, ein Kabel führte zu einem Monitor schräg über seinem Kopf. Auf seiner Brust klebten kleine Plättchen, von denen ebenfalls Kabel irgendwohin führten, aber er konnte nicht sehen, wo sie endeten. Rechts und links von ihm waren noch mehr Betten in einem Halbkreis aufgestellt, von den Kranken darauf konnte er nur die mit dunkelgrünen Laken bedeckten Beine sehen, die Köpfe und Oberkörper waren durch Vorhänge vor neugierigen Blicken abgeschirmt. Schweigende Menschen, alle dunkelgrün gekleidet, liefen arbeitsam hin und her. Langsam drangen alle Geräusche zu ihm durch. Überall an den Wänden die lebensrettenden Maschinen. Irgendwo machte es in regelmäßigen Abständen tock, tock, tock, im selben Rhythmus noch mal ein Piepton, und dieses Tschiiiiiebumm war direkt rechts neben seinem Bett.

Tränen stiegen ihm in die Augen, nahmen ihm völlig die Sicht, und Verzweiflung machte sich in ihm breit. Er hatte keine Schmerzen mehr, sie hatten ihm etwas dagegen gegeben. Aber er wusste, dass es mit ihm zu Ende ging. Sagen wollte er es niemandem, sie würden ihn doch nur beruhigen wollen, oder aber sie würden glauben, dass er überängstlich sei, wegen damals, wegen seines Vaters. Aber er merkte es doch, spürte es in jedem Knochen.

Damals, als sein Vater starb, war er in einem ähnlichen Zimmer gewesen. Und auch damals hatte er geweint, nur hatte er an der anderen Seite des Bettes gestanden, seinem Vater die zittrige, abgemagerte Hand gehalten. „Es ist gut so, mein Junge!", hatte der Vater geflüstert. „Dieses Bett hier ist entweder die Tür zum Himmel oder das Tor zur Hölle, mal sehen, was da kommt. Aber was auch immer es geben wird, Hauptsache, diese schrecklichen furchtbaren Schmerzen hören endlich auf." Er hatte den gequälten Blick in den Augen seines Vaters gesehen. Er, der einst mit seiner kräftigen, sehnigen Gestalt an der Reling seines Schiffes gestanden und mit starken Armen die Netze voller Flunder und Dorsche an Deck gezogen hatte, mit vor Freude über einen guten Fang glitzernden Augen, er lag nun da, völlig ohne Kraft, und litt wie ein gequältes Tier, ohne sich wehren zu können.

Sein Vater war ein prima Kerl gewesen, jemand, der auch auf die Kleinigkeiten im Leben achtete. Er erinnerte sich an einen sonnigen Tag, als er noch klein gewesen und mit seinem Vater an den Strand gegangen war. „Schau das Dünengras, mein Junge. Es ist lebenswichtig für uns, seine Wurzeln dringen tief in die Erde ein, es befestigt die Dünen. Ohne diese hauchzarten grünen Stängel würde irgendwann unsere ganze Insel versinken. Also, lass es wachsen und gedeihen. Du darfst es niemals zertrampeln, hörst du?"

Er hatte sich von der Hand seines Vaters gelöst und auf die Vogelspuren gezeigt, die sich auf dem weißen Sand zwischen dem Dünengras verteilten. „Guck mal, Papa, da hat aber jemand nicht aufgepasst und ist da herumgetrampelt."

Sein Vater hatte laut gelacht. „Das sind kleine Vögel, die schaden nicht. Aber du hast das sehr gut beobachtet. Wer weiß, vielleicht wird eines Tages mal ein guter Polizist aus dir."

Ihm wurde schwindelig, gab es denn in all diesen Schläuchen nichts, was ihm helfen konnte?

Damals hatte sein Vater wohl nicht geahnt, dass er Recht behalten sollte. Obwohl er lieber als Jungmann auf sein Schiff gegangen wäre. Aber nach seinem Tod war alles anders gekommen. Sein Vater war immer für ihn da gewesen, er hatte ihm alles abgenommen, alle Schwierigkeiten und Probleme aus dem Weg geräumt. Und dann war er gestorben, und er war in ein tiefes dunkles Loch gefallen. Ohne ihn kam er nicht zurecht.

Er fühlte sich auch jetzt wieder einsam, verlassen. Wenn es doch nur schon vorbei wäre. Er schloss seine brennenden Augen. „Papa, ich komme bald zu dir." Seine Stimme war ganz klein und weinerlich. Er horchte, wartete auf ein liebes Wort, auf Trost oder Beistand. Die einzige Antwort, die er erhielt, kam von den Maschinen, die um ihn herum pfiffen, tockten und zischten. Anke Liv war da gewesen. Sein Kind, das er vernachlässigt hatte, für das er kaum Zeit gehabt hatte, dieses egoistische Wesen mit dem Gesicht eines Engels hatte an seinem Bett gestanden, hatte seine Hand gehalten und mit ihm gesprochen. Er hatte sie angesehen, hatte die Verwirrung in ihren schönen Augen gelesen. Von wem hatte sie nur diese Schönheit? Von ihm, von Inga? Wohl kaum! Aber Luise, seine Mutter, war auch eine überaus schöne Frau gewesen, der große Stolz seines Vaters und seine große Liebe. „Wenn du eines Tages auf solch eine Frau wie deine Mutter triffst, mein Junge, dann bist du ein glücklicher Mann. Du wirst wissen, was Liebe ist, und wenn du das dann einmal erkannt hast, dann halte dein Glück gut fest, hörst du?"

Er hatte nicht auf seinen Vater gehört. Mag sein, dass er es damals mit seinen siebzehn Jahren sowieso nicht hätte ändern können, dass er diese wunderschöne Frau, die er einen kurzen Moment nur in seinen Armen gehalten hatte sowieso verloren hätte, aber er hatte es noch nicht einmal versucht. Er verlor die Kontrolle über seine Gedanken.

*Du solltest der Polizei die Wahrheit sagen, wie sollen sie sonst mit ihren Ermittlungen weiterkommen? Aber die ganze Wahrheit, die Zeit ist reif dafür.* Er verlor die Kontrolle über seine Gedanken.

*Sei einmal mutig, mein Sohn, und stehe zu dem, was du getan hast. Es ist die letzte Chance in deinem Leben. Du musst alles sagen. Alles, auch deine Vermutungen. Weißt du noch? Ich sagte dir, du wirst eines Tages ein guter Polizist. Vollende das, was du angefangen hast. Und wenn du alles erledigt hast, komme ich und hole dich ab.*

„Ja, Papa, ich erledige alles." Seine Hände glitten suchend über die Bettdecke. Wo war sein Vater? Er versuchte, seinen Oberkörper aufzurichten. Sein Herz fing an zu rasen.

Eine Hand drückte ihn sanft zurück. „Oh nein, Herr Bach. Sie bleiben schön liegen."

„Mein Vater! Wo ist mein Vater?" Er hatte doch noch gerade an seinem Bett gestanden, hatte ihm die Hand gedrückt, ihm die Wange gestreichelt und ihm zugezwinkert. Eine junge Frau in Dunkelgrün schaute ihn besorgt an.

„Bitte ein Telefon. Ich muss telefonieren. Es ist dringend."

## 43

Nun ist es also soweit, ich habe mich entschlossen. Sie werden sterben, heute noch, spätestens in der Nacht. Auf sie freue ich mich ganz besonders. Für all die Jahre die wir miteinander verbracht haben, Seite an Seite, für jedes boshafte Wort, mit dem sie mich bedacht hat, erwartet sie jetzt Schmerz und Qual. Wollen doch mal sehen, wie sie das aushält. Lange genug war ich Opfer ihres sadistischen Spiels. Jetzt, meine Liebe, spiele ich.

Meine Gedanken kehren zurück zu ihm. So wie sie all die Jahre nur um ihn gekreist sind. Und all die Jahre hat er mich nicht geliebt. Wieso habe ich das nicht gemerkt? Immer habe ich geglaubt, er könne mir seine Liebe nur nicht zeigen. Aber da war nie Liebe. Warum war ich so blind?

Wo er wohl jetzt gerade steckt? Vielleicht ist er nicht alleine, wenn er zusammenbricht. Dann hat er eventuell Glück. Zumindest mehr Glück als ich hatte. Denn ich war alleine, als sie mir den Todesstoß versetzte. Alleine und hilflos, als ich mich krümmte, als ich meine Beine vor lauter Schmerz an meinen Bauch zog. Alleine auf einer fremden Toilette, versteckt, hinter dem Toilettenbecken an die kalte Keramikwand gedrückt. Sie kam nicht hinter mir her, umarmte mich nicht, und hielt mich auch nicht tröstend fest. Nein, sie ließ mich gehen, lachte noch hinter mir her, dieses widerwärtige, verächtliche, grimmige Lachen, das sie schon immer für mich übrig hatte. *Du bist selbst schuld, hatte sie gesagt, und jetzt unternimm gefälligst was.*

Ich habe, wie immer, auf sie gehört und etwas unternommen, aber ich bin noch nicht am Ende, Nikolaus! Wenn du Glück hast, ruft man vielleicht einen Rettungswagen, aber selbst wenn, glaube ich kaum, dass du überlebst. Ich trete an die Reling und schaue in die schwarze Tiefe unter mir. Irgendwann wird ihnen auffallen, dass das ungeliebte Wesen, dieses lästige Insekt nicht im Haus ist, aber sie werden mich nicht finden. Niemand ahnt, wo ich bin, und niemand weiß, wie viel sorgfältige Vorbereitungen nötig waren, um das, was heute kommt, zu erreichen. Sie sind es nicht wert, auch nur einen Tag länger zu leben.

Dann ist Thekla an der Reihe. Dieses eklige alte Luder, das sich für so toll hält und ihm den Kopf verdreht hat. Den Jüngeren erwartet sie wohl heute auf dem Boot. Unerträglich, ihre glänzenden Augen, wenn sie von ihm spricht! Ich habe darin gelesen wie in einem Buch und weiß genau, was sie will. Dieses Miststück erwartet einen romantischen Liebhaber, der ihr ein Gedicht geschickt hat, der mit ihr in der Nacht auf das offene Meer hinausfährt, und der sie dort, wo vor wenigen Tagen noch das Blut ihrer Vorgängerin gespritzt hat, verführt und in eine tiefe Leidenschaft verstrickt. Immer tiefer, immer wilder.

Aber es wird alles ganz anders kommen, liebe Thekla. Allerdings mache ich es extra hübsch für dich. Ich stelle einen weißen Bistrotisch an Deck. Darauf platziere ich zwei Sektkelche und einen Sektkühler. Das Eis und die Flasche Sekt kommen später am Abend. Sie wird kommen, ich bin mir sicher. Sie wird alle Vorsicht vergessen, sie giert ja geradezu nach einem Abenteuer. Ich muss mir noch etwas Nettes einfallen lassen, denn sie soll mich erst sehen, wenn wir rausgefahren sind, wenn es ... zu spät für sie ist. Ich werde das Letzte sein, was du in deinem Leben siehst, Thekla. Und du wirst mich ganz bewusst sehen, mich wahrnehmen, mein Anblick wird dich bis zur ewigen Dunkelheit verfolgen. Bis jetzt hat man mich immer übersehen, aber das wird sich nun ändern. Ich habe das Finale arrangiert, und ihr seid alle herzlich dazu eingeladen.

## 44

„Ich hätte nicht gedacht, dass das Erstellen eines Täterprofils soviel Spaß machen würde." Beate Vogel hatte sich mit ihrer Kaffeetasse neben Katja an das Pult gestellt. In einer kleinen Kaffeepause sollten sich die Gruppenmitglieder beim zwanglosen Besprechen des Falls besser kennen lernen. Katja hätte sich denken können, dass Widahn sie auch zu seinen persönlichen Zwecken nutzen würde. Er stand mit dem Rücken zu ihr, seitlich an die Wand gelehnt und unterhielt sich angeregt mit Bettina Beckmann die förmlich an seinem Gesicht klebte. „Profiling ist eine tolle Sache, Frau Sommer. Und Sie haben das meisterhaft herübergebracht."

Katja schmunzelte. „Das war kein Profiling, Frau Vogel, und wir haben auch kein Täterprofil erstellt." Sie räumte den Schreibtisch auf und sah, wie Widahn und die Kollegin den Raum verließen, den Blick, den er auf Bettina Beckmann richtete, kannte sie.

„Nein? War es nicht? Was haben wir dann eben gemacht?" Katja sah in das enttäuschte Gesicht der jungen Frau, von der sie mittlerweile wusste, dass sie bis jetzt auf Rügen nur Streife gefahren war.

„Wir haben uns gemeinsam auf die Suche nach einem Mörder begeben und sind ihm dabei ein ganzes Stückchen näher gekommen. Trotzdem, danke für das Kompliment."

„Na ja. Auch wenn der Anlass kein so schöner ist, ich freue mich trotzdem, einmal mit der Kripo zusammenarbeiten zu dürfen."

Katja reichte ihr die Hand, verabschiedete sich. Sie war müde, musste an Sebastian Bach denken und hoffte, dass Luise und Inga inzwischen Bescheid wussten.

Sie ging zur Tür, vieles ging ihr durch den Kopf, sie waren dem Täter wirklich sehr nahe gekommen. Jetzt müssten sie ihn aufspüren können, ihn jagen und verfolgen, ihn aus seinem Mauseloch locken.

„Frau Sommer?"

„Ja bitte?" Sie drehte sich um, eine Streifenpolizistin von der Wache stand hinter ihr.

„Da ist ein Anruf für Sie."

Katja stand direkt vor Bachs Bürotür. „Können Sie das Gespräch hier auf die Leitung legen?"

„Kein Problem."

Die Polizistin lief das eine Stockwerk hinunter zur Wache, während Katja sich einen Becher gekühltes Wasser aus dem Wasserspender nahm und Bachs Büro betrat. Sie öffnete das Fenster, stellte auch noch den Ventilator an und wartete darauf, dass das Telefon klingelte. Wer mochte das sein? Sven? Wohl kaum, der schien im Moment mächtig beschäftigt zu sein. Die Schwüle nahm zu, die Luft auf dem Gebäude gegenüber schien regelrecht zu schwimmen. Würde es heute Nacht erneut ein kräftiges Gewitter geben?

Endlich klingelte das Telefon.

„Frau Sommer?"

„Ja, bitte?"

„Hier ist Pfarrer Harald Bürger. Ich bin katholischer Seelsorger. Es geht um Sebastian Bach. Sie haben dienstlich mit ihm zu tun, nicht wahr?"

Katja war verwirrt, was hatte das jetzt zu bedeuten? „Ja, ja, wir arbeiten zusammen an einem Fall."

„Herr Bach hat mir Ihre Nummer gegeben und mich gebeten, Sie anzurufen, er möchte unbedingt mit Ihnen sprechen. Es ist wichtig."

„Darf ich fragen, in welcher Beziehung Sie zu Herrn Bach stehen?"

„Normalerweise dürfen Sie das nicht, Frau Sommer. Aber Herr Bach hat meine Schweigepflicht aufgehoben. Wir führen seit einiger Zeit sehr intensive Gespräche miteinander. Er hat sich in seiner Not an mich gewendet."

„Not? In was für einer Not?"

„Ich bin Psychologe und Theologe, aber nach den paar Gesprächen möchte ich mich diagnostisch nicht festlegen, doch denke ich, dass er an einer sozialen Phobie leidet. Aber ich weiß noch zu wenig von ihm. Ich fürchte, er hat mir vieles nicht erzählt. Zum Beispiel, dass er ständig diese Schmerzen hat, hat er mir verschwiegen. Oder dass er bei der Polizei ist."

„Und jetzt fragt er ausgerechnet nach mir?"

„Er hält viel von Ihnen und von Ihrer Arbeit."

Was mochte er von ihr erwarten? „Ja gut, ich komme. Wissen Sie, wie es ihm geht und was ihm fehlt?"

„Ich bin auch für die Seelsorge im Sana Krankenhaus zuständig. Ich habe mich gleich nach seinem Anruf über seinen Gesundheitszustand informiert. Man konnte offensichtlich noch keine exakte Diagnose stellen, aber sein Kreislauf bricht wohl ständig zusammen, und seine Nieren- und Leberwerte sind sehr schlecht. Seine Tochter war kurz bei ihm. Auch so eine Geschichte. Ich hörte zum ersten Mal davon, dass er außer seiner Frau noch Familie hat. Laut den Ärzten ist sein Zustand kritisch."

Bestürzt legte Katja den Hörer zurück. Was wollte Bach ausgerechnet von ihr? Sie wählte die Nummer vom *Klabautermann*, aber niemand hob ab. Wo steckten nur Inga und Luise? Während sie den Hörer noch in der Hand hielt, sah sie aus dem Fenster, dass Widahn gerade mit Bettina Beckmann in seinem silbergrauen BMW losfuhr. *Ich fasse es einfach nicht. Da lässt der Kerl mich mit seinem Schwiegervater im Stich.* Ganz allein lag Bach auf der Intensivstation. Barbie hatte sich wohl auch aus dem Staub gemacht. Vermutlich war der Cabriofahrer wichtiger. Sie nahm den eingeschweißten Prospekt mit dem Joshua Baum aus der Schreibtischschublade. *Vielleicht bringt ihm das ein bisschen Freude.* Sie verspürte Groll auf diese unmögliche Familie, in der anscheinend jeder nur seinen eigenen Interessen nachging.

Im Treppenhaus traf sie Konrad Vohwinkel. „Sie sehen aus, als sei Ihnen eine Laus über die Leber gelaufen."

„Ach, schon gut. Es ist nur ... Ich möchte in unserem Fall weiterkommen, und jetzt muss ich erstmal zu Bach. Er ist ganz alleine im Krankenhaus."

„Sie? Wieso Sie?" Vohwinkel war sichtlich verwundert. „Sie müssen entschuldigen, aber sollten nicht eigentlich Inga oder Luise bei ihm sein?"

Weise Worte! Katja nickte. „Ich habe sie immer noch nicht erreicht. Das Krankenhaus rief mich an, er bittet um meinen Besuch. Mistteil!" Die Fahrertür ließ sich nicht aufschließen, irgendwann würde der Schlüssel abbrechen. „Er liegt auf der Intensivstation, es geht ihm nicht gut, sein Kreislauf ist instabil und seine Leber- und Nierenwerte sind nicht in Ordnung."

„Warten Sie, ich kann Ihnen helfen." Er nahm eine Tube aus einem Metallkoffer und fettete das Schloss mitsamt dem Schlüssel ein. „Was ist nur los mit Sebastian? Er war immer so fit, dann plötzlich vor ein paar Tagen klagte er das erste Mal über Magenschmerzen, und nun geht es so rapide mit ihm abwärts? Und keiner weiß, was er hat? Das hört sich doch nicht nach Krebs an, oder?"

„Keine Ahnung, vielleicht erfahre ich im Krankenhaus mehr. Die Fahrertür ließ sich ohne Schwierigkeiten öffnen. „Danke. Wenn irgendetwas ist, im Augenblick kümmert sich Sven um die weiteren Ermittlungen. Ich muss los."

„Grüßen Sie den alten Knaben von mir. Das gibt's gar nicht, liegt auf der Intensivstation und denkt immer noch an seine Arbeit."

Katja gab Gas, winkte ihm zu. Wieso rief Bach ausgerechnet nach ihr? Warum nicht nach Konrad Vohwinkel oder seinem Freund Dr. Majonika? Sie fuhr über den Rügendamm in Richtung Bergen. Sana Krankenhaus, wo lag das überhaupt? Es dämmerte, Katja schaute nach oben, der Himmel verfärbte sich violett. Die Tage wurden schon wieder kürzer. *In etwa vier Wochen ist der Sommer vorbei und das Laub beginnt, sich zu verfärben.* Sie würde zu Hause sein, mit Kai durch den Stadtwald spazieren, die raschelnden Blätter unter ihren Füßen fühlen, zum Frauenarzt gehen, erste Ultraschallbilder betrachten. Ihr Handy klingelte, unterbrach sie in ihren Gedanken. Sie betätigte die Freisprechanlage.

„Ja, bitte?"

„Mama?"

„Patrick!" Ihr Herz machte einen Satz. Endlich! Ein Straßenschild zeigte geradeaus nach Bergen, Katja bog rechts nach Swantow ab.

„Ich wollte dir nur sagen, dass ich morgen früh zu Oma nach Mallorca fliege, sie hat alles geregelt."

„Und da fragt ihr mich nicht einmal, ob ich einverstanden bin?"

„Doch jetzt. Hast du was dagegen?"

Katja spürte einen Kloß im Hals. Links von ihr sah sie auf das Schilf, das in der Abendsonne goldgelb glänzte und sich leicht im Wind wiegte. Ein kleiner Bootssteg führte auf das Wasser. Katja bremste den Wagen ab, parkte ihn am Straßenrand.

„Bist du noch da, Mama?"

„Ja. Sicher. Geht klar. Fahr nur zu Oma und Opa."

„Ich komme dann in zehn Tagen mit ihnen zusammen zurück."

Katja schluckte, sie ging mit dem Handy zu dem mit Schilf umrandeten Bootssteg. Er würde nicht da sein, wenn sie nach Hause kam.

„Mama, was ist eigentlich mit meinem Taschengeld?"

*Ja, das ist dir wichtig.* Mühsam beherrschte sie sich. „Frag Kai, er wird es dir vorstrecken."

„O.k., mach ich."

„Viel Spaß dann, bis bald."

Sie klappte ihr Handy zu, ihre Finger glitten durch den feinen Sand. Tränen stiegen hoch. Was sollte sie sich eigentlich noch alles gefallen lassen? Ihre Mutter entschied einfach über ihren Kopf hinweg, für Patrick war sie eine wandelnde Geldbörse, und Sven Widahn hatte sie benutzt. Sie ballte ihre Hände zu Fäusten, ging in die Hocke, nahm den Kopf zwischen die Fäuste und begann zu weinen. Sie fühlte sich schmutzig, winzig, ausgenutzt und zugleich doch wieder nutzlos. Sie glaubte, in einem luftleeren Raum zu sitzen, nicht mehr atmen zu können. Sie ließ sich auf die Seite fallen, hätte am liebsten geschrien. Wer war sie eigentlich? Polizistin, Geliebte, Mutter, Tochter, schwanger, Hure, Flittchen, haltlos, nutzlos, beschissen, schmutzig und schuldig. Ihr Herz raste, sollte es doch stehen bleiben, sollte doch der ganze Mist aufhören.

„Schweine! Ihr seid Schweine! Alle! Verdammte Schweine!" Sie

schluchzte, ihre Faust schlug auf den Sand, immer wieder und
wieder.

Langsam beruhigte sie sich wieder etwas. Sie hörte das Rauschen des Schilfs ganz in ihrer Nähe, eine Möwe flog über ihren
Kopf, eine Schar Mauersegler schrie auf der anderen Seite der
Straße, nahe der Häuser. Das Wasser plätscherte friedlich am
Ufer. Sie atmete tief ein, die Möwe hatte sich ein paar Meter neben ihr im Sand niedergelassen, schaute sie von der Seite an. „Ich
habe nichts für dich." Sie stand auf, klopfte sich den Sand von der
Hose, der große weiße Vogel flog davon. Sebastian Bach wartete
auf sie, und sie versank hier in Selbstmitleid. Schnell lief sie zu ihrem Wagen. Und wenn sie nun zu spät kam, wenn sein Kreislauf
zusammenbrach, wenn er nicht aufwachte, vielleicht nie wieder
aufwachte? Katja sah auf ein gelbes Straßenschild. Bergen drei-
zehn Kilometer, sie gab Gas.


45


Thekla konnte es kaum noch aushalten. Die Zeit kroch nur so
dahin. Sie war doch noch zum Abendessen gegangen, hatte sich
etwas Hähnchensalat und frische Ananas genommen. Jetzt hatte
sie Sodbrennen, Isabelle holte gerade ein Medikament aus ihrem
Bungalow *Hyazinthe*. Ihr *Narzissenstrauß* war das letzte Haus vor
der Villa *Alpenrose*. Böse Zungen behaupteten, wer im *Narzissenstrauß* wohnte, dessen nächster – und letzter – Weg führte direkt
in das Sterbehaus. Thekla hasste die Villa *Alpenrose* und sie hasste dumme Sprüche. Wäre da nicht die Aussicht auf einen angenehmen Lebensabend mit einem Partner gewesen, hätte sie nach
den beiden Vorfällen die Seniorenresidenz verlassen und wäre
woanders hingezogen, vielleicht in die Berge, nach Bayern, in der
Nähe von Füssen sollte es auch solch ein schönes Haus geben.
Aber das Meer war ihr eigentlich lieber. Hinter ihr auf dem Bett

lagen drei verschiedene Kombinationen, die sie aus dem Kleider-schrank herausgesucht hatte, für eine würde sie sich entscheiden müssen. Sie schaute durch das Fenster zum Narzissenstrauß hin-über, wo blieb Isabelle nur? Ihr Sodbrennen wurde schlimmer. Sie ging in das angrenzende Wohnzimmer, trat hinaus auf ihre Ter-rasse, das Wetter verschlechterte sich. Die Wolken trieben in dich-ten Formationen über ihr vorbei, der Wind war warm, und die Luft blieb stickig. Was, wenn er mit ihr aufs Meer hinaus fuhr, und es fing an zu blitzen?

Endlich kam Isabelle eilig über den Kiesweg gelaufen. Eines musste Thekla ihrer Freundin ja zugestehen: Sie war für ihre knapp achtzig Jahre immer noch flink und gut zu Fuß. Außerdem sah sie wirklich passabel aus. Vielleicht sollte sie froh sein, Dr. Ernst Siebach, allein, ohne die Gruppe, am Strand kennen gelernt zu haben. Was für ein Mann, so gut aussehend und galant! Wen interessierte es schon, dass er sieben Jahre jünger war! Er hatte ihr versprochen, sie irgendwann auf sein Boot einzuladen und mit ihr Rügen zu umschiffen, um ihr die verschiedenen Vogelarten zu zeigen. Thekla kicherte glücklich. Vogelarten zeigen, und das mitten in der Nacht! Früher hatte man das Briefmarkensammlung genannt.

Sie atmete tief durch, Isabelle war stehen geblieben, quatschte mit einer Pflegerin. *Du hältst sie doch nur von ihrer Arbeit ab!* Was hatte die Polizistin vorhin gesagt? Sie solle vorsichtig sein, Wil-helmine Wirth sei wahrscheinlich das Opfer eines jüngeren Mannes geworden. Thekla verzog verächtlich den Mundwinkel. Sie war schließlich nicht Wilhelmine Wirth. Wie ein Lauffeuer war es durch die ganze Anlage gegangen, was die doch für eine heiße Feder gewesen sein musste. Warf sich direkt zwei Kerlen an den Hals. Einige Bewohner tuschelten, sie hätten zu dritt im Bett ge-legen, das Stöhnen habe man über die ganze Anlage gehört, und Wilhelmine sei unter dem Einfluss von Drogen ihren beiden Liebhabern nachts zum Strand gefolgt, und dort hätten sie es so arg miteinander getrieben, dass Wilhelmine einen Herzinfarkt bekommen habe. Aber Thekla glaubte nicht alles, was sie hörte. Als Karl Möller gestern Nachmittag dann im Schwimmbad erzählte, Wilhelmine Wirth sei aus eigener Kraft nach Hiddensee geschwommen, da war ihr der Geduldsfaden gerissen. Sie hatte geschimpft und gefragt, was ihnen denn noch alles für Ammenmärchen einfallen würden.

Im Gegensatz zu Wilhelmine Wirth wusste sie, wem sie vertrauen konnte und wem nicht. Und was ihren zweiten Verehrer anging, Walter Merzheim aus dem *Maiglöckchen*, der würde dann ab morgen wieder zu haben sein. Zugegeben, er sah auch nicht schlecht aus, aber warum sollte sie Erbsensuppe wählen, wenn sie auch Kaviar bekommen konnte. Sie sah, wie Isabelle lachte, einer älteren Dame im Rollstuhl freundlich über den Arm strich und sich weiter auf den Weg zu ihrer *Hyazinthe* machte. Vielleicht würde sie Isabelle und Walter miteinander bekannt machen, damit hätte sie drei Fliegen mit einer Klappe geschlagen. Isabelle würde Ruhe geben, Walter hätte keinen Kummer, und sie könnte die meiste Zeit mit Dr. Siebach verbringen. Sie war zwar zweiundsiebzig, aber sie hatte den Eindruck, seit vielen Jahren gar nicht mehr gealtert zu sein. Sie fühlte sich höchstens wie fünfundsechzig!

„Hier", Isabelle hielt in ihrer Hand ein weißes schmales Tübchen. „Du musst das hier aufreißen, an den Mund halten und runterschlucken, das hilft."

„Danke!" Mehr sagte Thekla nicht, sie schaute schließlich auch die Werbung im Fernsehen und wusste, wie das Zeug funktionierte. Das Brennen in ihrer Speiseröhre hatte zugenommen, und sie hoffte, dass dieses weiße sandige Medikament mit dem scheußlichen Geschmack auch hielt, was es an Wirkung versprach.

Isabelle ging in Theklas Schlafzimmer. „Sag mal, willst du verreisen?" Sie zeigte auf das Bett.

„Nein, ich will noch mal weg." Das war auch etwas, was sie an Isabelle nicht mochte. Sie war schrecklich neugierig und nahm keine Rücksicht auf die Privatsphäre von anderen.

„Wie, noch mal weg? Heute Abend?"

*Das geht dich einen feuchten Kehricht an.* „Ja, heute Abend."

Sie sah das Funkeln in Isabelles Augen und wusste augenblicklich, dass sie zuviel gesagt hatte. Jetzt half nur noch eines. „Wie findest du Walter Merzheim?"

Das Glitzern in den Augen nahm zu. „Wieso? Geht ihr beide aus?"

„Nein, also sag, wie findest du ihn."

„Er sieht gut aus, ist galant und charmant. Aber er ist ein geiler Bock."

„Sag mal, wie redest du?" Thekla sah sie entrüstet an, sie nahm das dunkelgrüne Kostüm, hängte es zurück in den Schrank. Es war entschieden zu düster für eine Bootstour, auch nicht sportlich genug.

„Na, dann frag mal Margarete. Die hat schon was mit ihm gehabt. Wobei ich mich wirklich frage, wieso er sich ausgerechnet diese Vogelscheuche ausgesucht hat. Warum nicht mich ...? Ich gebe ja zu, er könnte mir gefallen. Wieso fragst du?"

„Och, nur so." Sie wählte den fliederfarbenen Hosenrock mit passendem ärmellosen Oberteil, ging ins Bad, schaute in den Spiegel und betrachtete ihre Oberarme. Konnte sie überhaupt ein ärmelloses Oberteil tragen? Sie entschied sich dafür.

„Nur so gibt's nicht. Hat er was gesagt? Los, raus mit der Sprache." Isabelle war ihr gefolgt, in dem Neonlicht des Bads sahen ihre Haare wie Zuckerwatte aus. Sie hatte vor ein paar Wochen versucht, ihr hellbraunes, mit dicken grauen Strähnen durchsetztes Haar hellblond zu färben. Nun war es fast weiß und dünnte aus.

„Und sag mir endlich, wo du heute Abend hinwillst. Für wen machst du dich so schick? Hat es etwas mit Walter Merzheim zu tun?"

„Ich verrate dir gar nichts, du erfährst alles noch früh genug. Und dann freue dich auf Walter aus dem *Maiglöckchen*." Dass er dich mögen wird, dafür sorge ich schon. Sie ging in ihr Wohnzimmer, schaute auf die Uhr. Kurz nach zwanzig Uhr, in etwa zwei Stunden würde sie losgehen. Verrückt, solch ein spätes Rendezvous. Aber so romantisch, wie früher. Nicht zu fassen, dass man mit zweiundsiebzig Jahren noch Schmetterlinge im Bauch haben konnte. Sie drehte sich um, wieso war es plötzlich so still geworden? Sie sah auf den gebeugten Rücken ihrer Freundin in der Küche.

„Isabelle?"

Ihre Freundin drehte sich um, zwischen ihren spitzen Fingern hielt sie ein weißes Blatt Papier, wedelte damit hin und her. Hinter ihr auf der Arbeitsplatte lag noch das Journal ihrer Krankenversicherung, darin hatte Thekla die Nachricht versteckt.

Isabelle lachte schelmisch.

*„Ich denke an dich. Wie wilder Wein den Baum sprießend umringt.* Jetzt will ich alles wissen. Mit wem triffst du dich heute Nacht?"

## 46

Sofort als Katja aus dem Fahrstuhl stieg, sah sie die in sich zusammengesunkene  Gestalt mit dem hellblonden Haar vor der Glastür sitzen, sie räusperte sich.

Anke Liv schaute hoch, ihre Stirn runzelte sich. „Sie?"

Katja wäre am liebsten im Erdboden versunken. Wenn sie bei Anke Liv solche Schuldgefühle empfand, würde es wohl auch so sein, wenn sie Kai das erste Mal gegenüber stünde. „Ihr Vater bat mich zu kommen."

Anke Liv lachte spöttisch. Um ihre Mundwinkel lagen zwei scharfe Linien. „Schön. Und mich hat er gebeten, wieder zu gehen."

Was sollte sie darauf erwidern? Katja betätigte die Klingel. Es dauerte viele unangenehme Sekunden ehe eine Stimme aus dem Lautsprecher fragte: „Ja, bitte?"

„Mein Name ist Katja Sommer, Herr Bach hat um meinen Besuch gebeten."

„Nehmen Sie noch einen Augenblick Platz, Frau Sommer. Ich komme Sie gleich holen."

Katja verdrehte die Augen. Na wunderbar, jetzt durfte sie auch noch Barbie Gesellschaft leisten.

„Und, wie war es?" Anke Liv starrte auf die Kacheln auf dem Boden vor ihr, den Körper vornüber gebeugt, die Unterarme auf den Oberschenkeln abgestützt, die Hände aneinander gelegt.

Katja setzte sich neben sie. „Wie war was?"

„Ihre Nacht mit Sven, wie war sie?"

„Wie meinen Sie das?" Wo war das Loch, in dem sie versinken konnte? Jetzt wusste sie, warum sie nie, aber auch niemals in solch eine Situation hatte kommen wollen.

„Ach, Katja, tun Sie doch nicht so. Sie wissen genau, was ich meine. Sie wissen es, ich weiß es, Sven weiß es, und all die anderen Frauen, die er vor Ihnen hatte, wissen es auch."

Katja schloss für einen Moment die Augen. Dann sah sie Anke Liv an und erkannte, dass sie sich geirrt hatte. Was sie für dumme Hochnäsigkeit gehalten hatte, war Trotz, Schmerz, Wut und vor allem Resignation. Das vorgestreckte Kinn war reiner Selbstschutz.

„Versuchen Sie bitte nicht, etwas zu erklären oder sich gar bei mir zu entschuldigen." Sie hatte Recht, jede Entschuldigung musste wie eine Farce auf sie wirken. „Ich wollte Sie nicht für das um Verzeihung bitten, was ich getan habe, sondern dafür, dass ich schlecht über Sie gedacht habe."

Anke Liv stand auf, stellte sich vor sie, ihr Blick war bitter und verächtlich. „Ich sagte, ich will keine Entschuldigung von Ihnen. Dass Sie so von mir denken, ist das Werk von Sven und meiner Großmutter. Aber wissen Sie, das interessiert mich alles nicht mehr. Und es ist mir inzwischen auch gleichgültig, wann mein ach so sauberer Mann, der größte Heuchler aller Zeiten, mit wem, wie und wo vögelt, ist das klar? Sie waren nicht die Erste und werden gewiss nicht die Letzte sein."

Katja begann innnerlich zu zittern. Die Fahrstuhltür öffnete sich. Ein Mann und eine Frau traten hinaus, sie sahen sich um, schüttelten die Köpfe, drückten erneut die Tasten für den Fahrstuhl, der schon weitergefahren war. Hoffentlich sprach Anke Liv jetzt nicht weiter. Sie hatte die Arme vor der Brust verschränkt, sah Katja herausfordernd an und tat so, als seien sie beide ganz alleine in dem Flur. Katja war sich sicher, dass es ihr Freude machte, ihr diese kleine Schmach zu bereiten. „Ihr habt über mich gelästert, habt über Jaroslav geschimpft. Sie wissen, wen ich meine." Katja sah zu dem Paar, das immer noch auf den Aufzug wartete, er schaute neugierig zu ihnen herüber, lächelte sogar leicht, während sie befremdet den Kopf weggedreht hatte. „Und wissen Sie was, Katja? Zwischen mir und Jaroslav läuft gar nichts. Er ist nämlich stockschwul. Das einzige Verbrechen, das er begangen hat, ist Loreena einen kleinen Werbespot anzubieten und mir eine Rolle bei einer Daily Soap zu vermitteln, er weiß nämlich im Gegensatz zu meiner Familie, wie sehr ich das Leben satt habe, dass ich hier führe.“

Katja hörte ein leises *Ping* und atmete erleichtert auf. Das Paar verschwand im Aufzug. „Wieso haben Sie nie jemandem von Svens Frauengeschichten erzählt? Warum lassen Sie Ihre Familie im Glauben, hochnäsig und eingebildet zu sein. Warum stellen Sie nicht klar, dass nicht Sie die Schuldige an dem Desaster zwischen Ihnen und Sven sind?“ Sie erinnerte sich an die erste Begegnung mit Anke Liv und daran, wie abweisend und schnippisch diese blonde junge Frau gewesen war. Jetzt wusste sie auch warum.

Anke Liv ging zu einem der zahlreichen Fenster, schaute hinaus. „Glauben Sie denn, es interessiere jemanden, was ich denke oder sage? Meinem Vater war ich immer völlig gleichgültig. Ich weiß eigentlich gar nicht, warum ich hier sitze. Aber solange ich klein war, kümmerten sich wenigstens meine Mutter und manchmal auch Luise. Aber dann kam die Wende, ich war damals noch ein halbes Kind, und plötzlich hatte niemand mehr Zeit für mich, alle schafften von früh bis spät, um sich neu zu orientieren. Anfangs versuchte ich noch, durch alles mögliche Aufmerksamkeit zu bekommen, brachte Spitzennoten von der Schule mit nach Hause, wartete auf Lob und Anerkennung, aber das blieb aus. Hoffte auf Liebe, und wurde schwanger von meinem Chef, der sich nichts aus Kindern machte, und wahrscheinlich auch nicht wirklich aus mir. Dann lernte ich Sven kennen, meine Familie mochte ihn auf Anhieb, er war auch noch Polizist wie mein Vater, alles schien perfekt. Bis auf die Tatsache, dass Sven seine Finger nicht von anderen Frauen lassen kann. Das erste Mal betrog er mich auf unserem Polterabend. Damals heulte und weinte er, winselte um Verzeihung. Ich habe ihn geliebt, wollte ihn nicht verlieren, und habe geholfen, das Bild, das er vor meiner Familie, vor unseren Freunden aufgebaut hat, aufrecht zu erhalten – auf Kosten meines Ansehens. Anke Liv, das egoistische, störrische Frauenzimmer. Oma hat sogar mitbekommen, dass ich mich ihm seit einiger Zeit verweigere."

*Und sie zieht durch das plötzliche Auftreten von Jaroslav ihre Schlüsse, Jaroslav ist an allem schuld, und du bist verdorben und willst den lieben guten Sven einfach im Stich lassen. Und ich habe auch in diese Kerbe geschlagen.* Katja verspürte ein wenig Scham. „Ich glaube, er hat schon wieder eine Neue, bin mir aber nicht ganz sicher."

„Ist sie hübsch?"

„Ja!"

„Dann können Sie sicher sein."

Es tat irgendwie gut, mit ihr zu reden, auch wenn sie Anke Liv nie richtig kennen lernen, nie die Chance haben würde, sich mit ihr anzufreunden, dafür hatte sie zuviel kaputt gemacht.

„Sie kennen Sven nicht, wie ich ihn kenne, er ist ein Betrüger, ein Herzensbrecher, ein Blender, ein Schauspieler, immer auf seinen eigenen Vorteil bedacht."

Die Tür ging auf, eine Krankenschwester, ganz in Dunkelgrün gekleidet, sah Katja an. „Sind Sie Frau Sommer?"

Katja nickte und stand auf.

„Dann kommen Sie bitte herein." Sie sah zu Anke Liv. „Frau Widahn, wir haben Ihre Mutter leider immer noch nicht erreichen können. Tut uns Leid."

Katja drehte sich noch einmal zu Anke Liv um. „Ich verlasse den *Klabautermann*, sobald ich eine neue Bleibe gefunden habe."

47

Katja folgte der Schwester in einen kleineren Raum, wo man ihr einen grünen Kittel gab. Es roch nach Chemikalien und Medikamenten. Maschinen pfiffen, zischten und piepsten bis zu ihr hin.

Die Krankenschwester führte sie in einen Raum mit offener Flügeltür. In einem Halbkreis standen mehrere Betten nebeneinander, nur durch Apparate, Schläuche, Monitore und Kabel voneinander getrennt. Im ersten Moment erkannte sie Sebastian Bach nicht. Völlig eingesunken, mit einem ebenfalls dunkelgrünen Laken bedeckt, lag er in einem der Betten und sah Katja aus weit aufgerissenen Augen an. Sie erschrak. Er sah noch schlechter aus als in den letzten Tagen, regelrecht erbärmlich, das Gesicht eingefallen, Kinn und Nase spitz, die Lippen leicht bläulich, die Haut der Wangen und die Pupillen gelblich verfärbt.

„Hallo Sebastian."

Er hob die zittrige Hand nur leicht an, sein Finger steckte in einer Klammer, die über ein Kabel mit einem der Monitore verbunden war.

„Hallo!" Seine Stimme klang matt und brüchig. „Gut, dass Sie da sind."

Katja suchte nach einem Hocker und setzte sich neben ihn. „Sie wollten mich sprechen?"

Als Antwort schloss er für eine Sekunde die Augen. „Sind Inga und Luise da?"

„Nein, aber Anke Liv wartet draußen."

„Ja, ich weiß, sie war vorhin schon mal bei mir. Und Sven ist im Einsatz, das ist gut so."

Katja schoss der Gedanke durch den Kopf, dass wohl nur gewisse Körperteile seines feinen Schwiegersohns im Einsatz waren, konzentrierte sich aber schnell wieder auf den kranken Menschen, der sie an sein Bett gerufen hatte.

„Ich halte Sie für eine sehr gute Polizistin, die ihre Arbeit gründlich macht. Als Sven mir erzählte, dass Sie einen von uns verdächtigten, da wusste ich, dass man vor Ihnen nichts lange geheim halten kann."

Katja stutzte. War sie doch auf der richtigen Spur gewesen, war das der Grund, warum er sie zu sich gerufen hatte?

„Kommen Sie noch ein Stück näher an mein Bett heran, bitte."

Katja schob den Stuhl so dicht wie möglich an das Bett. Eine Schwester zog hinter ihr den Vorhang zu. Kurz darauf hörte sie ein Geräusch, als würde Flüssigkeit abgesaugt. Bach lächelte müde. „Sie erinnern sich doch, dass ich Ihnen von meinem Vater erzählte."

Katja nickte. Aber was hatte das mit ihrem Fall zu tun?

„Es war im Frühjahr 1953, Aktion Rose." Ihr aus dem Westen wisst davon bestimmt wieder mal nichts. Aktion Rose war die Enteignung der Hoteliers, Pensions- und Gaststätteninhaber hier an der Ostseeküste in Mecklenburg. Sie kamen mit vierhundert Mann aus der Polizeischule in Arnsdorf und brauchten für die ganze Geschichte einen Monat. Es gab auch Verhaftungen, jeder Vorwand war recht, manche flohen in den Westen. Meine Mutter bekam davon nichts mit, sie lebte damals noch in Eisenach. Sie war mit mir schwanger und wollte meinen Vater heiraten, er hatte sich gerade eine kleine Gaststätte im Mönchsgut aufgebaut. Aber als meine Mutter im März nach Göhren kam, hatte mein Erzeuger sich auf dem Dachboden seines Elternhauses aufgehängt. Und das alles wegen einer Kiste Coca-Cola aus dem Westen, die er tatsächlich nicht einmal besessen hatte. Willem, der beste Freund meines Vaters, hat Mutter alles erzählt und versucht, sie zu trösten. Kurz vor meiner Geburt wurde geheiratet. Er brauchte mich noch nicht einmal zu adoptieren. Er war ein guter und fürsorglicher Vater. Und hier, in diesem Krankenhaus ist er gestorben. Er war so ungeheuer wichtig für mich, er war mein Halt. Auf ihn konnte ich bauen." Sein Atem ging schneller, rasselnder. Er würde doch jetzt keine Herzattacke bekommen?

„Ich habe das Versteckspielen so satt."

Seine Stimme wurde leiser, Katja starrte ihn an. Was er da sagte, klang zu unglaublich. „Wollen Sie damit etwa andeuten, dass Sie ...?"

„Ich muss Ihnen alles erzählen, solange mir noch Zeit bleibt."

Katjas Herz klopfte bis zum Hals.

Bach verdrehte die Augen, seine Wangenmuskulatur zuckte. „Nach dem Tod meines Vaters bestand meine Mutter darauf, dass ich den Beruf erlernte, den er sich für mich gewünscht hatte, Volkspolizist, obwohl ich eigentlich Fischer werden wollte. Aber sie kennen ja Luise. Also blieb ich auf der Schule, um mein Abitur zu machen. Wann immer ich konnte, ging ich an den Strand, ich liebte es, dort meinen Gedanken nachzuhängen. Aber an einem Abend während der Sommerferien 1970 lernte ich dort eine Urlauberin kennen, in die ich mich wahnsinnig verliebte. Sie schenkte mir einen Prospekt aus dem Westen, wir küssten uns, und verabredeten uns für den nächsten Sommer." Er holte Luft, das Sprechen fiel ihm sichtlich schwer, aber seine Augen leuchteten für einen Moment auf.

„Und sie kam tatsächlich. Zur verabredeten Stunde. In der Nacht." Er atmete schwer. Eine Krankenschwester kam und reichte ihm mit einer Schnabeltasse etwas Tee. „Nicht soviel reden, Herr Bach!", ermahnte sie ihn.

Katja nahm eine Serviette, tupfte ihm dort, wo der Tee herunterlief, die Mundwinkel ab. Sie war versucht, ihm über die Stirn zu streicheln, schaute in seine gelblich trüben Augen. Wenn er wirklich eine soziale Phobie hatte, dann musste sein innerer Druck sehr groß sein, wenn er ihr nun so viel aus seinem Leben anvertraute.

„Danke", Bach wartete bis die Schwester außer Hörweite war, bevor er weitersprach. Sie war älter als ich, viel älter, 42 Jahre schon, aber das störte mich nicht. Ich kannte jedes Stückchen Haut an ihrem Körper, sie war so zart wie ein Pfirsich." Er schaute nach dem Becher mit dem Tee, Katja stützte ihn, ließ ihn trinken. Sein Körper war schweißnass und heiß, bestimmt hatte er hohes Fieber. Bach legte sich wieder hin. „Danke. Hören Sie mir weiter zu, es ist wichtig. Ich muss Ihnen das alles erzählen, damit Sie es verstehen können, bitte!" Eindringlich sah er sie aus dunklen Augenhöhlen an.

„Aber ja! Nehmen Sie sich Zeit, soviel wie Sie wollen." Sie streichelte weiter beruhigend seine Hand.

„Sie setzte sich also zu mir, wir tranken Sekt, rauchten amerikanische Zigaretten, kamen uns näher. Sie erzählte mir von fernen Ländern, so schön, dass ich in diesem Moment frei war. Ich sah den Himmel, die Meere und Pflanzen in Farben, wie ich sie noch nie zuvor gesehen hatte." Eine Träne löste sich aus seinem Augenwinkel.

„Ich weiß nicht, ob ich das hier mit hinein mitnehmen durfte, aber ich habe Ihnen etwas mitgebracht", flüsterte Katja. Sie sah sich um, während sie etwas unter ihrem Kittel hervorholte.

„Mein Joshua Baum. Sie hat mich gemahnt, gut auf ihn aufzupassen, dass mich keiner damit erwischt. Sie sind wohl die Erste, die ihn gefunden hat, aber jetzt spielt es auch keine Rolle mehr. Jetzt ist sowieso alles vorbei." Erneut löste sich eine Träne. Katja nahm ein Stück Zellstoff und tupfte ihm über die Augen.

„Wie ging es weiter?", fragte sie leise.

„Ein Mann stöberte uns auf und zog sie gewaltsam von mir fort. Ich war unfähig, ihn daran zu hindern, er war soviel stärker als ich." Er stöhnte, sein Brustkorb ging heftig auf und nieder. Ein Krankenpfleger kam, runzelte die Stirn. Bach winkte ab.

„Ich habe nicht aufgehört, sie zu lieben. Aber ich habe sie erst Jahre später wiedergesehen – bei der Übertragung einer Parteiveranstaltung im Fernsehen, sie stand schräg hinter Honecker und seiner Frau, auch der Mann war dabei. Ein weiteres Jahr später sah ich sie hier auf Rügen wieder, aber sie schaute mich noch nicht einmal an, würdigte mich keines Blickes. Ich dachte, es läge an den vielen Menschen, die ständig um sie herum waren, und ging in den Nächten zum Südstrand, immer in der Hoffnung, sie würde kommen, und sei es nur für zwei Minuten. Nichts anderes interessierte mich mehr. Die Leute redeten schon über mich, ich musste etwas unternehmen. Zu diesem Zeitpunkt lernte ich Inga kennen, sie war ein stiller, einfacher, aber netter Mensch. Ich heiratete sie in der Hoffnung, dass die Klatschmäuler Ruhe gäben. Mittlerweile war ich Vopo und auf dem Weg, Karriere zu machen. Was ich nicht gebrauchen konnte, waren Mitarbeiter der Stasi, die um unser Haus herumwieselten. Inga bekam Anke Liv, und für sie war die Welt in Ordnung. Meine wurde immer kleiner und kleiner. Die nächsten fünf Jahre ging ich weiter regelmäßig an den Strand, wartete auf sie, hoffte, dass sie wiederkommen würde. Aber sie kam nicht mehr, es war vorbei." Er hustete, sein Atem ging röchelnd.

Katja glaubte, langsam zu verstehen. „Und dann? Dann trafen Sie Wilhelmine Wirth, richtig? Sie glaubten, sie sei die Frau von damals?"

„Vielleicht halten Sie mich für einen dummen Trottel, ja, anfangs dachte ich das wirklich. Ich kann Ihnen nicht beschreiben, was in mir vorging, als ich sie Ende Juni kennen gelernt habe. Wissen Sie, wie das ist, wenn man über dreißig Jahre einen Traum hegt, sich immer noch fragt, wie das Leben wohl gelaufen wäre, wenn der Kerl uns nicht in der Nacht auseinandergezerrt hätte? Ob man dann auch solche Ängste entwickelt oder ob man ganz normal wie andere auch gelebt hätte. Mit Freunden Bowling spielen, singend und lachend durch Kneipen ziehen, seine Frau lieben und was weiß ich nicht noch alles. Und all die Jahre hatte ich meinen Joshua Baum, er hielt meine Verbindung zu dem Traum, den ich nie aufgegeben habe. Und dann, dann steht dieser Mensch plötzlich vor Ihnen. Es war so unglaublich. Sie kam mit Hilde an den Südstrand, sie spielten am Ufer. Da stand sie, fast an derselben Stelle wie vor dreiunddreißig Jahren, als ich sie zum ersten Mal gesehen habe. Natürlich war sie älter geworden, aber das war ich ja auch, und sie war immer noch so schön."

Katja überlegte kurz, vom Alter her hätte sie es sein können. „Sie sagten, *anfangs* glaubten sie, es sei dieselbe Frau gewesen. Später nicht mehr?"

Bach hustete, kleine Blutstropfen kamen aus seinem Mundwinkel. „Zahnfleischbluten, Entschuldigung."

Katja wischte ihm den Mund ab. Sie sagte nichts, glaubte ihm aber kein Wort. Sie widersprach ihm nicht; aber die Panik in seinen Augen strafte seine Worte Lügen.

„Sie gab mir keinerlei Zeichen eines Wiedererkennens. Wenn ich sie traf, erzählte sie mir von ihrem Leben. Sie habe immer in Hamburg gelebt. Das glaubte ich ihr nicht, allerdings sagte ich auch nichts. Ich weiß ja, dass es nicht jedem angenehm ist, über sein früheres Leben in der Partei zu erzählen, schon gar nicht, wenn man Honecker so nahe gewesen war wie sie einst. Wissen Sie, woran ich gemerkt habe, dass Sie doch nicht die Frau war, die mir den Joshua Baum geschenkt hatte?"

Katja schüttelte den Kopf und sah zum Fenster, mittlerweile war es völlig dunkel geworden. Die runde Uhr an der Wand zeigte zweiundzwanzig Uhr. Ob Anke Liv immer noch draußen wartete?

„Als wir miteinander schliefen. Sie hatte am Bauchnabel eine Narbe, Wilhelmine nicht. Sie war es nicht." Sein Blick wurde traurig, die Mundwinkel zuckten.

Hatte sie deswegen sterben müssen? Hatte Hilde Tietz doch nur *einen* Mann gesehen? Erst einen ganz lieben, dann dieselbe Person, aber böse?

Sie beugte sich zu ihm herunter. „Sie sind der Nikolaus gewesen?"

Bach nickte langsam. „Mit Händen und Füßen habe ich mich dagegen gewehrt, aber Luise bestand darauf. Sie gab keine Ruhe." Sie verstand nicht, was er meinte, aber sie spürte, wie er verkrampfte. *Nur noch eine Frage!*

„Wer ist Knecht Ruprecht? Sie wissen es doch oder ahnen es zumindest, nicht wahr?"

Wieder nickte er schwach. Sein Mund zitterte, er riss seine Augen weit auf „Ich habe ... in meiner Hosentasche ... Oh, lieber Gott, ..." Seine Augenlider flatterten. Katja hörte eine der Maschinen über seinem Kopf einen durchdringenden pfeifenden Ton von sich geben. Zwei Pfleger und eine Schwester kamen angelaufen. „Gehen Sie weg!" Unsanft schoben sie Katja beiseite.

„Bitte, Sebastian, Sie müssen es mir sagen!" Er verdrehte die Augen, sein Kopf kippte weg. B*itte nicht, bitte, bitte nicht!* „Sebastian!"

„Hauen Sie endlich ab!" Die Schwester sah sie wütend an. „Herzflimmern. Hol mal jemand schnell Dr. Kleinschmidt. Verschwinden Sie doch endlich!"

Katja zog sich langsam rückwärts gehend zurück. Niemand achtete auf sie. Aus seiner Hosentasche holte sie ein gefaltetes Blatt Papier hervor.

Immer noch war das durchdringende Pfeifen zu hören, ein Arzt kam angelaufen, rempelte sie an. Ein Pfleger reichte ihm den Defibrillator. Er setzte die beiden Elektroden auf Bachs Brust. „Eins, zwei, drei, los!" Katja sah, wie sich sein Körper aufbäumte. Tränen liefen ihr über das Gesicht.

„Nichts! Noch mal, eins, zwei, drei. los!"

Sie drehte sich um, ging in Richtung Ausgang. Das Pfeifen hinter ihr wurde leiser. Sie zog sich den Kittel aus, warf ihn in die vorgesehene Tonne und ging in den Toilettenraum. Während sie sich die Hände wusch, starrte sie lange auf das Blatt Papier auf der Ablage vor ihr. Schließlich nahm sie den Zettel und faltete ihn auseinander.

*Wahres Leben schwieg*
*derweil neben dir,*
*gab Raum*
*den du nicht*
*zu füllen vermochtest*
*gab Körper,*
*den du nicht lieben konntest.*

Sie begriff nicht sofort, was sie da las, dann lief sie durch die beiden Glastüren in den Wartesaal der Intensivstation und schaute sich um.

Anke Liv war fort.

## 48

„Nein, mach kein Licht!"

Katja ließ die Hand wieder sinken. Luise saß im dunklen Arbeitszimmer ihres Sohnes. Mehrmals hatte sie auf dem Weg zwischen Bergen und Göhren ohne Erfolg versucht, Widahn zu erreichen. Auch im *Klabautermann* hatte niemand abgehoben, umso mehr überraschte es sie nun, Luise doch hier anzutreffen. Sie war nur ein Schatten in dem Zimmer, das vom Mondlicht in kaltes graublaues Licht getaucht wurde, hatte ihr den Rücken zugedreht. Sie bewegte sich nicht. Neben ihr leuchtete das Display einer kleinen Musikanlage, leise Orgeltöne erfüllten den Raum.

„Du hast es die ganze Zeit gewusst."

„Und wenn es so wäre?" Luises Stimme klang leise, fast flüsternd und spöttisch. Immer noch drehte sie sich nicht um zu ihr. „Meinst du, ich hätte mit dir darüber reden müssen? Du hättest nichts verstanden, gar nichts. Du hast ja nie hier gelebt."

Katja kam noch näher, setzte sich in einen der verschlissenen Sessel. „Was hätte ich nicht verstanden? Dass dein Sohn eine alte Frau geliebt hat?"

Ein Ruck ging durch den Schatten am Fenster. „Er hat es dir erzählt? Natürlich, er hat dich zu sich gerufen, was auch sonst. Hat es für seine Pflicht gehalten, dir diese alte Geschichte anzuvertrauen, stimmt's? Ich werde dir sagen, was wirklich geschehen ist im Sommer 1971."

Katja wartete, ihr ganzer Körper war angespannt, während sie Luises rasselndem Atem lauschte. „An dem besagten Abend im Juli ging mein Sohn zum Südstrand. Das war sein Zufluchtsort, wenn er nachdenken wollte, ich wusste das. Es war eine wunderschöne Nacht, ich wartete auf der Terrasse, wollte nicht zu Bett, bevor er zu Hause war." Luise unterbrach einen Augenblick, rührte sich immer noch nicht.

Katja sah besorgt zu ihr hinüber. „Brauchst du irgendetwas? Soll ich dir ein Glas Wasser bringen?"

„Nein! Bleib wo du bist und hör weiter zu."

Es fiel Katja schwer, sie war angespannt und nervös. Aber nur wenn sie hier sitzen blieb, würde ihre Suche nach dem Mörder nicht ziellos und ohne Erfolg bleiben.

„Als Sebastian nach Stunden endlich wiederkam, wirkte er verstört, ohne ein Wort ging er in sein Zimmer. Kurz darauf kam ein großer, kräftiger Mann mit einer Frau im Arm in unseren Garten. Als sie ins Terrassenlicht traten, sah ich, wen ich da vor mir hatte. Es war einer von Honeckers direkten Gefolgsleuten aus der SED, mit seiner Frau. Der Name sagt dir nichts, tut auch hier nichts zur Sache. Unter der Hand war er bekannt für sein hartes Durchgreifen bei Problemen aller Art, ich ahnte nichts Gutes. Seine Frau, eine oft gesehene Begleitung von Margot Honecker, nur wenig jünger als ich, war wunderschön, aber völlig betrunken. Ihre Kleidung war zerrissen, und unter ihrem linken Auge bildete sich ein Veilchen."

Wieder unterbrach sie das Gespräch. Sie holte Luft, atmete stöhnend auf. Hatte sie Schmerzen?

„Geht es dir nicht gut?"

„Nein, alles in Ordnung. Allenfalls die Erinnerung schmerzt."

*Dann erinnere dich bitte schneller,* Katja wurde unruhig. *Ich muss die ganze Geschichte kennen, erst wenn das Puzzle komplett ist, weiß ich, was zu tun ist.*

„Der Mann raste vor Zorn über Sebastian, er habe meinen Jungen und seine Frau am Strand in einer Stellung erwischt, die nicht misszuverstehen war. Die Frau an seinem Arm kicherte, sagte, sie habe doch nur Spaß gemacht, der Junge am Strand sei so unschuldig und zart gewesen, sie habe nur ein wenig mit ihm gespielt. Nun war ich erbost, ich drohte ihr, sie wegen Verführung Minderjähriger anzuzeigen. Da packte mich der Mann brutal am Arm, und noch heute höre ich seine Worte.

*Ein Wort von dir, Fräulein, nur ein einziges Wort, und du bist die längste Zeit Hausbesitzerin gewesen. Das Leben kann sehr unangenehm werden, glaube mir, für dich und für deinen feinen Sohn, wenn ich ihn jemals wieder in der Nähe meiner Frau sehe oder wenn diese Geschichte bekannt wird.*

Ich wusste, dass dieser Mann Sebastian wirklich gefährlich werden konnte. Selbst wenn er ihn jetzt in Ruhe ließ, vielleicht würde er später doch noch etwas gegen ihn unternehmen, und wir wären völlig machtlos. Die ganze Nacht dachte ich darüber nach, wie ich Sebastian vor ihm in Sicherheit bringen konnte. Gab es einen besseren Schutz als bei der Volkspolizei? Sofort am nächsten Tag nutzte ich Beziehungen und regelte seine Aufnahme. Sebastian aber war nicht mehr derselbe. Er litt, er hoffte und er träumte, ging seinem Leben nach wie ein Roboter. Er zog sich fast völlig in seine eigene Welt zurück.

Irgendwann teilte er mir mit, er habe ein Mädchen kennen gelernt, das er heiraten wolle. Ich war zunächst erfreut, aber als ich Inga sah und sie mit seiner großen Liebe verglich, war ich skeptisch. Und tatsächlich verlor Sebastian seine Kälte und Gleichgültigkeit nicht, hinter der er sich vor allen verbarg. Ich mischte mich nicht ein, es war ja gut, dass die Fassade gewahrt war, denn ich fürchtete die Überwachung durch die inoffiziellen Mitarbeiter der Stasi. Ich fürchtete ständig, unwissentlich etwas falsch zu machen. Ich fühlte mich nie frei, aber ich lebte weiter, lernte zu schweigen und Theater zu spielen – und die Menschen zu durchleuchten."

Katja dachte an Sven, ihn hatte sie nicht durchschaut. Luise hustete, angestrengt und irgendwie unterdrückt. Immer noch hatte Katja den Verdacht, die alte Frau habe Schmerzen.

„Je älter Sebastian wurde, desto unruhiger, unzufriedener und liebloser wurde er. Er kapselte sich völlig ab. Bis vor ein paar Wochen, da wurde alles wieder anders. Er lachte, nahm sogar mal Loreena in den Arm. Ich wunderte mich, aber dann sah ich durch Zufall Sebastian mit Wilhelmine Wirth und Hilde Tietz. Sie lachten, und ich wusste sofort Bescheid. Er war ihr wieder begegnet, er war wieder der siebzehnjährige Junge, ausgelassen und unschuldig. Aber die Zeiten haben sich geändert, er hat Familie und einen guten Ruf, auch in dem neuen System. Und dann kam die Angst zurück. Wenn jemand erfuhr, dass Sebastian Kontakt zu einer engen Vertrauten Honeckers hatte, was dann? Was wurde aus ihm und seiner Stellung? Was aus uns, seiner Familie, die endlich in Ruhe hier lebte und sich etwas aufgebaut hatte. Noch in derselben Nacht sprach ich ihn darauf an, er ließ mich gar nicht ausreden und eröffnete mir, dass er uns verlassen werde und mit Wilhelmine Wirth leben wolle.

Ich war verzweifelt, wollte sogar mit Wilhelmine Wirth reden, aber das war mir zu peinlich. Wenn überhaupt, gab es nur eine, die das verhindern konnte: seine Frau." Katja zog sich das T-Shirt aus der Hose, die Luft in dem Raum war stickig. *An Wilhelmine hast du dich nicht rangetraut, aber an Inga, die tausendmal schwächer ist als du, mit der konntest du es ja aufnehmen.*

„Ich habe ihr alles erzählt. Aber sie hat nichts unternommen, so glaubte ich zumindest bis heute Abend, sie hat mir alles gesagt: Von dem Moment an, als sie von der Liebschaft erfuhr, fing sie an, ihn systematisch zu vergiften. Langsam und qualvoll sollte er sterben. Aber das ahnte ich ja nicht, als wir in Berlin waren. Ich habe sie angefleht, endlich etwas aus sich zu machen, zu kämpfen. In unserem Hotelzimmer habe ich sie vor den Spiegel gestellt, habe sie gezwungen, einmal ganz genau hinzusehen. Die Haare stumpf und farblos, ihr Gesicht völlig nichtssagend, ihr Körper vernachlässigt. Ich habe es doch nur gut gemeint, habe geschrien, sie solle aufhören, diese blöden Gedichte zu lesen und irgendwelche toten Dichterinnen zu verehren, und lieber etwas für ihren Mann tun. Sich etwas Schickes zum Anziehen kaufen, sich die Haare färben, zur Kosmetikerin gehen, damit sie endlich attraktiv für ihn würde. Und damit er vielleicht doch noch anfangen könne, sie zu lieben, und nicht warten müsse, bis seine Frau nach Berlin fahre, um mal wieder ein wenig Sex zu haben, mit einer alten Frau. Da hat sie das Zimmer verlassen. Ich glaubte, sie wachgerüttelt zu haben, und nahm an, dass sie uns alle mit ihrer Veränderung überraschen wollte.

Welche Enttäuschung aber, als sie am Samstag genauso blass und farblos wieder auftauchte wie zuvor, nein, sogar noch eine Spur blasser. Ich habe sie zur Rede gestellt, aber sie hat mich gebeten, mich nicht mehr einzumischen, sie habe alles im Griff. Erst als ich erfuhr, was hier geschehen war, begriff ich, was sie gemeint hatte."

Katja atmete schwer. *Ja, auch das Fass der Sanftmütigen und Stillen darf man nicht zum Überlaufen bringen.* „Warum aber Hilde Tietz? Was hat sie Inga getan?"

„Sie hat die beiden erkannt, Katja. Du warst auf der richtigen Spur. Im letzten Jahr sind Sebastian und Inga auf Vermittlung von Thekla in der *Abendsonne* als Nikolaus und Knecht Ruprecht aufgetreten. Inga hat mir erzählt, dass eine Heimbewohnerin sie beim Umkleiden erwischt habe."

„Also hat sie die beiden ohne Kostüm gesehen und später wieder erkannt", murmelte Katja. „Es muss sie beeindruckt haben, sonst hätte sie sich nicht erinnert." Sie schaute zu Luise, die immer noch reglos in dem Bürostuhl saß.

„Ist die Musik nicht herrlich?" Luise stöhnte, drehte den Stuhl in Katjas Richtung. Etwas fiel von ihrem Schoß auf den Boden, sie schien es nicht zu bemerken und betätigte die Fernbedienung der Musikanlage. Die Musik schwoll an. „Johann Sebastian Bach, der Namensgeber meines Sohnes. *Wachet auf, ruft uns die Stimme*, ein trauriges Lied, nicht wahr? Ich habe gerade auch ein Gedicht von Inga bekommen, Katja."

Ein merkwürdiger Geruch verbreitete sich, Katja wurde übel, aber das war jetzt nebensächlich. „Wo ist sie? Wo ist Inga?" Sie schrie, versuchte die Musik zu übertönen.

Luise antwortete nicht, rezitierte ihr Gedicht, mit lauter, fast hysterischer Stimme.

*„Lass uns besser auf der Erde bleiben,*
*wo alles Trübe, was die andern treiben,*
*die Reinen einzeln zueinander hebt."*

„Sag mir endlich, wo sie ist.

„Sebastian ist tot, Katja. Sie hat ihn getötet." Die Musik verstummte. „Sie hat uns alle getötet, uns alle, Katja."

„Was sagst du da?" Katja wurde es zu bunt, sie ging zur Tür, betätigte den Lichtschalter und schrie.

Blut! Überall Blut!

„Wo sind Sven, Anke Liv und Loreena?", fragte sie, während sie zu Luise eilte, die schwer atmete. Aus ihrem Bauch sickerte Blut, vor ihr auf dem Boden lag ein blutdurchtränktes Kissen.

„Das Kind ist bei einer Nachbarin in Sicherheit. Wo die beiden anderen sind, weiß ich nicht."

Katjas Handy war im Auto, sie lief in die Diele, griff nach dem Telefonhörer, aber die Leitung war tot. „Ich muss raus zum Telefonieren."

„Nein, bitte bleib bei mir, bis es vorbei ist, bitte. Es ist keiner im Haus, die Gäste sind alle im Robinson Crusoe, dort tritt heute Abend irgend ein bekannterer Sänger auf. Lass mich nicht alleine sterben. Die Verletzung ist zu tief, sie hat das Aaleisen genommen. Damit hat sie auch Wilhelmine Wirth erstochen."

„Wo ist sie jetzt?" Katja nahm das Kissen, presste es gegen Luises Leib.

„Ich weiß es nicht."

Katja drückte das Kissen noch fester an ihren Körper. Ein Auto hielt vor dem Haus. Konnte es Inga sein?

„Sie sagte ... Es tut so weh ... Sie sagte, sie habe Sebastian mit Bleiacetat vergiftet, für ihn gäbe es keine Rettung mehr. Bitte lass mich hier sterben, wenn Sebastian tot ist, was soll ich dann noch hier?"

„Dein Sohn liegt auf der Intensivstation in Bergen. Die Ärzte werden ihn retten." Hoffte sie jedenfalls. Während sie noch fieberhaft überlegte, wie sie Inga ohne Waffe überwältigen sollte, falls sie zurückgekehrt war, und Luise so schnell wie möglich ins Krankenhaus bringen lassen konnte, hörte sie erleichtert Anke Livs Stimme aus dem Flur: „Oma!"

„Wir sind hier im Arbeitszimmer."

„Oma, um Gottes willen! Was ist passiert? Hatte sie einen Unfall?"

„Alles später. Haben Sie ein Handy dabei? Rufen Sie einen Notarzt, schnell!"

Katja hörte zu, wie sie mit dem Notarzt sprach, während sie Luise das Kissen gegen den Körper drückte und hoffte, dass sie damit das Richtige tat. „Wie geht es Ihrem Vater?"

„Sie haben ihn reanimiert. Als die Laborberichte kamen, wusste man auch, was zu tun war. Er hat Unmengen von Bleiacetat im Blut, und noch rätseln alle, wie das Zeug in seinen Blutkreislauf gelangt ist."

*Darauf könnte ich dir eine Antwort geben, aber vielleicht hörst du es besser nicht von mir.* Katja streichelte Luise beruhigend über Stirn und Wangen, tupfte ihr den Schweiß ab.

„Thekla!" Luises Augen suchten Katjas Blick. Pass auf, schien sie ihr sagen zu wollen, sie hat noch etwas vor.

Ja natürlich, Thekla hatte ihnen von ihrer neuen Bekanntschaft mit einem jüngeren Mann erzählt, im Beisein von Inga! Glaubte sie wirklich, dass sich Sebastian so schnell trösten wollte? Offensichtlich! Und jetzt, wo sie alles verloren hatte, konnte ihr alles egal sein. Jetzt konnte sie Rache nehmen an einer Person, die sie vielleicht für unverschämt genug hielt, sich mit dem verheirateten Sohn ihrer Freundin zu vergnügen und auch noch in ihrem Beisein von ihm zu schwärmen.

„Kann mir jetzt bitte mal jemand sagen, was los ist? Und wo sind Mama und Loreena?" Nach ihrem Mann fragte sie nicht. Sie nahm ihre Großmutter in den Arm.

„Wo kommt das viele Blut her?" Ihr Stimme wurde schrill, fast schon hysterisch.

„Das erkläre ich Ihnen alles später. Ich muss unbedingt Ihre Mutter finden, Sven soll mir helfen."

„Anna-Greta." Es war mehr ein Hauch, ein Flüstern, das aus Luises Mund kam.

„Wie?" Katja beugte sich zu ihr herunter, es kam nur ein Stöhnen über ihre Lippen. Dieses verdammte Luder, sie wusste also doch, wo Inga steckte. Sie hatte ihr nur nichts sagen wollen, aus Angst, Katja würde sie allein lassen.

„Sie sagt Anna-Greta. Das ist Großvaters altes Fischerboot. Mama benutzt es oft."

Natürlich, das Schiff! Wilhelmine Wirth war mit dem Boot nach Hiddensee gebracht worden. Lars Simion war mit einer Decke zugedeckt worden, die nach Fisch und Maschinenöl gerochen hatte.

„Wo ist das Schiff?"

„Im Thiessower Hafen."

„Und wenn sie nicht da ist?"

„Dann ist sie aufs Meer gefahren."

Katja verdrehte die Augen. „Und was mache ich dann?"

„Im Hafenbecken liegen einige nicht vertäute Beiboote, die meisten sind Ruderboote, manche haben auch einen kleinen Außenbordmotor."

„Hören Sie, bleiben Sie bei Ihrer Großmutter, bis der Notarzt kommt. Ich hole Ihre Mutter." Sie klopfte der jungen Frau freundschaftlich auf die Schulter, lief auch schon aus dem Haus zu ihrem Auto. Sie nahm ihr Handy vom Beifahrersitz, wählte eine Nummer und fuhr so schnell wie möglich über das Kopfsteinpflaster. Auf der unteren Straße am Biosphärengebiet sah sie in der Dunkelheit ein Blaulicht aufleuchten. Hoffentlich kam es nicht zu spät.

# 49

„Verdammt noch mal, Katja, wo steckst du?" Endlich ging Widahn an sein Handy.

„Ich bin auf dem Weg zur Anna-Greta im Thiessower Hafen." Ein Piepton signalisierte, dass ihr Akku bald leer sein würde. Sie schaute auf die Beschilderung. Auf gar keinen Fall durfte sie sich jetzt auch noch verfahren.

„Kannst du mir verraten, was hier passiert ist? Luise wird gerade mit dem Rettungswagen ins Krankenhaus gefahren, und Anke Liv heult, aus ihr kriege ich nichts raus. Hat Luise versucht, sich umzubringen?"

Herrgott, er sollte jetzt keine unnötigen Fragen stellen. Sie brauchte ihn jetzt und hier. „Komm zum Hafen! Sofort!" Wieder der Piepton. „Sven, deine Schwiegermutter hat Luise ein Aaleisen in den Körper gerammt. Es ist dieselbe Waffe, mit der auch Wilhelmine Wirth verletzt worden ist. Inga ist auf der Anna-Greta, und vermutlich ist Thekla Freydberg bei ihr."

Für zwei, drei Sekunden herrschte Stille zwischen ihnen.

„Okay, ich bin in ein paar Minuten bei dir. Warte auf mich, mach nichts ..." Das Licht auf dem Display ihres Handys erlosch.

Katja schaute in den schwarzen Himmel über dem Hafen, die Wolken hatten sich verzogen, die Sterne glitzerten auf sie herab. Alles um sie herum sah so friedlich aus, nichts wies darauf hin, dass vielleicht irgendwo da draußen auf dem Meer inmitten der vereinzelten Lichter der Yachten und Segelboote gerade etwas Furchtbares passierte. Kein Mensch war zu sehen, einige Möwen schaukelten im Schlaf friedlich auf dem tiefen Wasser des Hafenbeckens. Die Anna-Greta war nicht mehr da.

*Verdammt, wo bleibt Sven?* Katja atmete tief durch. Mit einem Mal erklärte sich alles. Inga war immer auf dem Laufenden gewesen, sie hatte die ganze Ermittlung verfolgen können. Sie wusste, dass Hilde Tietz sie als Nikolaus und Knecht Ruprecht wiedererkannt hatte. Auch als Thekla kam, war Inga dabei. Thekla, die von zwei Männern sprach, einem jüngeren, der ein Boot besaß, und einem älteren. Sofort mussten bei Inga alle Alarmglocken angegangen sein und sie hatte ihren nächsten teuflischen Plan geschmiedet. Mit ihrer unschuldigen, stillen Art hatte sie alle getäuscht. Sven hielt seinen BMW neben ihr und stieg aus. *Ihr beide könntet Geschwister sein.*

„Na endlich. Ich finde die Anna-Greta nicht." Katja lief Widahn entgegen.

„Warte, ich habe ein Nachtfernglas im Auto." Er suchte das Meer ab, dann zeigte er auf einen Lichtpunkt auf dem dunklen Meer. „Das müsste sie sein. Und es scheint, als läge sie vor Anker. Komm! Wir nehmen uns eines der Beiboote."

## 50

Das Fischerboot schaukelte in der Dunkelheit auf dem offenen Meer vor dem Thiessower Hafenbecken mit sanften und ruhigen Bewegungen hin und her. Thekla hielt sich an der Reling fest und versuchte, in der Finsternis etwas zu erkennen.

Gott, war das alles geheimnisvoll. Kaum hatte sie das Boot über den Holzsteg betreten, war ihr die erneute schriftliche Botschaft aufgefallen, mit der Bitte, an den eigens für sie gedeckten Bistrotisch zu treten. An dem Sekt dürfe sie ruhig schon nippen, aber bis er bei ihr war, dürfe sie sich auf gar keinen Fall umdrehen, sonst wäre die finale Überraschung hinüber. Sie hatte alles befolgt, und als der kräftige Bootsmotor die Stille der Nacht durchbrach, war nicht nur durch das Schiff ein Zittern gegangen. Wo wollte er mit ihr hin? Sie schaute in den Himmel und lächelte. Dort, wo der Schein des abnehmenden Mondes auf das Wasser traf, entstand ein silbriger Glanz, und die Wellen tanzten wie kleine Elfen um das Boot herum. In der Ferne waren Lichter anderer Boote zu erkennen, die ihr wie vom Horizont herabgefallene Sterne vorkamen.

Tief atmete sie die salzhaltige Meeresluft ein. Sie hörte ihn unten im Kabinenraum rumoren, gesehen hatte sie ihn immer noch nicht. Aber er war so romantisch. Sie schaute auf den gedeckten Bistrotisch. Auf weißem, bodenlangen Damast standen zwei bereits gefüllte Sektkelche und eine kleine Kristallvase mit einer langstieligen dunkelroten Rose, in einem Windlicht leuchtete eine elfenbeinfarbene Kerze. Eine geöffnete Flasche Rotkäppchen-Sekt im Glaskühler rundete den Anblick ab. Sie konnte es kaum erwarten, dass er endlich zu ihr kam. Was machte er nur so lange da unten?

Es war gerade dreiundzwanzig Uhr, und sie hatten noch viel Zeit, bis die Sonne ihr erstes Licht zeigen würde. Also wozu die Eile? Sie nahm eines der Sektgläser in die Hand, drehte den Stiel zwischen ihren Fingern hin und her. Eigentlich hatte sie ja echten Champagner erwartet, aber er hatte sich so viel Mühe gegeben, dass es sie nicht weiter interessierte. Konnte es sein, dass sie sich auf ihre alten Tage noch mal verliebte? Sie nippte an dem Sekt, spürte eine leichte Müdigkeit – sie war ja nicht mehr die Jüngste und eigentlich solche Ausflüge nicht gewohnt. Ach was, dieser Tisch hier und die prickelnde Erwartung, was wohl noch passieren würde, waren die ganze Strapaze wert. Schlafen konnte sie später.

Wieder schaute sie in den Himmel, an dem der Mond heute besonders hell strahlte, so schien es ihr. Sie war glücklich. In dem fast vollen Sektglas in ihrer Hand prickelten kleine goldene Bläschen und suchten den Weg nach oben. Sie nahm einen großen Schluck. Und noch einen. Das Zeug schmeckte sogar richtig gut. Das Glas war leer, und sie überlegte, ob sie sich wohl nachschenken sollte. War es in Ordnung, wenn sie soviel trank? Ach was, wann würde sie noch einmal in ihrem Leben solch eine Nacht erleben?

Sie hörte Schritte auf den kleinen Holzstiegen, die von der Kajüte nach oben führten. Ihr Herz fing heftig an zu klopfen, und sie zitterte ein wenig. Da war er! Endlich! Sie drehte ihm ihren Rücken zu. Er sollte nicht den Eindruck gewinnen, dass sie die ganze Zeit über nur auf ihn gewartet hatte und es nicht verstanden hätte, diese wunderbar laue Nacht hier draußen auf dem Meer zu genießen. In Wahrheit war sie voller Ungeduld, endlich in seinen Armen liegen zu dürfen, genauso, wie sie es sich vorgestellt hatte, seit sie die Botschaft von ihm bekommen hatte. Und obwohl sie es eigentlich niemandem hatte erzählen wollen, wusste jetzt Isabelle Bescheid. Die Ärmste, sie würde kein Auge zumachen, bis sie wieder zu Hause war.

Sie hörte ein quietschendes Geräusch, als würde eine Türe bewegt, deren Scharniere schon lange nicht mehr geölt worden waren. Sicher verschloss er gerade die Kajütentür. Aber warum? Wollte er etwa mit ihr hier an Deck ...? Um Gottes willen! Ihr Herz schlug noch etwas schneller. Na ja, es war eine warme, klare Sommernacht, und wer außer den Sternen konnte ihnen schon dabei zusehen? Hastig nahm sie noch einen Schluck Sekt. Er prickelte angenehm an ihrem Gaumen. Sie hörte seine Schritte hinter sich. Er sprach kein Wort, und sie verstand diese angespannte Stille zwischen ihnen als ein erotisches Vorspiel. Leise kicherte sie. Wann hatte sie das letzte Mal an Erotik genippt? Jetzt wollte sie ihn und nur noch ihn.

Seine Schritte kamen näher, sie sah ihn im Geiste vor sich. Dr. Ernst Siebach, Veterinär und Ornithologe. Obwohl er sie noch nicht berührte, fühlte sie ihn schon körperlich nahe, freute sich auf seine Berührung, auf ein nächstes Gedicht und lange romantische Stunden.

Sie hatte sich noch nicht ganz umgedreht, als sich ihre Augen vor Entsetzen weiteten.

**51**

„Du hattest also Recht, Katja." murmelte Sven, während er das kleine Motorboot in Richtung Anna-Greta steuerte.

„Womit?" Katja war nicht gerade gesprächig. Sie fühlte eine große innere Anspannung.

„Als du sagtest, es muss einer von uns gewesen sein. Ich war sauer, dass du einen von uns so verdächtigen konntest, und an Inga hätte ich niemals dabei gedacht. Verrückt, wir drehen uns im Kreis, fordern Verstärkung an, und was ist? Wir sitzen mit einem Mörder an einem Tisch bei Kaffee und Kuchen. Ich verstehe es einfach nicht."

„Wer kann schon in das Innerste eines Menschen blicken?" Sie schlug die Arme um ihren Leib, hier auf dem Wasser war es deutlich kühler als am Strand.

„Wieso hat Inga das getan? Wie konnte das passieren, Katja? Kannst du mir das verraten?"

Sie blickte auf das Meer und auf die beleuchteten Schiffe in der Ferne, dann sah sie zu ihm hinüber. Er merkte es sofort und versuchte, sich im günstigsten Licht zu präsentieren. Es widerte sie an. Wie hatte sie sich mit solch einem hohlen Wesen einlassen können. Mehr noch als von ihm, war sie von sich selbst enttäuscht.

„Und, fällt deine Gesichtskontrolle positiv aus? Sind wir wieder Freunde? Wir könnten noch …"

„Du bist so ein Riesenarschloch, weißt du das?"

„Wieso? Was ist los?"

„Es gibt zwei tote Frauen, dein Schwiegervater ist von deiner Schwiegermutter vergiftet und erst in allerletzter Minute gerettet worden, Luise wird Ingas Angriff vielleicht nicht überleben, du betrügst deine junge Frau nach Strich und Faden, du betrügst auch deinen Freund …"

„Ganz genau, mit seiner schwangeren Freundin, die das im Übrigen sehr genossen hat."

Das saß! Katja glaubte, eine Ohrfeige bekommen zu haben. Ihr Gesicht brannte, gleichzeitig wurde ihr eiskalt. „Egal, ob wir Inga heute Nacht finden oder nicht. Ich reise morgen früh ab, und dann will ich dich nie wiedersehen."

Er war klug genug, darauf nichts zu erwidern. Sie fuhren schweigend weiter.

„Ich habe keine Waffe." Ihre Anspannung wuchs. Sie blickte zurück zum Hafen und erkannte vereinzelte Bewegungen am Strand. Das musste die angeforderte Verstärkung sein. „Vielleicht sollten wir auf die Kollegen warten, ich habe sie hinten am Hafensteg stehen sehen, und die Küstenwache muss doch auch jeden Moment hier sein."

„Wird sie nicht!"

„Wieso nicht?"

„Weil ich sie nicht verständigt habe. Wir schaffen das auch alleine. Noch mal, hier geht es um meine Familie."

Katja schnappte hörbar nach Luft, sie fragte sich, wer der Verrückteste von allen war. Sebastian, der über dreißig Jahre damit zugebracht hatte, seine unerfüllten Träume herbeizusehnen, und einen amerikanischen Werbeprospekt zu seinem Lebensinhalt erhoben hatte? Luise, die alles sah und scheinbar alles wusste, es aber vorzog zu schweigen? Sven, der eingebildete Blender, der keine Rücksicht kannte? Anke Liv, die leidende und beleidigte Ehefrau? Oder Inga, die eine Tabula rasa veranstaltet hatte, weil sie es satt hatte, endgültig? Und mit einem dieser Wahnsinnigen saß sie mitten auf dem Meer. In einer Nussschale. Ohne Handy, um Hilfe zu holen. Und ohne Waffe, um eine Mörderin zu stellen, die keine Rücksicht auf ihre eigene Zukunft mehr nehmen musste, weil ihre Vergangenheit in Trümmern lag.


## 52


Widahn hatte den Außenbordmotor abgestellt. Sie waren nun ganz dicht an dem Boot. Aus der Nähe betrachtet war es wesentlich größer, als es von weitem den Anschein gehabt hatte. Es erinnerte sie stark an das Museumsschiff *Luise*. Angestrengt bemühte sich Katja, auf das Deck zu schauen, konnte aber niemanden sehen. Kein Motorengeräusch, nur das knarzende Geräusch vom alten Holz des Bootes, das sich mit sanften Schaukelbewegungen im Meer wiegte. Sie beobachtete, wie Sven leise mit Hilfe einer Strickleiter die Bordwand emporklomm. Dann griff sie selbst zur Leiter, setzte misstrauisch einen Fuß auf die erste Sprosse, gab Acht, sich nicht zu verheddern und stieg langsam weiter hoch, schon konnte sie auf das Deck sehen. Es war leer, keine Spur von Inga oder Thekla, aber auch nicht von Widahn. Wohin war er verschwunden? Das Knistern und Knarzen des Bootes erschwerte die Konzentration auf gefährliche Geräusche. Vorsichtig kletterte sie über die Reling.

„Du kommst spät! Ich hatte dich früher erwartet. Na ja, bist eben ein Landei."

Inga! Langsam drehte Katja sich um. Hatte sie eine Waffe in der Hand, vielleicht das Aaleisen? Sie musste sich erst einmal orientieren, und Zeit gewinnen. Wo zum Teufel steckte Sven.

„Aber genau wie du mag ich Gedichte, dieses hier ganz besonders, kennst du es?

*Bin ich nicht kalt,*
*so bin ich arm dafür.*
*Gott weiß wie sehr.*
*Mein Leben ist im steten Regen*
*der Tränen nicht*
*wie neu geblieben."*

Sie hatte, als sie in der Kurbibliothek nach den Versen gesucht hatte, diese sechs Zeilen gefunden und sich gemerkt, weil sie ihr gut gefallen hatten.

„Du kennst Elizabeth Barrett Browning?"

„Wer nicht?" Katja registrierte, dass sie etwas hinter ihrem Rücken versteckt hielt.

Inga verzog spöttisch den Mund. „Zum Beispiel mein kaltherziger Ehemann und seine noch kältere Mutter, oder die beiden alten Schlampen."

*Zwei?* Vielleicht lebte Thekla noch. „Du meinst Wilhelmine Wirth und Hilde Tietz?"

„Wilhelmine Wirth und Thekla Freydberg." Inga ließ sie nicht aus den Augen.

„Er hat dich betrogen, nicht wahr?" Sie machte einen winzigen Schritt nach hinten, Inga verfolgte ihre Bewegung sehr genau.

„Betrogen? Viel schlimmer, er hat meine Liebe verraten."

„Und seine Mutter? Was war mit Luise? Du hast sie schwer verletzt." Wieder ein winziger Schritt, diesmal zur Seite. Sie musste wissen, was Inga hinter ihrem Rücken versteckt hielt.

„Verletzt? Ich habe *sie verletzt*? Was hat sie denn mit mir gemacht in all den Jahren? War sie nett zu mir? Hat sie mich als Schwiegertochter akzeptiert? Ich habe immer versucht, ihr alles recht zu machen, habe nicht verstanden, dass es gar nicht möglich war. Ich war ihr nicht gut genug. Aber am Freitag in Berlin hat sie sich selbst übertroffen. Sie hat mich gedemütigt wie nie zuvor, und sie hat es regelrecht genossen, obwohl sie gesehen hat, wie ich gelitten habe. Und du sagst, ich habe sie schwer verletzt? Viel zu schnell wird ihr Tod eintreten. Das ist die Wahrheit."

Die Wahrheit! In dieser Familie hatte doch jeder seine eigene!

„Du weißt alles und hast Anke Liv nichts verraten? Sie rief mich an, um mir von Luise zu berichten. Und sie erzählte mir ganz arglos, du seiest auf der Suche nach mir."

Katja konnte nicht in ihr Gesicht schauen, es lag im Schatten, aber die Worte verrieten ihr, dass Inga Herr ihrer Sinne war und genau wusste, was sie tat und dachte. Das machte die Situation kalkulierbarer. „Nein, ich habe ihr nichts gesagt. Und du? Hast du ihr jetzt alles erklärt?"

Inga zuckte kurz mit den Schultern. „Nein, sie erfährt es noch früh genug. Sie wird mich verstehen. Sie ist ja auch mit solch einem Dreckschwein verheiratet. Aber das weißt du ja am besten."

Katja hörte genau hin. Wieder machte sie einen kleinen Schritt zur Seite. Jetzt im Schein der Toplampe sah sie das Blut an Ingas Hose und an ihrem rechten Unterarm. Inga wusste also auch von der Nacht, in der sie sich mit Sven eingelassen hatte. Welche Konsequenzen würden sie nun tragen müssen?

Inga sprach mit monotoner Stimme weiter. „Sebastian ist so gut wie tot, das Bleiacetat müsste reichen. Ich habe meinem Vater in der Apotheke lange genug über die Schulter geschaut, um zu wissen, was gut und was schlecht ist für einen Menschen."

Natürlich! Die Apotheke in Zirkow, dort hatte sie die ganzen Schmerz- und Betäubungsmittel her. Sie musste Inga weiter am Sprechen halten. „Ich kann ja verstehen, dass du Wilhelmine getötet hast." Katja schaute nach unten, der Boden schwankte, ausgerechnet jetzt wurde ihr schlecht. „Aber warum musste sie erblinden?"

Katja glaubte in der Dunkelheit ein Schulterzucken zu erkennen. „Eigentlich war die Salzsäurelösung für Sebastian bestimmt. Bevor er starb, sollte er erblinden, so wie ich fast 30 Jahre lang blind an seiner Seite gelebt hatte. Warum hat er mich überhaupt geheiratet? Weil er jemanden brauchte, der ihm in der Nacht Tee kochte für seinen verdammten Magen?"

Katja spürte wie ihr Nacken steif wurde und sich kalter Speichel in ihrem Mund ansammelte. Nicht jetzt, bitte, nicht jetzt!

„Als ich in Berlin losfuhr, wollte ich nur Rache, unterwegs schmiedete ich meinen Plan. Ich hielt in Zirkow an und besorgte mir aus der Apotheke meines Vaters das Tramal und alles was ich sonst noch benötigte. Ich wollte zum Klabautermann, aber vielleicht war er ja bei seiner Geliebten. Ich wollte Gewissheit haben. Und dann sah ich sie beide." Ingas Stimme wurde für einen kurzen Moment leiser.

„Oft hatte ich in meinen Träumen so in Sebastians Armen gelegen. Nun gab er ihr das, was er mir verwehrt hatte. Ich fühlte nur noch Hass. Hass auf Sebastian, aber auch Hass auf diese Frau, die es verstand, sich zu nehmen, was sie wollte. Ohne Rücksicht. Ich änderte meine Pläne. Ich wollte Wilhelmine leiden sehen. Im Schutz der Dunkelheit wartete ich unter dem Schlafzimmerfenster darauf, dass Sebastian das Haus verließ. Er machte es mir leicht, der verliebte Narr, er zog die Haustür nicht richtig ins Schloss. Vielleicht hatte er ja Angst, seine Geliebte könne durch das laute Geräusch aus dem Schlaf erwachen. Auf mich hatte er noch nie soviel Rücksicht genommen. Er lief in Richtung Strand und ich schaute ihm hinterher. Und dann … war ich bei Wilhelmine. Ich betäubte sie und nahm sie mit auf mein Boot. Es war gar nicht schwer. Und was für ein Spaß, sie blind wie ein Maulwurf auf mich zulaufen zu sehen. Auf mich! Ihre Mörderin!" Sie lachte einmal kurz auf.

„Das Gute war, dass Sebastian nun noch mehr leiden würde. Zu wissen, dass man das Liebste verloren hat, ist so grausam. Und danach erst sollte er sterben, ganz langsam. Weißt du, wie es ist, wenn eine kleine Stimme in deinem Kopf dich immer wieder warnt, mit dem Mann, den du mehr liebst als alles auf der Welt, sei etwas nicht in Ordnung, du aber nicht auf sie hörst? Nur um dann von deiner lieben Schwiegermutter, um deren Anerkennung und Zuneigung du dich über Jahrzehnte erfolglos bemüht hast, zu erfahren, dass dein Mann dich demütigt, indem er dich mit einer alten Frau betrügt, mit einer Greisin!" Endlich bewegte sie sich, sie ging zur Mitte des Schiffes. Was hatte sie vor? „Nein, du weißt das nicht. Du nicht! Bist ja selbst so eine." Katja sah die Verachtung in ihrem Blick.

„Als ich von seiner Liebschaft erfuhr, fiel mir vieles aus unserem gemeinsamen Leben wieder ein, und es erschien mir in einem anderen Licht. Wie er mich abgewiesen hatte, nicht weil er zu müde war, wie ich mir einzureden bemüht war, sondern weil ich ihn nicht interessierte. Wie er manchmal nicht einmal mehr meinen Namen wusste, wie er oft tagelang nicht mit mir sprach, nicht weil ein Fall ihn zu sehr beschäftigte, sondern weil ich ihm gleichgültig war. Das wurde mir nun endlich klar." Sie ging langsam auf Katja zu. „Und nun wird er sterben. Ich habe ihm zum Abschied noch ein Gedicht geschenkt.

*Meine Stille gehört wieder mir alleine...*
*Zu lange die Zeit des Wartens.*"

Ingas Schicksal berührte Katja, aber es rechtfertigte keinen Mord. „Was war mit Hilde?"

„Hilde? Ich würde sagen, sie war nicht verrückt genug, um weiterleben zu dürfen."

Katjas Mitleid verschwand schlagartig. „Und Thekla? Wo ist sie?"

„Dort, wo sie keinen Schaden anrichten kann." Inga kam noch näher. Nun konnte Katja im Schein der Lampe ihr Gesicht erkennen. Sie erschrak vor dem Glitzern in ihren Augen und ging einen Schritt zurück, wollte ihr noch weiter nach hinten ausweichen, aber da war die Reling. Die Übelkeit verschlimmerte sich, ihr Magen fing an, zu rebellieren. Dann sah sie entsetzt, wie Inga das hervorholte, was sie die ganze Zeit hinter ihrem Rücken versteckt gehalten hatte.

„Du fragst nach Wilhelmine, Luise, Thekla und Sebastian. Und was ist mit dir? Du bist auch kein bisschen besser. Kein bisschen! Bist genauso verkommen und verlogen wie die anderen. Du und Sven, meint ihr, ihr seid die Einzigen gewesen, die in einer schwülen Gewitternacht nicht schlafen konnten? Habt ihr, als ich euch in der Küche sah, auch nur eine Sekunde an Anke Liv gedacht, die mit euch unter einem Dach lebte? Seit ich dich unter dem Mann meiner Tochter keuchen und stöhnen gehört habe, seitdem, Katja Sommer, ist dein Leben keinen Pfifferling mehr wert."

Katja sah Inga auf sich zulaufen, erkannte das blutverschmierte Aaleisen in ihrer Hand. Sie konnte ihm nicht ausweichen.

## 53

Als sie vorsichtig die Augen öffnete, blendete sie grelles Neonlicht.

„Na, sehen Sie, sie kommt zu sich. Also keine Sorge, das wird wieder. Ein, zwei Tage Ruhe und Sie können sie mit nach Hause nehmen."

Sie drehte ihren schmerzenden Kopf vorsichtig in die Richtung, aus der die Stimme gekommen war, sah eine Frau im weißen Kittel, und neben ihr erkannte sie Kai!

Wieso war er hier? Was war geschehen? Sie erinnerte sich, dass Inga sie auf dem Schiff mit dem blutigen Aaleisen bedroht hatte. Der Geruch von Blut hatte sie schon einmal in eine Ohnmacht versetzt, als sie mit Patrick schwanger war.

„Kai, ich ..."

„Psst, sag jetzt nichts." Seine Finger glitten über ihr Gesicht. Das leichte Zittern seiner warmen Hand, die nach ihrer griff, zeigte ihr, dass er Angst um sie gehabt hatte. „Es ist alles in Ordnung, dir geht es gut. Du hast nur ein paar Stunden geschlafen."

Katja blinzelte in seine Richtung, sie roch den vertrauten Duft seiner Lederjacke und seiner Haut. „Wo ist Patrick?"

„Er ist zu seiner Oma nach Mallorca, die beiden haben mir gesagt, das sei mit dir abgeklärt."

Katja versuchte ein Lächeln. „Ist es auch."

„Und eines ist jetzt schon klar. Unsere nächste Reise wird keine Schiffskreuzfahrt! Vielleicht fahren wir in die Alpen."

Katja schmunzelte, eine Reise nach Oberbayern war nicht die schlechteste Idee. „Wie geht es Sebastian und seiner Mutter?" Sie streichelte seine Hand, genoss das schöne vertraute Gefühl. Was hatte sie ihm nur angetan? Aber er sollte es niemals erfahren. Mit diesem Wissen musste sie alleine leben.

„Mutter und Sohn werden es wohl dank der modernen Medizin überleben."

„Und Thekla Freydberg?"

„Man hat sie gefunden, Inga hat sie mit dem Aaleisen tödlich verletzt und dann über Bord geworfen. Dass eine solch stille Person so außer Kontrolle geraten kann! Jetzt wird sie sich wegen dreifachen Mordes verantworten müssen."

„Was ist mit Sven?"

Kai lachte, es sollte sie wohl ermuntern. „Es geht ihm gut, aber er ist heute nicht im Dienst gewesen, er ruht sich aus. Inga ist mit dem Aaleisen auf dich losgegangen, und da hat er ihr ohne Zögern ins Bein geschossen. Laut Aussage des alten Angebers ist sie umgekippt wie ein gefällter Baum. Wenn sie aus dem Krankenhaus kommt, wandert sie direkt in U-Haft. Aber ich weiß, wie nahe Sven die ganze Sache in Wirklichkeit geht. Immerhin ist sie seine Schwiegermutter. Und jetzt hat ihn auch noch seine Frau verlassen, er ist wirklich ein armes Schwein. Aber, er hat dich gerettet, und dafür", Kai küsste ihre Fingerspitzen, „werde ich ihm immer dankbar sein und ihm jeden Wunsch erfüllen."

*Das brauchst du gar nicht*, Katja drehte sich weg, *er hat sich schon dein Liebstes genommen.* Sie schaute aus dem Fenster, draußen begrüßte sie ein heller Tag. Tränen stiegen in ihr hoch.

„Hey, Maus", Kai streichelte wieder über ihr Gesicht, über ihr Haar, küsste ihre Wangen. „Komm, du musst nicht weinen, Sven hat mir alles erzählt. Es wird alles gut. Ich hätte es allerdings lieber von dir selbst erfahren."

Katja schluckte. Sven hatte gebeichtet? Und Kai zeigte sogar Verständnis? Das hatte sie nicht verdient. „Kai, es war keine Liebe, ich schwör's dir. Ich weiß auch nicht, was über mich gekommen ist."

Kai zog seine Hand weg. „Wovon sprichst du?"

„Du sagtest doch, Sven habe dir alles erzählt?" Sie setzte sich hoch.

Irritiert starrte er sie an. „Ja, er sprach davon, dass ich Vater werde."

Katja legte ihre ein wenig zittrigen Hände auf die weiße Bettdecke. Jetzt hatte sie ein neues Problem.

*Die in dem Roman zitierten Gedichte
stammen bis auf eine Ausnahme von:
Elizabeth Barret-Browning,
Sonette aus dem Portugiesischen (1850),
übersetzt von Rainer Maria Rilke (1908)*


*Das Gedicht auf S. 251
verfasste Peter von Finckenstein (2003)*

# Von derselben Autorin im Prolibris Verlag

Birgit C. Wolgarten
**Land der Mädchen**
Kriminalroman
2. Auflage 2003
Paperback, 254 Seiten
ISBN 3-935263-14-7

Während der Karneval in Köln seinen Höhepunkt erreicht, verschwindet der neunjährige Christian. Kurze Zeit später findet man in der Wahner Heide eine schaurig in Szene gesetzte Mädchenleiche. Erst der herbeigerufene Pathologe entdeckt unter dem feinen Mädchenkleid und den falschen langen Haaren den vermissten Jungen.

Bald entdeckt man eine zweite Kinderleiche: das gleiche schaurige Szenario. Nun wird die Jagd auf einen offenbar verrückten Serienmörder zum Wettlauf mit der Zeit. Der Täter treibt mit der Kölner Kriminalpolizei ein makaberes Versteckspiel. Für Hauptkommissar Kai Grothe und seine Mitarbeiterin Katja Sommer gerät der Fall mehr und mehr zum Psychopuzzle, dessen letztes Teil vom Mörder selbst eingesetzt wird.

Birgit C. Wolgarten führt den Leser durch eine packende und sehr bewegende Geschichte. Dabei lässt sie ihn fast unerträglich tief in die Seele des Mörders blicken.

Ein fesselndes Buch, das man erst nach dem furiosen Showdown zuklappen kann.

# Kriminalromane aus dem Prolibris Verlag

Antje Friedrichs
## Letzte Lesung Langeoog
Inselkrimi
Fünfte Auflage 2003
Paperback, 180 Seiten
ISBN 3-935263-00-7

Auf Langeoog geschehen Dinge, die auf der „Insel fürs Leben"
einfach nicht passieren dürfen: Bombenalarm beim Dünensin-
gen, ein Erpresser droht, das Ostfriesenmüsli zu vergiften, aus einer Dusche am Strand fließt plötzlich Blut ... Schon reisen Gäste
übereilt ab. Kriminalhauptkommissar Onno Tjaden aus Wittmund soll vor Ort die Vorfälle aufklären und die Idylle wieder in
Ordnung bringen. Schon bald nach seiner Ankunft gibt es einen
Toten. Das Undenkbare hat sich ereignet: Mord auf Langeoog!
Dann verschwindet jemand spurlos. Sind alle Feriengäste harmlos?

Ein ganzer Reigen skurriler Figuren begegnet uns vor der
detailgetreu gezeichneten Kulisse Langeoogs: ein tollkühner
Schwimmer, eine glatzköpfige Kellnerin, ein herzensbrechender
Literaturpapst ... Ob sie mit Baskenmütze oder rosa Leinenhütchen über den Strand laufen, in Leggings oder Jogginganzug
durch die Dünen radeln, Verdächtige unter den Gästen und sogar unter den Langeoogern gibt es genug. Der sympathische
Hauptkommissar Tjaden stürzt sich in die Ermittlungen ...

### Die Autorin
Antje Friedrichs (*1944) wuchs im Norden auf und lebt heute
mit Mann und vier Kindern in Paderborn. Seit ihrer Kindheit hat
sie immer wieder die Ferien auf Langeoog verbracht. Unter ihrem
Ehenamen schreibt die Autorin Kurzgeschichten und Sachbü-
cher. 1998 gehörte sie zu den Preisträgern beim Würth Literatur-
preis.

# Kriminalromane aus dem Prolibris Verlag

Antje Friedrichs
**Letztes Bad auf Norderney**
Inselkrimi
Originalausgabe 2003
Paperback, 204 Seiten
ISBN 3-935263-17-1

Alles fängt so harmlos an: Hauptkommissar Onno Tjaden aus Wittmund fährt zur Kur nach Norderney. Ausspannen, seine geschundene Haut sanieren, sich ein dickeres Fell zulegen. Wo geht das besser, als auf einer beschaulichen ostfriesischen Insel ...

Eigentlich will er Inkognito bleiben, wird aber schnell enttarnt. Ein Kommissar ist eben immer Kommissar auch wenn er nicht im Dienst ist. Ganz besonders, wenn ausgerechnet in seiner Nähe eine attraktive und umschwärmte Krankenschwester tot im Pool gefunden wird.

Die Kurverwaltung drängt auf schnelle Aufklärung, schließlich stehen Urlaubsglück und Kur-erfolg aller Gäste auf dem Spiel. Die Kommissare Remmers und Extra aus Norden führen die Ermittlungen. Misstrauisch nehmen sie zur Kenntnis, dass ihr erfolgreicher Kollege Onno Tjaden aus Wittmund auch auf der Insel ist. Der aber denkt zunächst gar nicht daran, sich einzumischen.

Aber zuviel Merkwürdiges passiert in der Kurklinik. Zwischen Speisesaal und Schlaflabor, zwischen Marienhöhe und Leuchtturm gerät Tjaden immer mehr in den Fall hinein. Schließlich nimmt er eine entscheidende Spur auf.

Mit spitzer Feder, Spannung und Humor begleitet Antje Friedrichs ihren Protagonisten Onno Tjaden durch seinen neuen Fall. Dabei kommen sowohl Inselkenner als auch Inselanfänger auf ihre Kosten. Skurrile Figuren, feine Ironie und viel Inselatmosphäre würzen diesen Kriminalroman bis zur letzten Seite.

256